JN022309
今まで感じていた僅かな情の
ようなものさえ、幻だといわん
ばかりの冷徹な声が落ちる。
「まあ、僕はもう嫌いだけど」
「――っ」
淡い初恋を打ち砕くには、
十分な言葉だった。
伸ばしかけて宙を彷徨ってい
た手は、もうグリズを掴む勇気
もなかった。

嫌われ者の転移者は、出戻った異世界で溺愛される

[著]
てんつぶ
Tentsubu

[画]
白崎小夜
Saya Shirosaki

グリズ・ノワレ［32］

ミコダ国第二騎士団の副団長。銀髪に青緑色の瞳の長身で美形の騎士。15年前のトワイライトの護衛騎士で、彼のことを嫌っていたはずだったのだが、今回はなぜか初対面から距離をぐいぐい詰めてくる。ミーニャと知り合い。

橘（たちばな） 十和（とわ）［28］＝トワ

死に戻りの15年後、二度目の異世界転移をしたサラリーマン。かつて厨二病設定で周囲をドン引きさせた黒歴史を持つ。今回は、ミーニャの営む薬屋で働かせてもらい平穏な生活を送ろうとするも、いきなりグリズに出会ってしまいピンチに。

15年前のグリズ

護衛騎士の中では唯一、トワイライトに普通に接してくれていた。最後の言葉は「僕はもう嫌いだけど」という衝撃の言葉で、それ以来十和は15年間忘れられずにいる。

トワイライト

15年前一度目の転移の時に名乗っていた名前。厨二病全開で黒づくめ、さらに我が儘放題で皆から嫌われていたが、実は護衛騎士のグリズに密かに想いを寄せていた。

CHARACTER ［人物紹介］

エルース

赤毛の第二騎士団の騎士。軽い口調で、さりげなくトワとグリズの間に入ったり、トワが街で酔漢に絡まれているところを助けてくれたりする。だが、腹に何か思うことがある様子。

ミーニャ

二度目の転移でトワがお世話になることになった薬屋の店主。小柄で桃色の髪をした一見17、8歳に見える少女。実は魔女の一族の子孫らしく、少しだけ質の良い薬を作れるということで評判を得ている。どうやらグリズとは親しい関係の様子。

エワドル

ミーニャの店に足繁く通ってくる体格が良く裕福そうな紳士。古傷が痛むとかで毎回湿布薬を買い求めに来るが、その目的はどうやらミーニャにある様子。

CONTENTS ［目次］

プロローグ

空に二つの太陽が輝く空の下で、黒一色の格好をした若い『俺』は顰(しか)め面(つら)をしていた。

ああ、これは夢だ。

十三歳のあの頃、実際に体験した俺の苦い思い出。

日本ではない異世界に迷い込み、暮らした、普通ならあり得ない過去の話。

俺は騎士の姿をした男――グリズに何か怒鳴(どな)って、それからプイと顔を背(そむ)けて歩いていく。

傲慢(ごうまん)で、世間知らずで、自分を特別な存在だと思いたかった十三歳の自分の姿がそこにあった。

「トワイライト、あんな風に人を怒鳴ってはいけないよ」

銀色の髪の毛を揺らしながら、後ろからグリズが追いかけてくる。誰もが眉を顰(ひそ)め、手を焼いていた俺にも普通に接してくれたグリズは騎士で、俺の護衛を任されていた。

「困った子だね」

そう呆(あき)れたように笑いながらも、いつだって俺の隣にいてくれた。

朗(ほが)らかで背が高く、格好いいグリズは俺の初恋だった。

ずっと見ていたいと思って目を凝(こ)らすものの視界にノイズが入り、グリズの美しい表情が歪(ゆが)む。穏やかだったはずの彼の顔は、見たこともない怒りを滲(にじ)ませ、それは冷たい池の底に突き落とされるようだった。

「そんなんじゃ、皆にもっと嫌われるよ」

誰に嫌われてもよかった。俺の価値を分からない奴(やつ)らだと下に見ていた。

だけど彼は。グリズだけは特別で。

特別だったからこそ、その辛辣(しんらつ)な言葉が真(ま)っ直(す)ぐに突き刺さる。

「まあ、僕はもう嫌いだけど」

空は夕焼けで真っ赤に染まり、追い縋(すが)る俺の声も踵(きびす)を返した彼には届かない。

待ってくれ、行かないで。どんなに叫んでも戻って来てはくれなかった。

唯一(ゆいいつ)心を開いていたグリズに突き放された衝撃は、思春期だった俺の心臓を締め付けた。

辛(つら)く苦しむその心臓に、更に熱く鋭い痛みが走る。

濡(ぬ)れた手のひらには、滑(ぬめ)る赤色。そしてむわっと広がる鉄錆(てつさび)の匂(にお)い。

「グリ、ズ」

喉(のど)から溢(あふ)れる声は、繰り返される鋭い痛みによって次第に途切れる。


十三歳のあの頃。

俺は異世界に転移し、そして殺されたのだ。

第一章 ✦ 焦がれる

商店街から少し外れた道沿いにある小さなビルのフロアに、終業を告げる音楽が小さく鳴った。

気の早い人間は定時で上がろうと五分前から既に自席で荷物を纏めていて、お先ですと声を掛けながらさっさと帰っていく。

まあそれが許されるのはコミュ力が高く、この職場の荒波をも易々と乗り越えられる人間だけであり、俺のような入社歴の浅い中途採用者には少しばかり厳しい。

浮き足立つ人たちの間をソロソロと抜けようとしたところで、残念ながら俺は呼び止められてしまった。

「橘くん～？　橘十和くぅん。なーに帰ろうとしちゃってんのかなぁ？　今日はぁ～、チームの皆で飲みに行くって言ってたでしょお？」

そう言って親しげに俺の肩に腕を回すのは、チームリーダーをしている先輩の女性だ。スッキリとしたショートヘアで今日も綺麗にメイクしている。自称サバサバとした性格、らしい。

学年であれば一個年下のこの人のことが、俺はどうも苦手だったりする。

三十路を前にして縁あって転職した、このアットホームだという触れ込みの小さな会社では、必要以上に人との密接な関わりを強いられている。

俺は彼女にバレないように気をつけつつ、小さくため息をついた。

チームの飲み会なんて名目で、要は日頃の憂さ晴らしに付き合わされるだけだ。入社歴が浅く一番下っ端の俺は、彼女たちのいいターゲットにされている。

「はは……そうでしたっけ」

「飲みニケーション、なんてダサいこと言うつもりはないけどさ？　橘くんはもう少し、チームメンバーとの壁を取り払った方がいいわよ？　じゃないと中学の時みたいになっちゃうよ橘セ・ン・パ・イ」

彼女の言葉に、あちこちのデスクで小さな笑いが起こった。

カッと熱が顔に集まるのを自覚する。

これが、この職場に転職して失敗したと思うことの一つだ。世間は狭い。まさか中学時代の後輩が、転職先にいるなんて思わないじゃないか。

自分の過去の黒歴史を、知っているヤツがいるなんて思わないじゃないか。

「……っ、以後気をつけます！　お先に失礼しますお疲れ様でした！」

俺は鞄を抱えて、逃げるように先輩の横をすり抜けた。

週の半ばの飲み会なんて、好きな奴らだけで行けばいいのだ。仕事は金を稼ぐための場所で、必要以上にコミュニケーションなど取らなくてもいい。

そうはっきり言えたらいいものの、結局何も言えなくても仕方ないだろう。

小さなフロアの出入り口で、焦る右手でタイムカードを押した。

先輩がニヤニヤと笑いながら、そっと俺の肩口で囁く。

「こうしてトワイライトは堕天使の翼で疾風のごとく駆け抜けたのであった——だっけぇ？中学の時の設定は。シュタタタって口で言いながら走ってたの、有名な話だよねぇ」

「……っ！　だから、昔のことはほじくり返さないでくださいよ……っ」

「あとは〜、授業中も革手袋を外さないとか、手作りのマントを羽織ってきた時もありましたよねぇ。いやあ、あの有名なトワイライト先輩と一緒に働けるなんて、ほんとウレシイナ〜」

絶対そんなことを思っていない声だ。

周囲の明らかな嘲笑を身に受けながら、俺はただ俯くしかない。

「ね〜？　漆黒のトワイライト先輩〜」

ニタニタと笑うこの人が、俺は心底苦手だ。どこがサバサバだ、ネチネチの間違いだろうが。そう内心毒づくものの、それを態度に出せるほど無謀な人間でもない訳で。

「は、はは……。お先に失礼します」

不満を一人飲み込んで、結局いつも通り職場を後にするしかない。

とはいえ職場の待遇は悪くなく、彼女を中心にこうしてたまに過去の黒歴史を弄ってくるだけだ。我慢すればいいと思いながらも、今日も俺の胃はキリキリと痛む。

髪を染めて身なりを整え、それなりに普通の社会人として暮らしてきたつもりだった。まさか現実世界でも、あの黒歴史がいまだ自分の首を絞めるなんて思ってもいなかった。

黒歴史という言葉が世間に浸透してすでに久しい。

黒い歴史……つまりなかったことにしたい、恥ずかしい自分の過去だ。

時折俺は、己のその黒歴史の中でも、特に強烈だった出来事を夢で見る。

いや、あれは現実ではなかったのかもしれないし、夢であったと考える方が自然な日々だった。むしろあまりの黒歴史っぷりに、夢であって欲しいと思うこともある。

それなのにそのあまりにもリアルすぎる体験は、あれから十五年経った今も鮮明に記憶に残っているのだ。

――少年のあの頃、俺は異世界で暮らしたことがある。

多分それを他人に言ったところで、一笑に付されるだろう。

俺だっていい加減それに蓋をしたいと思うのに、記憶は夜ごと夢となり、忘れることを許してくれない。

そして今夜も俺の夢の中で、その黒歴史は無慈悲に繰り返されるのだ。

◆　◆　◆

空に二つの太陽が揃って並んでいる。

地球上ではあり得ないその青空の下、美しく整えられた王宮の庭園は華やかで、不思議の国のアリスを思わせるそれは異国情緒に溢れている。

そんな美しい庭に面した渡り廊下を『俺』は歩いている。視界には、仲睦まじく頬を寄せ合う男性が二人。恋人でしかあり得ないその距離感に、思春期の俺はあからさまに顔を顰める。

「うわっ、見ろよグリズ。男同士であんなん……さぁ。キモくね？」

そう吐き捨てるのは、十五年前の十三歳の自分だ。真っ黒な衣装に身を包み、全てに対して斜(しゃ)に構えた生意気な子供だったと思う。

この十三の頃。自分はなんの因果か、気づけばこの異世界に立ち尽くしていた。

日本からこの世界に迷い込む人はたまにいるそうで、幸か不幸か俺は異邦人と呼ばれ大切に扱われていた。一応表向きは、王宮で下にも置かない丁重な扱いをされていたと思う。

俺の横を歩くこの男も、日本ではただの中学生である自分に付けられた護衛だ。それだけこの異邦人という立場が高いことが窺(うかが)い知れる。

「ん？　何か変なものがあった？　トワイライト」

このトワイライトという名前は当時の自分が付けた、いわゆる俺の『仮の名』だ。今思い出すと枕に顔を埋(うず)めたくなる厨二病(ちゅうにびょう)センス。もちろんこれはただの自分設定であり、戸籍上は間違いなく橘十和(とわ)である。

俺の少し後ろに立つグリズは何人目かの護衛として配属された優男(やさおとこ)だ。

グリズはこの国——ミコダ国の騎士で、王宮内を一緒に歩けば、老若男女が振り返るような銀髪の美形だった。しかも二十八歳で独身ともなれば、隣を歩く俺までがその熱を孕(はら)んだ視線を感じられる程だった。

短く整えられた銀髪はそんな彼によく似合っていて、光が当たる様子は神々しくさえある。

片や俺はといえば、平凡な顔立ちをすだれのような前髪で隠した、どこからどう見ても冴(さ)えない子供だ。それに加えて部屋の外では決して外さない黒い革手袋、そして床を擦(す)るほど長い漆黒のマントを身につけていて、どう見ても不審者だ。

今だったらイタいと言われるだろうが、当時の俺にとってはその全てが身を守ってくれる大事なアイテムだったのだ。

衣装も、王宮で駄々をこねて全身黒色のものを用意させていた。だが平均身長百八十センチオーバーのこの異世界では、まだ十三歳で百五十センチしかなかった俺の姿は滑稽（こっけい）でしかない。

目の前にいるグリズが着たら、間違いなく映（は）えるのだろう。なにせこの男は百九十超えの銀髪碧眼（へきがん）、少しチャラい雰囲気はあるものの、間違いなくイケメンなのだから。

そんな有望なグリズがどうして生意気な子供の護衛をしているのかといえば、最初につけられた護衛役が、俺の相手をしたくないと早々に辞退してしまったからだ。それが何度も繰り返されて、恐らくこの飄々（ひょうひょう）とした態度のグリズにお鉢（はち）が回ってきたと推測される。

繰り返そう、当時の俺は厨二病真っ盛り、思春期まっただ中の扱いにくい子供だった。

「ほらグリズ、見てみろよあれ。男同士だぜ？　こんなところで盛（さか）るなって話だよな」

誰にでもつっけんどんで態度が悪い陰キャ、それが当時の俺だ。

自分の設定の中だけで生きていたせいで、嘘（うそ）も沢山（たくさん）ついていた。厨二病とは、かように恐ろしいものなのだ。

だからといってそれを全ての言い訳にするには、あまりにも酷（ひど）い態度だった。

ただ言い訳をさせて貰（もら）うと、厨二病真っ盛りの中で異世界に迷い込んだら、人はどうなると思う？　五十年に一度くらいしか訪れないという、貴重な異世界の人間だともてはやされる。

黒髪黒目の日本人は異邦人と呼ばれて、国で大切に保護して貰えると知ったら、どうなる？

謙虚に生きるか、それとも傲慢になるか。

俺はただ、圧倒的に後者だっただけなのだ。

我ながら、グリズはよくこんな『俺』と対等に接してくれたなと思う。

「ああ、あの二人？　普通の恋人同士でしょう？　何かおかしなところあった？」

通りすがった庭の片隅では王宮の使用人と思しき男が二人、肩を抱き寄せあいどこからどう見ても親密な空気を醸し出していた。当時の日本人の感覚を持ち、その上多感な年頃の子供には目に余った。

『俺』が苦々しげに見る光景に、グリズはそれがどうしたと言わんばかりだった。

「えっ、だ、だって、男同士じゃん。き、気持ち悪いだろ……」

そう言いながらも、言葉は尻すぼみになる。

——お前ら野郎同士でデキてんのかよ！　きめぇ～。

同級生たちの何気ない冗談に傷ついたあの頃の俺が目で追いかけてしまうのは、柔らかそうな女子ではなく、自分と同じ性別の男子生徒ばかりだった。

令和になった今でこそ受け入れられ始めているものの、異性を好きになるのが当たり前と思われていた世界で、気になる対象が同性だなんて言える時代ではなかった。

自分のセクシャリティが異質だと、気持ち悪いことなのだと罪悪感を覚えたのは十代の初めの頃だったように思う。だからそうして強がって、自分はそうではないのだと虚勢を張っていたのだろう。

「気持ち悪くないよ。人を好きになるのに別に、異性でも同性でもおかしくないでしょ」

この言葉は、今でも俺の心の中に残っている。

「確かに東の国ではいまだに迫害されているとも聞くけれど、ごく少数だし。この国でそんなことを言う人はいない——って、トワイライト、なにその顔」

グリズにとっては、ほんの些細な、ただの事実を述べただけに過ぎないのだろう。

だがセクシャリティに悩んでいた俺にとっては、まるで自分の在り方を受け入れて貰えたような……大げさかもしれないが、本当に世界が色づいたように感じられたのだ。

この時、自分はどんな顔をしていたのだろう。嬉しいような切ないような、弾むような胸の高鳴りと、キュウと心臓を締め付けられる感覚。今ならそれを言葉にすることは容易いけれど、この時の自分はまだ自覚していなかった。

それが初恋だと分からないほど、まだ子供だったのだ。

ジッと見つめてくるグリズの瞳がなんだか恥ずかしくて、トワイライトは顔を背けて走りだした。

「う、うるさいな！　勝手にこっちを見るなよっ！　俺の邪気眼に当てられても知らないぞ！」

「こら、トワイライト！　勝手に走らないでってば」

訳の分からない自分の感情を持て余して必死に走る俺の後ろを、グリズはその長い脚でゆったりと追いかけてくる。

捕まえる気のない鬼ごっこは、意外にも楽しかったことを思い出す。

思春期で、厨二病をこじらせて、どう見ても可愛くないし素直じゃなかった。それでもそんな俺を、グリズは受け入れてくれたようにも感じていた。

夢の中だというのに、胸がチクリと痛む。今の俺はこの先にある別れを知っているからだ。

それを知らずに走る『俺』の気持ちを考えると、ただただ痛々しい。

そしてふいに場面が切り替わる。この脈絡のなさがまさに夢、といった感じだ。

ぼやける視界の中で、暗がりの向こうに天蓋が見える。そこに横たわるのは、俺自身だ。

「お母さん……」

声変わりしたばかりの子供が、この異世界にいるはずのない母親を求めてしまう。

寂しさと不安が入り交じったそれは、たった一人で異世界に来たトワイライトの飾らない本音なのだろう。コホコホと咳き込む背中はまだ小さい。

そしてそこにひょいと入り込む、銀色の光。

「トワイライト？　大丈夫？　熱は……まだ高いね」

額に冷たい手がひたりとのせられた。

ああそうだこれは、熱を出した夜だ。

当時の俺は幼稚な発言で周囲に嫌われていて、熱を出しても誰も寄りつかなかった。

サイドテーブルに置かれた水差しなどから考えると一応気遣われていた様子だが、病人に重すぎるそれは持ち上げられないまま、すっかりぬるくなっていた。

「トワイライトのお母さんはどんな人なのかな。僕の母は結構怖くてね」

さっきの独り言を聞いていたのだろう。子供のように甘えた言葉を、グリズは笑わない。

少年だった俺は天蓋付きの豪奢なベッドに寝転んだまま、しゃがみ込む男を見上げた。

「きょう、非番なんじゃ……ないのかよ……」

顔を出してくれて嬉しかった。

身内のいない異世界は、どんなに手厚い待遇でも寂しさを紛らわすことはできない。

だけど素直になれなくて、ついいつもの憎まれ口を叩いてしまうのだ。

馬鹿だな、俺は。

グリズはそんな俺に微笑んだ。いつもはそんな風に甘ったるく笑わないくせに。病人にはどうやら優しくしてくれるらしい。

「トワイライトが熱を出したって聞いたから。心配で見に来たんだよ。薬は？　貰った？」

俺は緩く首を振った。日中はそれほど高熱ではなかったから、つい強がってしまったのだ。

しかし夕方からどんどん上がる熱は苦しくて、もう目を開けていることすら怠かった。

「そっか。薬を持ってきたけど、起き上がって飲める？」

いつもよりグリズの声が甘く聞こえる。優しいその言葉が、弱った心に染み入った。

嬉しい、ありがとう。だがその言葉は声に出なくて、意識は眠気の波に攫われる。

「トワイライト？　薬を――」

好きだと。グリズのことが好きなのだと、この時自分は初めて自覚したように思う。それでも襲いかかる睡魔には勝てず、彼が側にいる安心感のまま瞳が閉じられる。

そしてグルリと場面が切り替わった。

ああ本当に、今夜の夢は色々なシーンを見せつけてくる。

甘くて苦しい、異世界での記憶。

庭園に向かって『俺』はグリズと歩いていた。傾く二つの夕日はグリズの顔を赤く照らして、その銀髪を美しく輝かせている。

それをトワイライトは横目でチラチラと見ながら、胸を躍らせていた。

もうすぐグリズの勤務終了の時間が近づいている。彼といられるのも今日はあと僅かな時間しかなくて、俺は珍しく自分から散歩へと誘ったのだ。

だが今日のグリズはいつもと少し違った。一見いつも通りだったが、苛立っているような些細な変化があった。

不器用なトワイライトは、それに気づいてもどう気遣ったらいいのか分からない。結局普段通り尊大に振る舞うしかできないから、チラチラとグリズを気にしながらも、『俺』はひたすらずんずんと歩く。

そうして廊下の端に立っていた騎士たちの横を通り過ぎた時だ。

——おいおい、無能な異邦人じゃないかあれ。ノワレさんもあんなウザい奴相手にすんの、大変だろうな。

——目障りだよな。嘘ばっかついてさぁ。いつまで王宮に居座るんだか。

あからさまに当てこすられているひそひそ話が耳に入り、トワイライトはすぐに激昂した。

「な……っ！　お前ら——むぐっ」

「はいはい、君たちそういうのは聞こえない所でしなよ。こんな所でする話じゃないでしょ」

摑みかかろうとする自分を、グリズが羽交い締めにした。

シッシと追い払うような仕草をするグリズに謝罪しながら、騎士たちは足早に去って行く。

彼らはグリズには謝っても、トワイライトには言葉一つ掛けなかった。つまり、そういうことだ。

「グリズ！　お前は俺の護衛だろう！　ああいう奴らからも守れよっ」

摑みかかる勢いで叫ぶトワイライトに、グリズは珍しく面倒くさそうな態度を隠さない。

それが癇に障った『俺』は、キャンキャンと叫ぶ。

「おい、聞いてるのかよグリズ！」

「聞いてないよ」

過去の『俺』は気軽に呼ぶが、こう見えても彼は騎士団でもそこそこ上のポジションだ。ヘラヘラして見えるもののやることはきっちりやるし、何をさせてもそつがなく、剣の腕だって歴代の団長を超える……と聞いている。なんだかんだ部下からも上司からも可愛がられる、世渡り上手なタイプなのだろう。

だからこそ異世界から来た俺みたいな、扱いにくい子供の護衛を押しつけられたといってもいい。そうしてこの日までは、俺たちはグリズの譲歩によってうまくやれていたのだ。

「聞いてないよ、異邦人殿。だけどさ、彼らは事実を述べただけでしょ？　なんのギフトも持たない異邦人を、いつまでここに置いておくのかって話をしていただけじゃない。まあ後のウザいとか目障りだとかは悪口だと思うけど」

「ほら悪口じゃん！　守れよ！」

「え〜？　僕だって彼らの思想まで制限できないし。まあ外で言うなって釘は刺したからいいでしょ」

俺に聞こえるようにわざと陰口を叩く騎士たちを、どうしてグリズはもっと叱ってくれないのか分からなかった。グリズは俺の護衛で、俺たちは特別な間柄だと勘違いしていたのだ。

今思えば彼の言っていることは至極まっとうであり、この『俺』の発言はどう考えても幼稚でしかない。

笑顔を貼り付けたグリズだったが、いつもと雰囲気が違った。身長差云々を差し引いても、まるで見下ろされているような威圧感がある。彼にとってはただ見ているだけだったとしても、色々と後ろ暗いことのある俺にとっては見下されているように感じられた。

「いい加減、その変な態度は止めたらいいんじゃないのトワイライト。ギフトがなくてもさぁ、別に追い出されたりしないよ？　こっちはそれが神様の思し召しだって、受け入れる態勢できてるんだし」

グリズが言うように、異邦人が大切にされる理由はここにある。

異邦人はこの世界に来る際に、神にギフトと呼ばれる能力を与えて貰える。それは他人の能力を判定できる力だったり、金属を自在に加工する力だったり。過去には近い未来を読める者もいたらしい。

しかし俺は——当時の俺はなんのギフトも貰っていなかった。

異邦人の歴史書に語り継がれている神様にだって会わなかったし、体内に湧き上がるナニカなんて感じたことすらなかった。

だから本来ならそれを素直に伝えればいいものを、『俺』は特別な存在になりたくて自分を誇張して偽っていた。ギフトはあるのだと、だから特別なのだと。

だからこそ、俺をこき下ろされることに対して、異常に敏感だったのだ。

「それが俺の耳に入ってるから問題なんだろうが！　くそ……っ、言っておくがな、真の力が発揮されれば、この国は俺を崇(あが)め讃(たた)えるだろう。堕天使たちの楽園が現れる時は近い！」

あああああ……やめろやめろ止めてくれ。

トワイライトが語るのは厨二病真っ盛りの設定だ。あの革手袋の下にも確か、天使と悪魔の紋章(もんしょう)が左右に刻まれている……という設定があった気がする。

当時の『俺』は偽りの自分を守るために、グリズの言葉を素直に受け入れられなかった。

異世界で特別な人間になったはずなのに、何も持っていないなんて事実は耐えがたかったのだ。だからこうしてギフトを持っているフリをしていたものの……多分グリズにも周囲にもバレバレだったんだろうな。

実際、ギフトなんてものは何もない。ただの空っぽの子供だった。

「ダテンシが何か分からないけど、ギフトを持っているなら使ったらどう？　持っているならね。そうしたら君に文句を言う輩(やから)もいなくなるし。ほら、あとさ、聖紋(せいもん)も出現していないんでしょ？　ホント何回も言うけどさ、ないならないでいいんだよ？　それなりの立場を用意できるから。非人道的なことなんてしないから。異邦人はもう元の世界に帰れないんだし、正直に話してこれからのことを見据えた方がいいと思うんだけどな？」

そう言われても俺は意固地になっていた。ギフトという物があるからこそ、この世界に迷い込んだ異邦人はよい待遇を受けられる。

そして聖紋は異邦人が神に愛された存在だと示す証拠であり、神に会った異邦人はこの聖紋により能力を発揮することができる――と言われている。

威張り散らすだけのトワイライトには、それがない。

それなりの待遇なんて言うけれどどうせ城を追い出されて、よくて平民モードが待っているのだろうと思っていた。だから身体を検分させることには必死で抵抗していたし、宗教的な問題とか児童虐待とか、そんな適当な言い訳をして決して見せなかったのだ。

「く……っ！　お前、それは俺には出現条件があるんだよ！　出現条件が！」

レベルがどうのこうの、月と太陽の位置がどうのこうの、世界の終焉のカウントダウンがどうのこうの、ルシファーがどうのこうの。キャンパスノートに書き殴っていた自分の設定で、『俺』はおおぼらを吹いていた。

ある意味、昔の俺は強メンタルだったなと思う。

だけどそれで本当に周囲を騙せていると信じていた。所詮世間知らずの十三歳は、大人になった俺から見ると随分幼稚なものだった。

「トワイライト、君は――」

グリズが痛々しげに顔を顰め、そして言葉を句切る。

何を言っても伝わらない。そんな諦めが混じったようなため息をついて、くるりとトワイライトに背中を向けた。

「お、おい！　グリズ！　どこ行くんだよ！」

「そろそろ交代の時間だから。そのうち他の騎士が来るだろうし、そこで座って待っててくれる？」

「いつもより早すぎんじゃん！　ショクムホーキじゃねえのかっ！　って、おい本当に帰んのかよ！　なあ！　グリズ！」

二つの太陽が輝いている夕焼けに、グリズの銀髪がキラキラと光る。

彼は一向に振り返らない。リーチのありすぎる歩幅が悔しくて、走るようにしてグリズを追いかけたトワイライトは、必死でその腕を掴んだ。

俺は、この男が好きだった。

なんだかんだ側にいてくれて、自分に小言を言ってくれる男のことが、好きだったのだ。

だが当時の俺は天の邪鬼で、プライドばかり無駄に高くて。そして男を好きだという事実を完全には受け入れられていない頃で。

離れたくないから、寂しいから側にいてくれなんて、素直に伝えられる子供でもなかった。

「なあ！　グリズってば！」

掴んだ腕を、グリズは軽く振って払う。国の中枢で働く騎士と、ひょろひょろもやしっ子の俺。ほんの一払いで、トワイライトはいとも容易く尻餅をついた。といってもコロンと転がる可愛いものだったけれど。

普段は穏やかな海のような瞳が、向けてくる視線は冷え切っている。しかしトワイライトはそれに気付かず、いや気付かないようにしながら起き上がると、ただ必死にグリズに命令した。

「な、なんだよ。安心しろ、俺がギフトを使った暁にはお前を一番の家臣にしてやるっ」

だから側にいて欲しい。

そんな本心を隠した稚拙で傲慢な物言いが、どうしてグリズに届くと思ったのだろう。そう、俺はこの後の顚末を痛いほど覚えているのだ。

既に何度も何度も夢の中で、この過去の出来事を繰り返し見ている。

「言っておくけどねえ、異邦人殿」

こんなにも冷えた声と冷徹な視線に、俺は何をもってグリズの特別だと期待していたのか。

今までのグリズの優しさは結局、厄介者と業務上つつがなく接するためのただの社交辞令だったのだ。

「君がギフトを持ってないって、周囲も僕も思っているよ。じきに僕以外もメインの警護に入るかもしれないし、その支離滅裂な虚言癖はそろそろ直した方がいいと思うな。そんなんじゃ、皆にもっと嫌われるよ」

淡々と告げられる言葉には、なんの気持ちもこもっていないように思えた。

今まで感じていた僅かな情のようなものさえ、幻だといわんばかりの冷徹な声が落ちる。

「まあ、僕はもう嫌いだけど」

「――っ」

淡い初恋を打ち砕くには、十分な言葉だった。

胸が痛い。これは何度見ても辛いシーンだが、全て自業自得だ。こんなきつい言葉をグリズに言わせたのは間違いなく『俺』だった。

ほんの少し与えられた優しさに、勘違いしていただけ。結局彼も自分を煩わしい異邦人だと思っていたのだ。そう思われるだけの心当たりがありすぎる。

伸ばしかけて宙を彷徨っていた手は、もうグリズを掴む勇気もなかった。

「……言い過ぎた。ごめんね、今日は母の誕生日なんだ。早く帰ってお祝いしてあげたい」

そう言ってグリズは、今度こそ振り返らずに去って行った。家族の祝いがあるからと、そう言われたら『俺』は何も言えなかった。そりゃそうだ、大事な家族と煙たい仕事相手なら、俺だって家族を選ぶだろう。

この異世界に、もちろん俺の家族なんていない。日本でも、母一人子一人の生活だった。

こうしてグリズが離れてしまえば、ギフトもない嫌われ者の異邦人には、周囲に頼れる人間は誰一人としていない。

憧(あこが)れていたグリズに手厳しく振られて、改めて自分の孤独を突きつけられた気がする。

「なんだよ……なんだよぉ……」

ポタポタと零(こぼ)れ落ちる涙をトワイライトは何度も手の甲で拭(ぬぐ)った。

一人ぼっちの中庭は、夕日で赤く染まっていく。

美しい中庭の端っこで俺は、それでもグリズが戻って来てくれるのではないかと信じていた。なぜなら夜勤の騎士との交代は、いつだってグリズがきちんと対面した上で引き継ぎがあったからだ。

少なくとも今まではそうして、忌(い)ま忌(い)ましげな顔をする騎士と代わってくれていた。

それに俺はグリズに突き放されてもなお、異邦人という立場にあぐらをかいていた。大切にされると。して貰えるという根拠のない自信があったのだ。

しかしそれは、違った。

その場にグリズが戻ってくることはなかったし、二度と会うこともなかった。

この日、この後。

『俺』はこの中庭で、何者かに殺されたからだ。

「あ……っ、が、はっ」

胸を貫かれ、息ができず。ただひたすらに熱い痛みに呼吸すら困難になる。

吐き出す呼吸にむせ返り、そこに錆臭い液体が混じる。拭う手のひらに付くぬるぬるとしたそれは、赤黒い自分の血液だ。

指先からは徐々に体温が失われて、関節からカクンと力が抜けて崩れ落ちる。

「つは、ぐぅ、がっ、は……」

痛い、苦しい、熱い、冷たい。

痛みに呻く喉からは、断片的に浮かんでは消える単語の一つも声にできなくて、こんな所で死んでしまうのかと、冷たい脂汗だけが流れ落ちる。

嫌だ、死にたくない、助けて。

「ぐり、ず――」

遠くなる意識の中で浮かぶ最後の願いは、グリスにもう一度会いたい、それだけだった。

◆◆◆

「――っ、夢、か……」

ハッとして目を開けると、そこには見慣れた天井があった。

長年暮らしている、アパートの一室だ。

ドクドクと鳴り響く鼓動は煩くて、汗で張り付いたシャツが気持ち悪い。

俺は右手を天井に挙げて、その手のひらを見る。

そこにあるものを確認してため息をつき、それから胸元をグッと握り締めた。

大丈夫。俺はここで生きていると、深呼吸をして激しい鼓動を宥める。

先ほどまで見ていたのはいつもの夢、その中でも一番苦しい記憶だった。眺めているだけで何もできない夢の中では、いつだってあの時の感情に引きずられて、最後は痛みまで共有してしまう。辛い記憶は、今でも俺を苦しめる。

異世界に渡り、そして戻って来て十五年経つ。

何度も見るこの夢は、それが自分の罪なのだと突きつけてくる。

俺は億劫ながらもベッドを降りて、汗を流すためにシャワーを浴びた。

排水口に流れていくお湯のように、自分の記憶もどこかに行ってくれないだろうか。

十三歳の頃。両親が離婚して、父は浮気相手を選んだ。母は時短パートからフルタイムパートへと変わり、必死に俺を育ててくれた。でも俺はそんな環境から目を背けたくて、厨二病設定を盛りに盛っていた時期だった。

今思い出しても顔から火が出るが、あの時の自分はそれなりに必死だったのだと思う。

自分の世界に入り込み現実から逃げる。それはまっとうな目で見れば恥ずかしいことではあるものの、それをしなければ自分を保てなかった時期でもあった。

そんな中でのまさかの異世界転移だ。妙な選民意識と特別感が、自分の厨二病を加速させたのだろう。何度夢に見ても『俺』の態度には酷いものがある。

異世界の人たちに嫌われていたのも、無理はない。

「はあ……本当いい加減、殺される日の夢だけは勘弁してほしい」

異世界で殺された俺は、気がつくと自宅のベッドの上だった。あちらではゆうに半年を過ごしていたはずなのに、実際の俺は寝て起きただけだと気づいた時には、己の頬を叩きまくった。それだけでは飽き足らず、母にもビンタを強要しドン引きさせた。

濃い夢を見ていた。異世界なんて馬鹿らしい。そう判断するのが正しいのかもしれない。

しかし夢にしては濃厚すぎた。

日本ではないあのカラリとした空気、夜にしばしば聞こえた獣の鳴き声、王宮の人々の敬いから蔑みに変化した視線、そして俺の――グリズへの恋心と厳しい失恋。それらの記憶全てが、俺に夢ではないと思わせる材料としては十分だった。

その上、帰還したあの時。

自分をビンタした手のひらには、よくよく見れば分かる程度に薄いが、確かに聖紋が現れていたのだ。

聖紋。

あれだけ渇望していたそれが、日本に戻ってきてから出てくるなんて。

当時、母にそれを見せても何も見えないと言っていた。俺の頭がついにおかしくなったと、病院に連れて行かれそうになったのも今では懐かしい。

「ほんと、困らせてばかりだったよな」

母子家庭になった途端、謎の厨二病設定を作り出し様子がおかしくなった我が子を、それでも見捨てないでいてくれた母には感謝しかない。

だがあの世界で欲しかった聖紋が、どうして今になってと絶望した。これさえあれば、あそこでももっとチヤホヤして貰えたし、グリズだって俺に笑顔を見せてくれたかもしれないのにと。その悔しさで、暫くは呆然としていた。

だがそれすらも、時間の経過と共に理解した。

あの時『俺』に聖紋なんてなくてよかったんだと。

もしあそこで聖紋が現れていたら、どれだけ天狗になったか分からない。

異世界で何者かに殺されたにも拘わらず、今の俺がそこに恨みの一つすら抱かないのは、それを自分の幼稚さを振り返るきっかけにできたからだ。

あの痛みと苦しみがあったから、厨二病から脱却できたといってもいい。

そういう意味では感謝しているが、誰が自分を殺したのか、いまだ分からないことは不気味ではある。異邦人である俺を嫌っていた人間は多いものの、殺意を抱かれる程だっただろうか。

疑問は残るものの、異世界から戻って来た俺はすぐに厨二病設定を捨て、少しでもまともな人間になるために努力した。やりたくない勉強にも取り組んで、少しでも見た目をよくしたくて筋トレも始めた。とはいえ中学時代はどれだけ努力しようとも、一度崩れた周囲の評価は長く留まり続け、結局ぼっち一直線だったけれど。

今の職場のリーダーである彼女も、中学での俺の悪評を覚えている人間の一人だ。弄られるのはいい気がしないが、それだけ酷い厨二病だった自覚はあるせいで強く出られない。

そんな環境に身を置いていても、聖紋は俺に何も伝えてこなかった。

いまだ使い方も分からないまま、ただ俺の手のひらに薄く存在しているだけだ。それでも俺はそれを見る度に、グリズのことを思い出す。

あれから十五年。俺はいまだに、あの苦い失恋から立ち直れないでいる。

「グリズ」

シャワー音に紛れるほどの小さな声で、そっと好きだった人の名前を呼ぶ。

声も変わった。身体だって百七十センチちょっととはいえ、平均身長程度には育った。仕事もできる……とまでは行かないが平凡な営業マンとして、可もなく不可もない仕事ができていると思う。まあ、職場の人間関係はよろしくないけれど。

今の俺を見たら、グリズも笑顔を見せてくれるだろうか。まともになった俺ならば、対等に接してくれるだろうか。

「バカだな、そんな奇跡……ある訳ないのに」

先ほどの夢で見た、グリズが俺に向けていた冷え冷えとした視線が思い出される。ゼロどころかマイナス感情しか与えていなかった『俺』が、たとえ会えたとしてもグリズに好かれる訳がない。

ずっと忘れられないでいる。夢と現実の間にあった、あの異世界での淡い初恋を。

この日本での生活の中で、気になる相手ができたこともある。

しかしそこにはいつも、グリズの面影を探していた。彼と似た髪型、彼と似た声の高さ。日本人離れしているあの整った顔立ちはテレビの中にだって存在しなくて、結局いつも彼の影を追ってそして落胆(らくたん)している。

そんな自分に気がついて、自嘲(じちょう)するだけだった。

グリズは俺を嫌っていて、いなくなったことにせいせいしているだろうに。十五年経っても俺は、まだ彼への気持ちが燻(くすぶ)ったままだ。

グッと手のひらを握り締める。

聖紋がまだ消えていないことだけが、俺とあの世界を繋(つな)げている気がした。

遺影(いえい)と位牌(いはい)。そして小さな仏花(ぶっか)と線香。小さな部屋にある小さな仏壇(ぶつだん)コーナーには、今日も変わらない母の笑顔がある。

線香は蠟燭(ろうそく)で火を点(つ)けるべきと聞いた気もするが、俺は気にせずライターの火を寄せた。赤く染まった線香の先から、細く長い白煙が立ち上り、俺は何となしにそれを見つめた。

部屋の中に染みつくこの匂いは、俺の嗅覚(きゅうかく)を麻痺(まひ)させている気がする。最近はこれからなんの匂いも感じないのだ。

スーツにまで線香の匂いが付いているような気もして、出かける前に消臭剤をふりかける。

「じゃあ、行ってくるよ母さん」

母が亡くなってまだ一ヶ月。

一人になり不安があるせいなのだろうか。

ここ最近、頻繁(ひんぱん)に異世界の夢を見てしまうのは。

俺は頭を振って、意識を現実に集中させる。ノロノロと立ち上がり、仕事鞄を手に取った。

過去の思い出だけで生きていけるほど、現実は優しいものではない。

アパートの扉脇に置かれた鏡には、いつもの凡庸な自分の姿が映し出されていた。思い出の中のグリズと同じ年齢になったというのに、俺はといえば吊るしのスーツを着て、自宅と職場の往復がやっとの毎日だ。

もしも今の俺が異世界に行っていたら、何かが変わっただろうか。

もっとグリズとうまく、やれただろうか。

「馬鹿だな」

緩く首を振って、俺は自分自身の考えを否定した。仮定の話をしたところで、何の意味があるだろうか。

ドアに鍵をかけてから、二、三度ノブを回して施錠を確認する。鞄に鍵を入れ、エレベーターへと向かおうとした瞬間。

「え」

空間がぐにゃりと歪んだ。

足下がフワフワとした感触に変化して、自分が立っているのか横になっているのか分からない不安定さ。目の前がぼやけている、この感覚には覚えがある。

十五年前にあった、あの異世界へ迷い込んだ時と同じだ。

「そんな、そんな――」

今更、ついに、どうしよう、どうなるんだ。

何も知らなかった子供の頃よりも、大人になった今の方が恐怖を感じる。人々のあの冷たい視線の中に、俺はまた身を晒されるのか――。

ああでも。

「グリズ……っ」

意識を失う瞬間、俺は思わず彼の名前を呟いた。

会いたい、でも会いたくない。

そんな相反する感情もろとも、俺はドプンと闇の中に吸い込まれていった。

◆　◆　◆

身体が揺れる。いや、揺さぶられている。

まだ眠いから寝かせてほしい。これだけ眠いんだ、もう遅刻してもいい。社会人にあるまじき発想かもしれないが、腹痛だとでも言い張ればなんとかなるだろう。それくらい身体が疲れていて、あと八時間は寝られそうだった。

揺さぶってくるその手を払いのけても、それでも繰り返し揺さぶられる。

しつこいな、寝かせてくれ。俺はごろんと身体の向きを変えた。

その瞬間。

「つたく……、いい加減、起きな！　人の店の前で寝るなんて、いい迷惑だよ！」

「がふ……っ！」

頭に冷たいものをぶつけられて、驚いて飛び起きた。

慌てて頭を振るとそこはビチャビチャに濡れていて、どうやら水を浴びせられたのだと思い至る。

　見渡すと、俺が寝転んでいたのは布団の上ではなく、アーチ状のレンガが敷き詰められた石畳の道路だった。デコボコとしたその場所は決して寝心地がよくはない。

「まさか……」

　逸る心臓を宥めながら、俺はゆっくりと周囲を見渡した。

　周囲の建物には木で作られた看板がぶら下がっている。絵が描かれたものも多い。

　同じような看板をぶら下げた建物はレンガ造りで、それは道路沿いにずらりと並ぶ。ここが商店街のようなものだと理解する。木製の扉は鋼で補強されていて、いかにもファンタジックな雰囲気だった。しかしどの店も、まだ鎧戸が閉められたままだ。

　人々が動き出すには早い時間なのか、道行く人はまばらで、こちらをチラチラと見ている人たちの服装は、日本では見かけない簡素なものだった。

　見上げた空には、二つの太陽が仲よく並んでいる。

「来た……本当に、戻ってきた……」

「なんだい朝っぱらからアンタ、酔っ払いかい？」

　呆然と呟く俺を見下ろすのは、華やかな印象の少女だった。

　桃色の髪の毛が似合う美しい顔立ちの少女は、十七か八くらいだろうか。少し吊り上がったクリクリとした瞳が魅力的に見える。ふんわりと裾が広がるグレーのワンピースは簡素だが、シンプルでよく似合っていた。

　俺に水をかけたのは、この少女で間違いなさそうだ。小脇に空のバケツを抱えている。

「こんな所でそんな小綺麗な格好して寝てたら、犯されても知らないからね。この辺は治安は悪くないとは言え、無防備すぎる」

「おか……っ、だ、大丈夫だから！」

桃色の三つ編みを揺らす少女の口から、とんでもない単語が出てきて慌てた。

急いで立ち上がって見た少女は、自分より少し小さい。百六十五センチくらいだろうか。だけど彼女の迫力は、その身長以上のものを感じさせた。

少女はやれやれといった態度で、その手を俺に向けてシッシと追い払う素振りを見せる。

「大丈夫なら、とっととどっかに行っておくれ。アンタがあたしの店先で寝ていたから、邪魔で中に入れなかったじゃないか。まったく、あたしゃ忙しいんだよ」

「ま、待って……！　あの、ちょっと俺に時間をくれないか!?」

彼女がさっさと扉の向こうに行ってしまいそうになり、慌てて細い手首を掴んだ。

だがその途端、腕を変な方向に折り曲げられる。

「つ！　いってぇええええ……！」

ビリビリと痛みが走り抜け、思わず叫ぶ。

「ふん。レディーの身体をむやみに触るもんじゃない。これくらいで済んで感謝しな」

痛みに蹲る俺を見下ろして、少女は踵を返す。

異世界で出会った最初の存在。警戒心は強そうだが人柄は悪くなさそうだ。私の店というからにはこの店のオーナー、もしくはそれに近い存在だろう。俺はこの世界で生きていくための足がかりを、ここで作る必要があった。

頭の中が一気にフル回転する。

「ちょっと、待ってくれ……！　君が損をしない話がある……！」

商売人らしい彼女が、チラリと俺を見た。

◆　◆　◆

そう広くない店内の一角にある小さなテーブルセットに、俺は少女――ミーニャと差し向かいで座った。

カウンターの向こうには壁一面に造り付けの棚があり、そこには様々な大きさの小瓶が並ぶ。中には何か植物のようなものが入っている。

出入り口側にはテーブルセットと窓しかなくて、何の店なのか想像できない。

俺はミーニャの反応を探りながら、嘘を織り交ぜながら事情を説明した。

「……なるほど？　トワと言ったね。アンタは異邦人で？　だけどギフトを持ってないから仕むところも仕事もない、と」

手のひらには薄い聖紋がある。

だがこの使い方がいまだに分からない俺には、ギフトはないも同然だ。

過去にこちらに来た時には、黒髪黒目という異邦人の特徴を持っていた。

だからすぐに王宮に連れて行かれて好待遇を受けた程だ。

だが今の俺は髪の毛をやや明るい茶色に染めている。少しでも見た目をよくしようと頑張った結果だが、異世界では異邦人と信じて貰う材料としてはマイナスかもしれない。

　ミーニャの桃色の瞳が、ジッと俺を見る。

　明らかに俺を疑っているのだろう。

「そ、そうだ。見てくれ、目は真っ黒だろう？　この世界では無彩色の瞳はないはずだ」

　果たしてこれで異邦人だと言い切れるだろうか。あり合わせの知識と記憶をたぐり寄せて、俺は以前のような失敗をしないように進めなければならない。

　いつ日本に帰れるのか……いや帰れないことも考えると、俺はこの世界で足場を固める必要があるのだ。苦い記憶の残るあの場所にはもう行きたくない。となれば自分の力だけで生活するしかないのだ。

　一度目の時のようなことは、流石に三十も近くなったこの歳で繰り返したくない。

「ふうん……。目は確かにそうだね。髪は……染めているのかい？　異邦人の髪は染まるっていうのは本当なんだね。あたしの髪の毛なんか母譲りでね。見くびられてかなわないよ」

「髪の毛が染まらない？」

　むしろ色とりどりの髪色を持つこの世界の人たちが、全て地毛だったことに驚いた。

「ああ。どんな染料だろうと、染めても一瞬で戻る。神の思し召しってやつかね。ああ、厄介なやつだよ」

　神と聞いてぎくりとした。

　ギフトを持たない俺を、神とやらはどう思って見ているのだろう。神に出会うこともなく、ただ手のひらに聖紋だけを持つ俺のことを。

「ただね」

ミーニャの空気が変わった。

俺をじいっと見つめる瞳が、彼女の疑念を伝えてくる。

「ギフトのないアンタを雇うことに、あたしにどんな利益があるんだい？　異邦人は国で保護される。それは国にとって利益があるからだろう。あたしがアンタを保護したところで、面倒ごとはあっても得になることが思い浮かばないね」

もっともな指摘だ。

俺だって、こんな厄介ごとの匂いがする異邦人が縋ってきたら、そう考えてしまうだろう。つまり彼女にとってのメリットを俺が提示できなければ、商談はここで終わる。

ここからさらに、生活の足場を探さなければならない羽目に陥るのだ。俺はテーブルの下で、手のひらをギュッと握り締めた。

努めて明るく、笑顔を作る。

「あるさ。まず一つは俺が客の前に出られることだ」

ミーニャは「おや」という顔をして俺を見た。俺からの提案が意外だったのだろうか。

俺は気にせず提案を続けた。

「貴女の話を聞くと、この店は貴女一人だ。そしてこの国は少なからず荒っぽい人間もいるのだろう。若い女性だということで商売しにくい部分もあるのでは？　その部分を俺がいることでカバーできる。こう見えて元の世界でも営業……客商売をしていた。多少の面倒ごとはあしらえる自信がある」

「……続けな」

食いついてくれた。

俺は気を緩めずに、言葉を続ける。

「二つ目は、俺を安く使えるということだ。異邦人の俺には今、金も家もない。だから店の床にでも寝かせてくれたら代わりに一ヶ月……いや三ヶ月は最低限の給与で構わない。食事が取れる程度の賃金で働こう。もし気に入らなければ三ヶ月で切ってもらってもいい」

いわゆる試用期間を導入してもらって、そこで俺の働きぶりを見て貰う。

最悪の場合、そこで駄目でもその間に世の中の情報を集められれば、次の仕事を見つけられるかもしれない。

そう、とにかく俺は何より先に、当面の寝床と食事を確保しなければならないのだ。

「ふうん。変な男だねアンタは。今来たばかりの異邦人だと言う割にこの国の事情を知りすぎてるし、初めて会ったばかりのあたしに固執しすぎている」

鋭すぎる指摘にぎくりとした。

だが平静を装って、あくまで自然に見えるように、そうかなと首を傾(かし)げてみた。

「そしてギフトがないことを理由に、王宮に行くことを拒んでいるようだ。神殿も王宮もギフトの有無に拘わらず、異邦人を悪いようにはしないと聞くが……そこに行きたがらないアンタは、一体何が目的なんだい」

「――っ」

やってしまった。

ミーニャの鋭くなった視線に、俺は瞬時に自分の間違いを悟る。

俺は目の前の彼女を、ただの少女だと侮っていたのかもしれない。自分の身の上を完全には明かさずに、彼女を都合よく使おうと無意識に思っていた。

そうだ彼女は、この若さで一国一城の主なのだ。

商売人として正しく、人を見て判断している。

俺はゆっくりと息を吐いて、改めてミーニャに向き合った。

自分に都合の悪いことを隠して、それで言いくるめられるような相手ではない。

そんなことを仕掛けてしまった己を恥じた。

「すまない……悪かった。全てを話すから聞いてくれ。もう隠し事はなしにする」

両手を挙げて、降参の姿勢を見せる。

俺は自分の情けない黒歴史も全て、包み隠さず彼女に話した。

俺がこの世界に来るのは、二度目だということ。なぜか元の世界に戻り、そして再び渡ってきてしまったこと。

そして当時は王宮で保護されていたが、ギフトを持っているフリをして周囲を騙した結果、皆に嘲笑され嫌われていたこと。

王宮に配置されていた騎士たちにまで、冷たい視線を浴びせられていたこと――まあ全面的に当時の自分が悪いのだけれど。

とにかくそんな理由で、王宮には顔を出したくないのだと。

ここまできたら包み隠さず、情けない話だったが全てをミーニャに打ち明けた。

だけど流石にグリズへの失恋と、殺されたことは言えず、俺は気がついたら元の世界に戻っていた、と言うに留めた。

ミーニャは俺の話を黙って聞いた上で、ああ、と何か閃いたように独りごちた。

「トワ。アンタ、あの『漆黒ぼうや』かい？　少し前に来た異邦人の子供が、真っ黒な服を来て偉そうな態度を取っているって聞いたけど」

「うわああああああああああああ……」

俺は思わずテーブルに頭を打ち付けた。

それは俺に陰で付けられていたあだ名だ。当時の俺は漆黒だなんて悪くないな、なんて思っていたが、これぞまさに黒歴史だろう。

それを大人になった今、他人の口から聞かされた身の置き所のなさといったら。

いっそ殺して欲しいと願いたくなるほど、枕があればそこに顔を埋めて叫んでいただろう。

「俺……です……。十五年前の俺が……すいません」

顔を上げることもできずに、テーブルに突っ伏しながら白状する。

まさか街の人々の間にまで、そんな噂が流れていたなんて。

「ん？　おかしいね。漆黒ぼうやがいなくなったのは、ほんの四年前だよ？　アンタがその子なら計算が合わないだろう。アンタはどう見ても……二十三、四だろう」

「いや二十八だけど……？　俺にとっては確かに十五年前で――ああ、でも元の世界に帰った時も、八時間程度しか経ってなかったな。規則性がなく、時間の進み方が歪んでいるのかもしれない」

俺がいなくなってから、こちらの世界では四年しか経っていないのか。

つまりまだ四年。俺の黒歴史は、まだこの国では健在ということを示している。

「ああぁ……マジか……」

ゴンゴンとテーブルに頭を打ち付ける。痛い。悲しいけれど夢ではないらしい。

「なんだい。変な男だね、アンタは。呼び名がそんなに恥ずかしいのかい？」

「ううう……俺の忘れたい過去だよ……」

「まったく。しゃんとおし。そんなんじゃ、うちの店でやっていけないよ。アンタには王宮に配達だってしてもらうんだからね」

「え」

ミーニャの言葉にハッとして顔を上げる。

にんまりと笑う彼女は、若々しい見た目に似合わず老獪そうに見えた。

「雇う、って言っているんだよ。訳ありの異邦人に親切にしておくのも悪くないかと思ってね」

「……アリガトウゴザイマス」

絶対本心じゃない。

だけど今そう突っ込むには分が悪すぎるので、俺は賢く口をつぐんだ。

ただ、それで終わるのはなんだか悔しくて。

「あのさ……ミーニャって何歳？」

彼女はフンと鼻白む。

「野暮な男だね。そんなこと、面と向かって聞くもんじゃないが——まあアンタと同じくらいの子供はいるさね」

「え……っ、こ、子供……!?　えっ、十代じゃ……」

「はーあ、これだからね。こんな見た目じゃあいつまで経っても舐められるんだよ。さあ、アンタの仕事はそんな店主を助けることだよ」

自分と同じくらいの子供がいる母親には見えない。いや、確かに彼女の態度は随分年上の女性のようにも感じられるが……この世界の人間が皆そうなのか、それともそんな種族が存在するということなのか。

頭に疑問符を浮かべながら呆然としている俺の背中を、ミーニャはバシンと叩いた。

「奥に部屋がある。今は使ってないがベッドもあるし、アンタに貸す。そこにある服を適当に着ていいから、さっさと着替えて手伝いな」

「は、はいっ」

理解のある雇用主と、当面の寝床を手に入れた。

二度目の異世界では、なんとか幸先のよいスタートを切れたことにホッとした。

◆　◆　◆

自立した息子さんは俺よりも随分大きいようだ。手の甲まで隠れるカフスを二回折り返し、シャツを緩く中に入れて長さを調整した。ボトムは元々短めだったらしく、自前のベルトで腰回りを合わせて穿けた。綿と麻を交ぜたような着心地だが、肌触りは悪くない。

「息子が戻ってきたようだよ！　……と言いたいところだけど中身が違うと随分違うもんだねえ。あの子が小さくなったって置いていったものだけど」

「ぐ……っ。この世界の男が大きすぎるんですよ。俺は向こうの国じゃ平均的だったのに」

「はっはっは。そんな細っこいなりでかい？　おっとすまないねトワ、悪気はなかった。見た目を言うのはマナー違反だね」

彼女も彼女なりに、見た目とのギャップで苦しんできたのだろうか。

すぐに謝罪して口をつぐんだ。

口は悪いが思いやりのある人なのだろう。

仕事着なのか、白いエプロンをつけたミーニャはさらに幼く見えてしまう……とは、俺も言わないでおいた。

「さて、仕事の説明をしよう。この店はごらんの通り薬を売る店だ」

「いや、見ても分からなかったけど」

カウンターの後ろに造り付けられた棚と、並ぶ小瓶。これらは全て薬だったのか。

なるほど、客が自由に手に取れないシステムを理解した。

「実はあたしは魔女の一族でね。だから普通の薬屋よりも効能のいいものが提供できる。ああこれは秘密だよ。アンタが異邦人だってことと同じくらいにね。だけど大したことはできない。ほんの小さな奇跡を起こせる……そう、薬効の高い薬を作れる程度だ。まあ異邦人の劣化版だね」

「……魔女？　この世界に魔法なんてなかったんじゃ」

前回王宮で学んだことの中に、魔法の記載はなかった。そんなものがないからこそ、異邦人の特別なギフトは大切にされるし、神の奇跡だと崇められているのだ。

「そうさ、この世に魔法なんて奇跡はない。表向きはね。だけどいる。うちの一族は、どこかで異邦人の血が混じっているとも言われているよ。だけどその血は薄まって、あたしが最後の魔女かもしれない。いいのか悪いのか……息子にはこの血は繋げられないからね」

ほんの少しだけ寂しそうに、ミーニャの瞳が細まる。

「魔女は未来を読む。運命を引き寄せて奇跡を起こす、そう言われていたのは過去の話だ。今のあたしは、ほんの少しだけいい薬を作れるだけさ。だけど……そうだね。トワ、アンタがここに来たのも運命なのかもしれないねえ」

彼女が何歳なのかは分からない。魔女と名乗る彼女が抱えているものも分からないけれど、その表情に俺は親近感を覚えた。

それはひょっとしたら最近俺が母を亡くしたせいかもしれないし、強気の彼女が見せた陰りのせいかもしれない。

彼女は一つ、ポンと手を叩く。

「さあて。無駄口はおしまいだよ。あたしは注文されている薬を作らないといけないからね。アンタは王宮に配達だ」

「え」

「説明しなくても、アンタなら場所は分かるだろう？　通りを出れば王宮の方向はすぐに分かるからね。いつもは配達代理人に頼んでいるけど、アンタがいるなら話は別だよ。さあ行っといで」

「ちょ、ま、待ってって！　俺、王宮には行きたくないって言っただろ⁉」

だからこそ恥を忍んで、全てをミーニャに打ち明けたというのに。

戸惑(とまど)う俺を気にも留めず、ミーニャは小さな箱を押しつけてきた。中でガラス同士が擦(こす)れ合う音がして、落とさないようにそれを慌てて持ち直す。これが配達する薬だろうか。

「四年前の『漆黒ぼうや』がこんな大人になっているなんて、誰も思わないから安心しな。それとも黒い服でも着ていくかい？　誰かピンと来るかもしれないよ」

「あああ……だからその名前で呼ぶのは止めてくれ……」

「あはは、そうかい。あたしは好きだけどね！　さあ行っといで。きっといいことがあるよ。これは魔女の勘さね」

グイグイと背中を押されては、被雇用者としては行くしかない。仕方なしに外へ繋がる扉を開けようとすると「ちょっとお待ち」と声がかかり足を止める。

振り向くとミーニャがポンと何かを渡してきた。

眼鏡(めがね)だ。黄色がかったこれを掛けろということだろうか。

「髪の毛は茶色でも、目が真っ黒だからね。色つきの眼鏡をしたら多少マシだろう。つべこべ言わずに行っておいで」

どれほどの効果があるのか分からないが、少しでも印象を変えられるならそれに越したことはない。

度が入っていないらしいそれを掛けると、俺は初仕事のために外の世界へと足を踏み出した。

第二章 ✦ 再会

周囲をグルリと囲む堀の前で、俺はただその巨大な城を見上げていた。

あの当時は王宮から一歩も出ていなかったせいで、こうして外から全体を見るのは初めてかもしれない。薄い色のレンガで組み立てられた城の中央には塔が二つ、そしてその上には円錐(えんすい)の屋根が載っている。大小様々な大きさの窓にも、よく見ると外側に細かな装飾が施されていた。だがそこに至るまでは高い塀(へい)や検問も設置されていて、日本の有名な観光名所(スポット)とはまったく違う役割を持っていることが分かる。

「本当に……来てしまった」

何度も夢で見た、あの時の記憶。異世界に迷い込み保護されて、自分の愚(おろ)かさ故に虚勢(きょせい)を張って周囲を欺(あざむ)いていた場所だ。まさか再びここに戻ってくるとは思いもしなかった。

ミーニャに渡されていた札——通行証を見せると、守衛の騎士は俺の顔を見て、しかし何も言わずに中に通してくれた。眼鏡(めがね)がこの瞳を誤魔化してくれているのだろうか。少しだけ肩の力を抜く。王宮の敷地内は石畳が敷かれている。俺は邪魔にならないように隅に寄って、薬の入った箱を開けた。

ミーニャに聞いたとおり、中には納品先が丁寧(ていねい)に記されたと思(おぼ)しき紙が入っている。

だがここでまさかの事態が発生した。読めないのだ、文字が。

「うそ、だろ？　え、えええ……？　前の転移の時には問題なく読めたのに」

なけなしのチートがさらに削がれてしまっている。神様、一体俺が何をしたっていうんだ。

文字の羅列であることしか理解できない俺は、仕方なしに先ほどの門前の騎士に声を掛けた。

慣れた様子で教えてくれることから、この国の識字率はそう高くないのかもしれない。

「ここは初めてかい？　迷わないように気をつけるんだよ。ええっと『青い袋は第二研究室、透明の瓶は第二騎士団』と書いてある」

「……第二騎士団!?」

俺はギョッとして、思わず大きな声を出してしまった。

パッと自分の口を塞ぐ。目の前の騎士は動じずにニコニコと笑っていた。

「場所は知ってるかい？」

「あ、はい……シッテマス……」

俺は呆然としながらも頭を下げて、ヒラヒラと手を振る彼の前から移動した。

ミーニャ！　何がいいことがあるよ、だよ。まさかの敵陣ど真ん中じゃないか。

「しかも……第二騎士団って、グリズが所属していた所じゃん。そうじゃなくても俺、騎士たちには嫌われていたって言うのに……」

俺の体感は十五年。それくらい昔なら、笑い話として流せたかもしれない。

だけどこちらの人々にしたら、まだほんの四年前だ。

厄介な異邦人の記憶は、まだ十分残っている可能性が高い。

大人たちを散々振り回した自覚があるだけに、もし身元がバレたらと思うと震え上がる。

そうはいっても今や俺も大人で、これは仕事。それも試用期間初日の大仕事だ。これを放り出すなんて社会人としては失格だろう。自分の首を絞める選択肢は流石にない。

「う〜〜ん……眼鏡はしてるし、髪の毛も染めている。身長も結構伸びたし……はあ、これは行くしかないかあ」

何か心配しているのだろうか、こちらをチラチラ見てくる門番の視線が痛い。

これ以上留まって不審者認定されても怖い。俺は仕方なく、だが悲しい事に迷うことなく、目的地へ歩を進めたのだ。


南側にある第二研究室には問題なく届け終えた。続けて東にある第二騎士団の元へ向かう。研究室で特に容姿について言及されなかったので、少しだけこの変装に自信がもてた。

第一騎士団の仕事は主に警護だ。王族や貴賓など重要人物の護衛をする。見た目も家柄もよい男たちが働いている。

第二騎士団は実働部隊で、戦争があれば先陣を切る。普段は街の警備隊のまとめ役をし、王宮の警備を任されている。そして有事に備えて訓練をしていると聞く。つまり第二騎士団は、実質的なこの国の戦力の要なのだ。

グリズもそこで働いていたはずだが——顔がよくて腕も立つグリズなら、第一騎士団にのし上がっていたりしないだろうか。そうしたら顔を合わせなくて済むのにな。

そう自分勝手に考えて、じくりと胸が痛んだ。

苦すぎた失恋は、十五年経っても俺の感情を掻き乱すのだ。

俺は重い足取りで、第二騎士団の詰め所へ進む。王宮の東側の一角に、訓練所と共にそれはある。と言っても第二騎士団は百人規模の大所帯なので、詰め所と言っても小さな体育館くらいの広さは十分にあったりする。グリズを伴って何度か来たこの場所は、見覚えがありすぎる。

土埃の舞う訓練場を横目に、俺はコソコソとそのエリアへと入った。キラキラとしたあの銀髪が、辺りに見えず安堵する。

大きな木の扉をノックして、俺は部屋の中を覗いた。

「すいませ～ん……。お届け物にあがりました……」

眩しい屋外から薄暗い場所へと入ると、瞳孔がその明暗に対応しきれない。

俺は目を細めて、中にいる人に声を掛けた。室内に入るのは初めてだ。

扉を開けてすぐに見えるレンガ造りの室内は、天井の梁がむき出しになっていて洒落た雰囲気だ。板張りの床の室内にはテーブルセットがいくつも並んでいる。食堂なのかミーティング室なのか、数人が纏まって何か話しているようだ。恐らくここに所属する騎士だろう。

話し中に申し訳ないが、こちらもさっさと納品して帰りたい。

「受け取りをお願いします……」

何度か目を瞬かせつつ、室内にいる人たちに声を掛ける。そして戻って来た返事に、ぎくりと身体を強張らせた。

「その木箱……ミーニャの店？　珍しいね、いつもの配達代理業者の子じゃないんだ」

柔らかな響き、少し甘く聞こえる滑らかな低音。この十五年間、忘れたくても忘れられなかった。慣れてきた目が捉えたのは、輝く銀髪を揺らした、眉目秀麗な男性だ。

グリズ。

そう声に出しそうになって、俺はグッと言葉を飲み込むことに成功した。

まさかこんな初手で会うなんて思ってもいなかった。見かけたら、見つからないうちに逃げ出せばいいと思っていたのに。こんな近距離ではそれも叶わない。

何より久しぶりに対峙したその男の姿に、心が勝手に弾んでしまっているのだから情けない。

昔は短かった銀の髪は、襟足の部分だけ長く伸ばされていた。緩く結ばれたそれは動きに合わせて軽やかに揺れる。

手足が長く背も高い彼は、ゆったりとしたズボンとシャツに軽い革防具を身につけている。動作がいちいち優雅で、十五年——いやこちらでは四年経った今でも、その格好よさは変わらなかった。

それどころか以前の少しチャラチャラしていた雰囲気が落ち着き、それが色気になって少し……いやかなり格好よくなっていた。

断ち切ったはずの想いがフツフツと湧き上がって、心臓が勝手に早鐘を打つ。夢の中で何度も見たグリズの実物は更に格好よくて、彼の顔を見ることができない。

いや、直視できない理由は俺の身バレ防止のためでもある。ああ、でも。

胸が苦しい。思い切ってグッと顔を上げるものの、不思議そうに微笑むグリズの顔を見て、恥ずかしさにまた俯く。まるで恋する乙女のようで、自嘲した。

今の自分は、そんな甘ったるいことを言える立場でもないくせに。

知らずしらず後ずさろうとしていたのか、足下の床板がミシリと軋む。

「あ、の。今日は俺が届けるようにって言われてて」

顔を上げられないまま、グリズの足音だけが俺の方に近づいて来る。

「ふうん……？」

木箱に掛けたグリズの指先が、俺のそれに一瞬重なる。

心臓が大きく跳ね上がり、触れた指がチリチリと焦げつく。ハッと顔を上げると、視線が交わる。

「君、これからもここに来るの？　今日だけ？」

「おっ、俺は……その、今ちょっとお試しで……あの、上手くやれたらミーニャに雇って貰える、って感じで」

動揺しすぎだ。声は裏返るし、自分でも何を言っているのかよく分からない。

木箱を渡したのだから、俺の仕事は終わりのはずだ。それなのにグリズは俺をジッと見つめてくる。やましいことだらけの身としては、そこから動くことができない。

バレている？　バレていない？

俺があのトワイライトだと、目の前の男には絶対に気付いて欲しくない。

「君と会うのは初めてかな？　前にも会った事ある？」

グリズは微笑んでそう言った。

ただの世間話を、あの俺が、あのグリズとしている。

こんな些細な会話で俺が内心パニックになっているなんて、目の前の男は思ってもいないだろう。

「え、ない、ですよ。あっ、初めまして。十和、ッ……です」

思わず本名を名乗ってしまい、パッと口元を押さえた。

こちらの時間で四年前、ほんの数ヶ月を過ごしただけの生意気な護衛対象の名前を、グリズはまだ覚えているだろうか。それとも『トワ』なんて名前だけでは、それがあの『トワイライト』だなんて考えもしないかもしれない。

「あ、の……」

彼の顔をチラリと覗き見るが、何かを思い出したような顔付きではない。

安堵するべきなのに、どうしてこんなに胸がザワザワしているのだろう。

過去にこの世界に来た時の俺は、真名を告げると不利益を被ると思い、トワイライトという当時の最強厨二病ネームを名乗っていた。

しかしみんな俺を『異邦人』と呼び、その厨二病ネームは誰にも呼んでは貰えなかった。

名前を呼ぶ価値がない子供だったのか、それとも単純にギフトを見せない俺に興味がなかったのか、またはその両方だったか。

だから俺の名前を呼んでくれたのはグリズだけだったが——彼の反応を見るに、今となってはもう忘れているのだろう。

なにせ彼にとって過去の俺は厄介な異邦人であり、既に死んだ過去の人間なのだから。

忘れられていてよかった。

そう胸を撫で下ろしたいのに、グリズはいつまでも会話を続けてくる。

「トワ……トワね。珍しい名前だね。どこから来たの？」

「え、えっと、田舎です、多分言っても分からないかと……」

なぜか食いついてくるグリズに、今度こそ後ずさる。

帰りたい。背中が嫌な汗でビチャビチャだ。

「ノワレ副団長。なに配達の子を苛めてるんスか。可哀相に、緊張してるじゃないッスすか」

助け船となった赤毛の騎士の言葉に、俺の身体は再び凍り付く。

彼はノワレ副団長と呼んだ。確かに目の前の男の名前はグリズ・ノワレだ。だが、副団長？

まさかそんな上の立場になっているなんて思いもしなかった。

「そう？　苛めてなんてないよ、ねえ？」

グリズは悪びれた様子もなくそう答える。赤毛の騎士は、琥珀色の瞳に呆れを滲ませていた。

それから俺の顔を見て、それから何かに気づいたような顔で目を見開いた。

「アンタ……」

何かを確かめるかのようなその視線に肝が冷える。

トワイライトだと気付かれてしまったのだろうか。いやまだきっと大丈夫だ。髪色も違うし、眼鏡もしている。

大丈夫、大丈夫——俺は自分に言い聞かせて、できるだけ平然とした顔をする。

グリズだけではない、今の俺にとっては騎士団全体が鬼門なのだ。

「あ、の……？」

どうにかして早くこの場を立ち去りたい。

焦る胸の内が通じたのか、ジロジロと見ていた赤毛の騎士は、スイと視線を逸らせた。

「トワ、大丈夫？　顔色が悪いね。エルースが怖がらせちゃったかな？」

「俺は関係ないっしょ。怖がらせてたなら、副団長ッスよ」

この赤髪の騎士はエルースというらしい。その名前にはやはり聞き覚えがなくて、前回に関わった人間ではない、はずだ。俺はほんの少しだけ、彼らに対する警戒を緩めた。

赤毛の騎士は、俺よりも少し若い男だった。そばかすのある爽やかな顔立ちの彼は、先ほどの探るような視線はどこへやら、ニコッと人好きのする笑顔を振りまいた。

「尋問癖というか、副団長の追い詰めるような聞き方、癖になってるッスからね。ほら、宅配の彼がびっくりしてるッスよ」

エルースは「ねえ？」と親しげに俺の背中を叩く。

騎士たちに囲まれているこの状況から、どうしたら抜け出せるのだろうか。

「ええっと、その若さで？　ここの副団長サン、なんですか」

「ん？　うん。ごめんねこっちも挨拶してなかったね。僕がここ、第二騎士団の副団長をさせて貰っているよ。ミーニャの薬は重要な物だから、受け取りは僕か団長って決まっているんだ。これからよろしくね、トワ？」

にこやかに微笑みかけるグリズは、それはもう美しくて。

「あ、あわ……あの、あっ、は、はい……っ、よろしくお願いします、グリズ副団長……」

これまで向けられたことのない華やかな笑顔に、自分の立場も忘れて俺は見蕩れてしまった。

しかし名前を呼んだ後に、名字で呼ぶべきだったと慌てて口を塞いだ。

彼の隣に立つエルースが、驚いた顔で俺を見ていたからだ。

初対面の男がファーストネームを呼ぶべきではなかった。ちらっと顔色を窺うが、ニコニコと笑うグリズは機嫌がよさそうにも見える。

とはいえ訂正しておくに越したことはないだろう。俺はバッと頭を下げた。

「あ、す、すいません、失礼しましたノワレ副団長っ」

「グリズ、でいいよ？　君は部下じゃないんだから。さあ、受け取りのサインをしたよ。またおいでね、トワ」

そう言ってグリズは、俺の肩をポンと叩いた。

その後の俺は、どうやって店に戻ったのか記憶がない。


その晩俺は、店の奥の与えられた小部屋で一人、枕を抱えて苦悶していた。

グリズがまさか副団長にまで上り詰めているなんて。計算が合っているなら今はまだ三十二歳だろうに、凄い——じゃなくて。ああ、今後も配達に行く度にグリズに会える——じゃなくて。会わなければならないなんて。

大丈夫、今度からは最低限の会話で辞去すればいい。店の仕事もあるだろうし、騎士団に配達なんて滅多にないだろう。

「今の俺は一介の商人だし、そんなに会話することもないだろう。きっと今日は初日で目新しくて、たまたま世間話を振られただけだ。うん、きっとそうに違いない」

俺はそう結論づけて、異世界出戻りの記念すべき初日を終えたのだった。

真面目に仕事を頑張る。

確かにそう決めた。日本での自分はただそれなりに仕事をして給料を貰っているだけだったが、ここでそんな働き方をしたら生死に関わる。

なんせ三ヶ月後には首を切られるかもしれないのだ。

貯金も住む家も雇用保険もない。なんなら戸籍だってないし頼れる人もいない。

だから可能であれば継続してこの店で働きたい。夢や希望なんて甘ったれたことよりも、今はとりあえず生きのびる方が大事なのだ。

そう。そのためなら、どんなことだって身を粉にして働こうと思っていた。

けれど。

「トワ？　どうかな、美味しい？　最近街で流行っている焼き菓子らしいよ。口に合えばいいんだけど」

昨日の今日で再び訪れた騎士団詰め所。そこにある副団長室とやらに通された俺は、ソファに腰掛けなぜかクッキーを頂いていた。

そしてグリズが、近い。距離が近い。なぜ俺の真横に座るんだ？　目を細めて俺を見るんだ？グリズの手の位置がおかしいぞ？　なんで俺の肩を抱き寄せているんだろうか？

疑問はいくつもあるけれど、角を立てずにそれを言葉にできるほど、俺に強いコミュ力は備わっていなかった。

直接取り調べを受けているようだ。

やはり怪しまれているのか？

眼鏡越しとはいえ近すぎる距離で見つめられては、緊張して繊細な味など感じられない。なんとか咀嚼し嚥下すると、僅かな甘さだけが舌に残る。

「は、はひ……グリズさん、あの、はい、美味しい、です」

「それはよかった。トワ、こっちも食べてごらん。甘いものは好きだろう？」

「す、好きです、けど……」

先ほどから勧められるがままに食べていて、実はもう腹一杯だ。

この人に甘いものが好きだなんて、昨日は一度も言った記憶はない。俺はこの世界で幼く見えるみたいだから、子供は甘い物好きだという偏見による当てずっぽうなのだろうか。

お茶とお菓子でたぷたぷになった腹を撫でさする。

「ふふ、顔にクッキーが付いてるよ」

「え、わ、どこですか？」

味がよく分からないクッキーを、そんなに顔に付くほどがっついたつもりはなかった。俺は慌てて口の周りを手で払う。

「いや、そっちじゃなくて。こっち」

顎の下の辺りに、吐息がかかる。

続いて柔らかなものが触れる感触。それがグリズの唇だと気づいた瞬間、体中の産毛が一瞬で総毛立ち、血管が一気に沸き立った。

「ここ、ついてた」

「っ、な！　い、言ってくれれば自分で取れます！」

グリズの顔を手で押しやっても、彼は平然としている。こんな男だっただろうか？　それとも俺が知らなかっただけで、こんな近い距離感の人間だったのか？

子供だった昔の俺には、もっと素っ気なかった気がするのに。

ゴシゴシと顎を拭うフリをしても、赤くなっただろう顔の熱までは引いてくれない。

グリズはフッと笑って、突然脈絡のないことを聞いてきた。

「ねえトワ。君のお母様は元気？」

「母親……ですか？」

なぜそんなことを聞くのかと一瞬警戒するが、世間話の一環だろうと思い直して、俺は正しく事実を伝えた。

「母は少し前に亡くなりました。病気で」

「……そう。君のお母様ならお若いだろうに、残念だったね」

思いがけず重いトーンで返事をされて、俺の方が逆に慌てた。

そういえば職場の同僚からは、忌引への嫌みは言われても労いの言葉なんてなかったな。

「い、え。明るい人で、最期まで笑ってくれていましたよ」

亡くなってまだ一ヶ月。明るくて、我慢強い母だった。病院に連れて行った時にはもう末期で、手の施しようがない状態だった。

「だけど俺が……もっと早く気付いてあげられたら。もしかして助かったかもしれないなぁなんて、たまに思うんですよね」

転職して間もなくて、自分のことだけで精一杯だった。もっとちゃんと向き合っていたら、母は癌が進むことなく今も元気に生きていたかもしれないのに。

誰にも言えなかった本音が、思わずポロリと零れ落ちた。

「あっ、なんか……すいませんこんな話――ッ」

身体が包み込まれる。

背中に回るそれがグリズの腕で、顔がのったそれが彼の肩で。

抱きしめられていると気づいたのは、一拍置いてからだった。

「えっ、ちょ、な……っ！」

「シー……。静かに」

耳元で、甘い声が小さく囁く。触れ合ったシャツ越しに、トクトクというグリズの心音が伝わってくる。

「トワ。いいんだよ。よく頑張ったね」

優しいトーンで、そんな風に労られると妙に胸に響いてしまう。

知らず張り詰めていた気持ちが、緩みそうになるから止めてほしい。

それなのにこの暖かな腕の中から抜け出せなくて。俺はギュウと彼のシャツを握り締めた。

「……っ、っ」

「いいよ。僕は何も見てないから」

シャツを濡らされることに文句も言わず、グリズはそんな風に慰めてくれる。そういえば母が亡くなってからずっと、泣いていなかった。そんなことを思い出しながら、俺は年甲斐もなく背中をさすられていた。

「う……すいません。みっともない所を」

散々泣いて、持ってきて貰った濡れタオルで顔を拭いた。

「ううん。うちもね、母が長いこと病気でね。気持ちは痛いほど分かるよ。もう心の準備はできているけど、辛くないと言えば嘘になる」

「そう、なんですね」

知らなかった。こちらでの四年前、彼はそんな母親の誕生日を祝っていたのだろうか。彼の母もまた、遠くない死が待っているのだろうか。

別れはいつだって辛い。それなのに俺をこうして励ましてくれるのだから、やはりグリズという人間は優しい男なのだ。

「だからね、トワは頑張ったと思うよ。なんて、僕が偉そうに言うことじゃないけど。ね、ほら元気出して」

長い指が小さなクッキーをつまんで、俺の口元に差し出してくる。ニコリと微笑む、グリズの笑顔が眩しい。

「あ、あの……？」

しんみりとした空気はどこへやら。これは、あの。ひょっとしなくても、ひょっとして、あーんというやつだろうか？

ツンツンと唇に押し当てられているこれは、まさか本当に、それ？

「どうしたの？　美味しいものを食べたら元気が出るよ」

「い、いや、流石にこれは……？」

やはり、色々おかしい気がする。

昨日の今日で騎士団に再度配達があるのもおかしいし、こんな至近距離で身の上話をしてしまうのもおかしい。何より俺はグリズにこんな歓待を受ける理由がない、ただの配達人なのだ。

とはいえ俺があの『漆黒ぼうや』だとバレてしまえば、こんな態度で接してくれる男ではないだろう。そういう意味では、安心……なのかもしれない。

口元でフリフリと揺らされるクッキーは、絞り袋から綺麗に作り出されたものだ。上に載っているのは砂糖漬けだろうか、キラリと光る飾りが美しい。

「ん、どうしたの？　親愛を表すために手ずから軽食を食べさせるなんて、よくある伝統じゃないか。『触れ合わば深まらん』って有名なことわざがあるくらいだし。まさか知らない？　トワの出身ってどこ――」

「っあーっ、あー―、そうでしたそうでした！　最近全然してないから忘れてました！　いやー昔はよく友達と食べさせあってましたね！　やっぱりね、仲よくなれますもんね！　い、いただきまーす！」

深く探られてはボロが出てしまう。俺は両手を打ち鳴らして、慌ててグリズの言葉を遮る。

そしてその手から差し出されたクッキーを、他に何か言われる前にとパクリと口に入れた。

サクサクとした食感がとてもいい。お腹がいっぱいで、なおかつこんなシチュエーションでは、味が分からないのが申し訳ない程だ。

そんな俺を見て、グリズはニコリと笑った。

「イタダキマス？　それは挨拶？」

なぜそんなあたり前の事を聞いてくるのか。一瞬理解できなかった。

それからすぐに、体中の血の気が引く。

習慣とは恐ろしい。食前の挨拶は幼少期から身体に馴染みすぎて、ごく自然に口から零れてしまっていた。それがこの世界に存在しない言葉だとは気づかずに。

「あ、の……」

「それとね、トワ。『触れ合わば深まらん』なんてことわざはないし、手から直接食べさせて仲よくなるなんて習慣はこの国にないよ。もちろん、近隣諸国にもね」

「あ、あの……、あの――」

昨日の比ではない、滝のような冷や汗がダラダラと背中を伝う。

これはあれか。

最初からグリズには怪しまれていたということか？　それで鎌を掛けられた、と？

まんまと引っかかってしまった単純な自分が憎い。

言葉が出ない。下手な言い訳は、さらに自分を追い詰めるだけだと知っているから。

「あ、あの、あのですね……」

「眼鏡、色が入っているんだね」

ハクハクと口を開閉させる俺を、グリズはじいっと見つめている。眼鏡に指が触れ、顔の距離が近づいてくる。

肩に載せられただけの手が随分重く感じて、俺はピクリとも動くことができなかった。

だが突然、そこに大きな音が響く。

「副団長～！　いつまでサボってるんスか！　次回の野外訓練は遠出するって言ってたじゃないッスか！　早く書類を確認して下さいよ」

扉が前触れなく開いた。ズカズカと入ってきたのは昨日も会った赤毛の騎士、エルースだ。

「チ……」

「舌打ちしないでください～！　ホント、顔に似合わずイイ性格なんだから！　副団長に憧れてる貴族のお嬢さん方に見せてやりたいッスよ！　顔は敵いませんけど、性格は絶対俺の方がまともですし」

エルースが入ってきたことで、部屋の空気が幾分か和らぐ。

蛇に睨まれた蛙状態からの脱出だ。ようやく呼吸ができる気がして、俺は知らず詰めていた息を吐く。憮然とした表情で渋るグリズの隣から、俺はそそくさと立ち上がった。

「あっ、こらトワ――」

「副団長！　仕事ッス、仕事！」

グリズが腰を浮かそうとした瞬間、赤髪の爽やかそうな彼は、抱えていた書類をグリズにバサリと手渡した。グッジョブ、エルースさん。

「じゃ、お仕事の邪魔をしても何ですし、帰りますね！　お菓子ご馳走さまでしたグリズさん」

この隙にと、俺はペコリと頭を下げて退出――しようとした所で腕を掴まれた。

「な……ンッ」

唇をなにかがかすめる。

それがグリズの唇だったことに気づいて、一気に顔に熱が集まった。

「な、なな……、なっ！」

「これは僕へのお駄賃ってことで」

キスをされた。

待って、待ってくれ。なんで。

今ここに、キスなんてする流れはあったか⁉

「この国では仲のいい友達はキスするって、知ってるよね？　あれ？　知らなかった？」

「し、知ってま――いや、それは流石に嘘でしょ⁉」

「あはは、どうだろ。じゃあまたね、トワ」

ヒラヒラと手を振って部屋へと戻るグリズと、その奥に呆れ顔のエルースが見えた。

パタンと閉じられた扉を見つめて、俺は自分の唇を押さえた。

「ファーストキス、なんだけど……っ」

恋愛のチャンスを逃しに逃して、気がついたら二十八歳になっていた。

いくら誰を好きになろうとしても、いつもグリズの影を追っているだけだと気付いてから、もう恋愛自体を諦めていた。

枯れかけた俺にとって、別にファーストキスの一つや二つ、どうってことない。そう言いたいけれど、諦めきれない初恋の相手からのキスだ。触れただけの唇の感触に、思わず顔を赤くしてしまう。

柔らかかった。それに温かくて。

「いや、あんなのは……揶揄（からか）われただけだ」

茹（ゆ）だる頭をブンブンと振って、あれはただのお巫山戯（ふざけ）なのだと忘れることにした。

そうでなければ、疑ってかかった俺にボロを出させるための演技なのだろう。

しかし簡単にあんなことをする男だったとは。モテるグリズにとって、キスなんてきっとたいした意味はないのかもしれない。

「もう、いただきますは禁止だな……」

この世界での常識を、俺はまだ知らなすぎる。

ため息をつきながら詰め所を出ると、演舞場にはずらりと騎士たちが整列していた。

グリズは、これだけの人たちを纏める立場にあるのか。

そうなってくるとやはり、探りの線が濃厚だろう。慌てた俺の失敗を期待して、キスをしてきたに違いない。

俺はそう断定して、王宮を出るべくずんずんと歩く。

行きと同様、守衛の騎士に通行許可証を差し出した。

「おいおい君、大丈夫か？　顔が赤いぞ」

指摘されなくても分かっている。

あのキスに特別な意味はない。意味がないに決まっているんだ。

そう思わなければ、この浮（うわ）ついた気持ちと熱は下がりそうになかった。

◆◆◆

おかしな熱を振り切るために、必要もないのに走ってみた。しかし運動不足の身体はすぐに悲鳴を上げ、ただみっともなくゼイゼイと息を荒らげるに終わってしまった。

息を整えながら店に戻ると、ミーニャは変わらず薬の調合をしていた。

カウンターの小窓から見える部屋は、在庫部屋兼調薬室だ。

さらにその奥には、俺の間借りしている部屋がある。鰻の寝床のようなこの小さな店は、意外と来客が少なくない。

「トワ、アンタどこほっつき歩いていたんだい？　今日は騎士団だけだったろう」

白と黒の謎の粉を秤にかけながら、ミーニャは帰ってきた俺をギロリと睨む。こういう時の彼女は、見た目年齢以上の迫力がある。口答えはしないに限る。

「すいません。ちょっと騎士団で捕まってまして。その、グリズさんにお茶をご馳走になっていました」

俺の言葉にミーニャはため息をつき呻いた。

「まったく、あの子かい……。変なことされてないだろうね？」

変なこと、と言われて、帰り道で頭から振り払ったはずのキスを思い出す。

唐突に顔を赤くした俺をどう思ったのか、ミーニャは何も言わずニヤッと笑った。

「な、なに……」

「さてね。なんにも？　まあ、悪くなかったならよかったよ」

ミーニャはグリズをあの子と呼んでいた。確かに今まで騎士団と取り引きがあったなら、二人は親しい間柄なのかもしれない。俺と同様、ミーニャとは親子のような年齢差なのだろう。

だが美しいグリズの隣に立つ可憐（かれん）なミーニャを想像したら、絵になりすぎた。

どうしてだろうか、胸の辺りが痛むのは。

「さ、トワ。用意しな！　次の配達と、それが終わったらやって欲しいことは山のようにあるんだ。グズグズしてる暇（ひま）はないよっ」

「は、はーい！」

回収してきた空き箱をしまうため、慌てて二階の倉庫に駆け上がる。

不親切な地図と睨み合いながらの配達や、店に来た客とのやりとり。

そして器具の掃除に片付けなどなど。やることは山のようにあると言ったミーニャの言葉通り、時間はあっという間に過ぎていく。

こうして慌ただしく一日は終わったのだった。

「ふ～、疲れたぁ」

ミーニャも自宅へ帰った。一人になった店内で、俺はゆっくりと伸びをした。

教わったことを紙に纏める。殴り書きのメモを清書しているうちに、気付けば日も傾いていた。

夕飯の買い出しにでも行こうかと、貰った小銭をポケットに突っ込む。

この国での食事は、自炊よりも店で出来あがった物を買うのが主流らしい。店の奥には小さなかまどのような物があるけれど、キャンプ経験すらない俺には到底無理だと早々に諦めている。

大きく息を吸うと、室内にはまだ嗅ぎなれない薬草の匂いがした。

「ん～……」

肩周りを動かすと、コキコキと鈍い音がした。

慣れない仕事と生活。思っていた以上に疲れが溜まっているのだろう。

それはそうだ。まさかの異世界転移、強制転職。安全な日本のサラリーマンから、異世界フリーランサーへの転職なのだ。疲れない訳がない。

一寸先は闇、明日の自分がこの仕事をしていられるかは分からないという綱渡りは、なかなか神経を使うものだ。

「……でも、がんばろ」

自分の着ているこの服も、私室として使わせて貰っている部屋だって、所持金がない俺に当面の資金として渡してくれたお金も、全てミーニャの好意だ。

無理矢理頼み込んだ俺を受け入れてくれたことには、感謝しかない。

だからせめて少しでも、彼女の役に立ちたいと思っている。

ミーニャは口は悪いが情に厚い。この店に来る人たちは皆、彼女の薬師としての腕を信頼しているのが分かる。

お客さんだろうと遠慮なしに怒鳴る彼女だったが、怒鳴られた人たちは嬉しそうに受け答えしている。それは彼女の人徳なのだろう。

きっとミーニャがこの店で、仕事を通して人を大切にしてきた結果なのだ。

見た目こそ年下の少女のようだが、確かに母親のような懐（ふところ）の深さがある。そんな彼女を慕っている常連たちの顔を思い浮かべて、思わずふふっと笑みが零れた。

俺は店の外から鍵を閉め、薬瓶の絵が描かれた看板を見上げる。

彼女が大事にしているこの店を、俺も大事にしたい。素直にそう思ったのだ。

「ええっと、確か……こっちの通りの」

大通りから少し入った場所、記憶を頼りに小さな通りを抜けていく。

昼の配達中に見かけたパン屋が凄く美味しそうだったから、今夜はそれを夕飯にしてみようと思ったのだ。総菜パンのようなウィンナーや野菜が挟まれたものから、複雑な形に編み込まれたパンもあった。甘いのかそれともしょっぱいのかすら想像もできないけれど、余ったら明日の朝食にしてもいい。

何を買おうか考えながら、俺は人通りもまばらになった街を歩いた。

だが薄闇に包まれた町並みは、日中とは少し雰囲気が違った。

街灯なんてものがないこの街では、建物から漏（も）れる明かりだけが頼りだ。土地勘のない暗がりでは、日本では感じたことのない不安が掻き立てられる。

まだ明るいと思って出て来たものの、飲み屋の大きな窓からは、柄のよくない男たちがこちらを見ていた。

「……っ」

にやつく男の一人と視線が合う。いや、俺の気のせいかもしれない。とりあえず、ここにいるのはまずい。本能的にそう感じて、ジリジリと後ずさる俺に男たちのはやし立てる声がした。

「おおい、どこに行くんだお嬢ちゃん。こっちで一緒に飲まねぇかあ？」

いつの間に近づいて来たのか、俺の背後に厳つい男が立っていた。まだ早い時間だというのに顔を赤くした男は、見るからに酔っていて酒臭い。

「お、俺、男ですから！」

お嬢ちゃんと呼んだ男は、うつろな目で俺の腕を掴む。

「がはは！　ンなことぁ分かってるっつうの！　こんな細っこいナリで付いてるもん付いてんのか？　俺たちで見てやろうか！」

この国の男たちは総じて背が高い。日本では平均身長だった俺が、この異世界ではお嬢さん扱いされる程度には体格差があるのだ。

ギリと掴まれた腕が痛くて、どうにか振りほどこうとするのにピクリとも動かない。

「やめ……っ」

どうにかこの場を逃げ出したい。必死に身を捩った瞬間。

「はあい、そこまでッス。酔っ払いは退散〜。これ以上やるつもりなら、騎士権限で捕まえるッスよ」

男の太い腕を、革の手袋が掴んだ。

「ぐぐうっ」

途端に男は呻きだして、パッと手を離す。これ幸いと、俺は男から距離を取った。

助かった？

「イタタタ……！　騎士サマに見つかるたぁついてねぇな……あぁくそ、分かったよ！」

そそくさと店内へ戻る男を横目に、俺は何者かに助けられたことを察した。

「ありがとうござ――」

パッと顔を上げると、そこにいたのは意外にも見覚えのある人物だった。

「えっと……エルース……さん？」

そこにいたのは、騎士団で見かけた赤毛の騎士、エルースだった。

少しくりっとした瞳の幼い顔立ちとは言え、流石に騎士だけのことはある。暴漢を難なく追い払ったことには驚いた。

「なんだ、アンタか。助けて損した」

エルースは俺と目が合うと、いかにも嫌そうに顔を顰(しか)める。

相手が俺だと認識していなかったのか、その言葉通りに不機嫌な表情を隠さない。

まともに話したのは今が初めてのはずだ。なぜ俺はエルースにため息をつかれているのだろうか。

「ここは安酒を出す店が多いんスよ。アンタみたいな子供が来る所じゃない。知ってるっしょ？」

「こ、子供って……お、俺はもう二十八だっ」

東洋人の顔立ちは、彫りが深いこの国の人たちには幼く見えるのか。とはいえ子供扱いに慣れていない俺は、恥ずかしさから思わず声を荒らげて訂正した。

エルースは面倒くさそうに応える。

「あーハイハイ……そういう見栄は要らないッス。どう見ても十代っしょ。とにかく、面倒ごとはゴメンなんで。無理矢理犯される趣味でもないんなら大人しく帰った方がいいっスよ。それとも、命なんて惜しくないとか？」

最後の言葉に酷く重いものを感じて、背筋がぞくりとした。

そうだ、ここは平和な日本ではない。

今回はエルースが通りかかって事なきを得た。だがそんな幸運がなかったら、幼く見えてしまっているらしい俺は、一体どんな扱いをされていたか分からない。

身体がブルりと震える。

「あ、の。エルース、さん。ありがとう」

そう感謝の言葉を述べると、彼は鳩が豆鉄砲を食ったような顔で俺の顔を見た。

「……素直にお礼、言えるんスね」

なぜか心底不思議そうな顔をするエルースに、今度はこちらが首を傾げる。

当たり前のことをしただけだ。どうしてそんなに意外そうな態度なのか。

彼に無礼を働いた記憶は、もちろんない。

「ま、これに懲りたらこの辺は夕方からは出歩かない方がいいッスよ。こっちの仕事も増やさないでほしいッスからね」

鼻で笑うエルースの態度は腹立たしいものの、その忠告は間違っていない。

「分かった。ありがとう」

素直に頷いた俺に、エルースは再び目を丸くした。

どうしてこんなに驚くのか、彼の気持ちがまったく分からない。この世界はお礼を言わない文化だったか？　いや、そんなはずはないだろう。

あれこれと考える俺に、エルースは言った。

「じゃあ素直なアンタには、ひとつ忠告しとくッス。命が惜しかったら、ノワレ副団長と距離を取った方がいいッスよ。アンタはちょっと近づきすぎだ」

思いもよらないその言葉に、今度は俺の方が驚く番だ。

どうしてここで、グリズの名前が出てくるのか。

それに、俺がわざわざ彼に近づいている訳ではない。あくまで仕事で立ち寄っているだけで、そんな言い方をされる筋合いはないだろう。

しかし確かに今日の距離感は、何も知らない第三者から見れば近すぎたのかもしれないけれど。

「まだ死にたくないでしょ」

飛び出してきた言葉は物騒だ。だが笑いもしないエルースの言葉は冗談には聞こえない。

「どういう意味――」

「忠告、したッスよ俺は。じゃ」

エルースは一方的に告げ、すっかり陽が落ちた向こうの通りへと消えていった。

申し開きをする時間くらい、くれたらいいのに。

「なん、なんだよ……。別に俺がグリズに近づいた訳じゃ……グリズが勝手に」

こちらは別に、もうなんとも思っていない。そう思うのに、エルースの言葉に胸がザワザワ

と落ち着かない。

これはグリズに構われている俺に、エルースがむかついていた。だから嫌みを言っただけ。

単純にそういう話なのかもしれない。

俺はそう結論づけて深く考えることを止め、元来た道を急いで戻ったのだった。

◆　◆　◆

痩せぎすな自分の身体を、豪華な浴室に備えられた姿見で検分する。

ひょっとしたら見えにくい背中にあるのだろうかと、固い身体を捻っても望む印はどこにもなくて。

「なんで……なんでだよ……俺ばっかり。せっかく異世界に来たのに、ここでも俺は特別じゃないのかよ」

声変わりしたばかりの、少しだけ掠れた声の少年——トワイライトはぽつりと呟く。

ああどうやら俺はまた夢を見ているらしい。

異世界に戻って来てまで見なくても。いや、戻って来たからこそ見ているのかもしれない。

鮮やかすぎる俺の黒歴史は、いつだって俺を苛んでくる。

あの頃の俺は、身体に現れたかもしれない聖紋を、毎日一心不乱に探していた。周囲には虚勢を張って、何もない自分を少しでも大きく見せようと、愚かなほどに必死だったのだ。

だが夢の中での俺はただ過去のことを見つめる傍観者で、この頃の自分にそれを教えてあげられる手段はない。

今なら言えるのに。周囲の人間だって皆が特別な訳ではなく、ただそれなりに場の空気を読んで生きているだけだと教えてあげられるのに。

両親が離婚したこともあって、自分だけが不幸な気がしていた。その哀れみの視線は居心地が悪く、かといって褒め言葉を貰えるような優秀な人間でもなかった。当時の厨二病は、自分だって皆に一目置かれたいと、子供過ぎた欲求をこじらせた結果だったのだ。

(もっと素直になっていたら、幸せになれたのかもしれないな)

大人になった今だからこそそう思うけれど。十三歳のまだ幼い自分にとっては、これしか手段がなかったのだ。

「トワイライト～？　もう上がりなよ～？　僕、もう次の子と勤務を変わるけどいい？」

「ちょ、ちょっと待てって！　お前は俺の護衛だろ！」

浴室の外からグリズに声を掛けられる。

『俺』は慌ててバスタオルを引っかけて飛び出した。夜勤の騎士は基本的にドアの外に立っているだけで、自分に一切見向きもしない。こんな風に急ぐのは、構ってくれる人がいなくなるからだ。

ああ、我ながらなんて適当な格好なのだろう。思わず彼らに近づき、そこで普段の夢と違うことに気がついた。

(今までは過去の自分の目線でしか見られなかったのに。視点を……変えられる？)

試しにグルリと室内を見渡すと、懐かしい王宮の調度品が目に入った。

だからといって、結局夢は夢だ。

いつものように、過去の黒歴史を突きつけられ終わるに決まっている。

「わあ……ビチャビチャだね、トワ」

「いいから！　乾かせって」

フカフカの布張りソファに腰を下ろして、腰にバスタオルを巻いただけの状態でグリズにそう要求した。家でも湯上がりはこうだったから、特に違和感はない。しかし騎士であるグリズに要求することではなかったなと、この酷い絵面を見て改めて思った。

「はいはい。だけど別に髪の毛を乾かすの、僕じゃなくてもよくない？　メイドでも」

「うるさいな！　女相手だと、俺に内包された聖なる力がだな……」

「あれ、トワイライトの身体にあるのは邪悪な力じゃなかったっけ？」

「なっ、あ、あれだよ、二種類あるんだよ！　聖なる力と悪の力が、常に俺の中で戦い続けてだな——」

過去の自分の言動に、何度打ちのめされたか分からない。俺はもう頭を抱えて転がりたい。

こんな子供だましの虚言に、それでも真面目に付き合ってくれていたのはグリズだけだった。

今なら分かる、こんな言動や態度をとるギフトなしの子供に、誰だってまともに付き合いきれないだろう。

ここは夢の中だ。彼から見えないのをいいことに、タオルでトワイライトを拭くグリズの顔を、俺はじいっと見つめた。

今まではトワイライトの視点だったから叶わなかったことが、今はできる。

（あ、いや、だからといって別に……グリズを見たいって訳じゃないんだけどっ）

誰に見られている訳でもないのに、俺はそうやって自分につい言い訳をしてしまう。

今の髪が伸びたグリズとは違う、短い髪型が妙に懐かしい。

（あれ……？）

髪の毛をタオルで掻き回され、何も見えていない『俺』の身体をグリズはじいっと見ていた。

ゴシゴシと頭を拭いてもらう。甘えたい俺がグリズにねだる、いつものパターンだ。

だが。

口元だけは緩めているグリズの目は、妙に鋭く冷たい。

睨み付けているような、検分しているようなその強い視線になんだか恐ろしさを感じる。

なんだかんだと世話を焼いてくれていた、当時の自分が知るグリズではないようだ。長年知らなかったこの違和感に、どうして今更気付いてしまうのだろう。

「ねえ、トワイライト。聖紋はそろそろ出現しそう？」

「あ、ああ。まあ、そのうち見せられると思うぜ！　秘められし我が聖紋が……おっと、これはまだ秘密だな」

「ふうん……」

うなじから肩、肩から肩甲骨。そして胸元へ。ぞんざいに隠されただけの腰回りにまで、グリズの視線は流れていく。トワイライトはそれに気付かないまま、唯一自分に構ってくれる相手に、無邪気に身を委ねていた。

「トワイライト、終わったよ。水分は拭き取ったし、あとはもうすぐ乾くと思う」

「ありがとなグリズ」

「……トワのその、変なところで素直なの、なんなの。じゃあ僕はもう交代してくるけど……早く着替えなよ？　少し肌を晒しすぎだから」

きょとんとした表情で『俺』はよく分からないまま素直に頷いている。そうだ、この時の俺は、グリズがどうしてこんな言い方をするのか分からなかった。

ただ親が子に言うように、みっともないから止めろと言っているのだと受け取っていた。別にいいじゃんと思いながらも、グリズの前でしぶしぶ着替えた記憶がある。

そしてその記憶は間違いではなく、トワイライトはぶつぶつ言いながらも素直に着替える。

ここまで何度も見た夢だと思っていた。しかし今回は今まであまり注視してこなかった、グリズの表情や態度がありありと見える。

（え……？）

着替えているトワイライトの後ろ姿を、グリズはジッと見つめている。面倒な異邦人だと考えているのだろう。そう思っていた彼の視線は、恐ろしく鋭く冷たいものだ。

そこに一切の情は感じられず、その表情はまるで。

獲物を仕留めようとする獣のように――思えた。


そこで俺は、ハッと目を覚ます。

視線だけを動かす。ここがミーニャの店の奥、与えられた自分の寝室だったことに安堵した。

心臓の鼓動が煩くて、俺は自分の胸元をギュッと握り締めた。ミーニャから渡されたパジャマに、きつい皺が寄る。

「……っ、は、はぁ……、何だ、あれ……」

グリズは鋭い眼光で、十三歳の俺の背中をジッと見ていた。いつもヘラヘラしている彼の、あんな顔は見たことがない。

背中がブルりと震えた。

あの時、この世界で『俺』が死んだ理由。誰かに剣で胸を貫かれた。

その犯人が誰だったのか、今でも分からない。

しかし考えてみたら殺される直前、最後に会ったのはグリズだった。

去り際に、本人からもはっきりと「嫌いだ」と宣言されている。

そしてグリズはあんな目で俺を睨んでいたくらいには、俺が嫌いだったとすると。

もしかして――いや。

「……っ、いや、やめよう……もう過去のことで、今の俺には関係が、ない……っ」

昔のことをほじくり返しても、いいことなんて何もない。

空白だったパズルのピースが、かちりとはまってしまいそうで怖かった。

あの頃の俺は、ここではもう死んだ人間なのだ。

それにエルースにも言われているじゃないか。

――命が惜しかったら、ノワレ副団長と距離を取った方がいいッスよ。

エルースに言われるまでもない。

やはり俺はグリズと関わらない方がいいのだ。

万が一グリズにトワイライトだと知れたら、生きていると知られてしまったら最後、エルースの言うとおりになってしまうかもしれないのだから。

「大丈夫……大丈夫……」

俺は深呼吸を繰り返して、冷えた自分の身体をギュッと抱きしめた。

◆◆◆

こちらの世界に出戻って一週間。

つまりこの店で働き始めて一週間経つ。その後は騎士団への配達はなく、あの時はたまたま重なっただけだったようで安心した。

ミーニャが店に来た時が始業開始、ミーニャが帰ったら終業という、なんともいい加減なスタイルの勤務形態だ。時間は前後するものの、だいたい仕事は十時から三時頃まで。申告があれば遅刻も早退も構わないという、日本では信じられない緩さだった。

休日は少ないが毎日が短時間勤務だし、割とホワイトな企業ではないだろうか。

勤務終了が近づく時計の針を見つつ、俺はそんなことを考えていた。

「よし十二個……これで完成かな？」

ゴリゴリと薬を調合するミーニャの隣で、俺は完成した薬の小分け作業を行っていく。

薬瓶の側面には、分包した際の容量を書いてくれているからとても便利だ。

「よし、次は……こっちの瓶だったな。ええっと一包半さじか」

長い薬匙（やくさじ）を使って、薬瓶からそうっと粉を取り出す。

広げた薬包紙の中央に載せて、まずはそれを頂点をずらして三角に。次に左右に折り畳む。

残った頂点を二度ほど折り返し差し込めば、薬包の完成だ。

教わってしばらくはまごついていた作業スピードも、この数日で随分上がった。

きっちりと折り畳まれた薬包を並べて、ちょっとした達成感を味わった。それを揃えて紙袋に入れる。

「えーっと、待ってくれよ？　この薬は誰宛だっけ」

こちらの言葉は耳では理解できるものの、書けないし読めないのだ。

アラブ圏のような象形文字のような、不思議な文字だ。前回の転移の時は読めたはずなので、あの頃ちゃんと勉強しておけばよかったと後悔するが今更どうしようもない。

数字は元の世界と同じだから、ありがたいことに計算だけは困らない。

ミーニャの作ってくれた今日の予約リストを片手に、注意深く紙袋に名前を書いていく。これで正解なのか分からないが、自分としてはそっくりに書けたと思いたい。

「ミーニャ、どう？　合ってる？」

作り纏めた袋を雇い主に差し出す。こういう時ミーニャは自分の作業の手を止めてくれる。しっかりと俺に向き合い、確認を面倒くさがらないところが凄いのだ。

袋ごとに目を通し、中を確かめるとフンと笑った。

「上出来だよ。よしよし、よくできたねぇ」

「子供扱いしないでくださいぃ～」

大きな息子がいるというミーニャは、子供にするように俺の頭をよしよしと撫でた。それは恥ずかしいしどこかくすぐったくて、それでも実は悪い気はしない。

なんだか胸がムズムズするような、くすぐったくなるような、不思議な感覚だ。

仕事が楽しいと思えるのは、いつぶりだろう。ミーニャと出会えて、本当に幸運だったとしか言いようがない。

「よし、あたしも薬の仕上げをするよ。見るかい、トワ」

「あっ、見る！　見たい！」

机の上に広げた大きめの薬紙、そこに盛られた粉薬に向かってミーニャは手を差し出した。その指先からキラキラとした小さな光が零れ落ち、すうっと粉薬の中へと溶け込んでいく。

「何回見ても綺麗だなぁ……」

「そうかい？　子供だねえトワ。うちの子も、子供の頃はこうして手元を覗き込んでたことを思い出すよ」

人工の光とは違う、不思議な色合いの仄かな輝きは、何度見ても飽きない。これがミーニャの持つ魔女の力で、薬の効能を上げる秘密なのだという。

「そうだ。アンタもやってみるかい、トワ。うちの息子には魔女の力が使えなかったが、アンタならできるんじゃないかい？」

「へっ？」

「魔女と呼ばれるうちの一族はね、そもそも異邦人が祖先なんだ。癒やしのギフトを持っていてね、普通は異邦人の子孫にギフトは受け継がれないんだけど、神様のイタズラなのかうちの一族にはほんの少し奇跡が混じったんだ。アンタなら異邦人だし、この力も扱えたりするんじゃないかね？」

「そ、そう言われても……？」

そんなファンタジーな力を持ち合わせていたら、今頃無双（チート）できていたはずだ。ミーニャをがっかりさせたくないけれど、俺には多分無理だと思う。

期待を裏切りたくなくて、もじもじと言葉を濁（にご）しているとミーニャは笑った。

「なんだい、トワ。捨てられるヤギみたいな顔をして。アンタができようができまいが、アンタは大事なうちの子だよ！」

ヤギみたいな顔とはどんな顔なのだろう。

だがうちの子だと、そう言ってくれるミーニャの気持ちがじんわりと染み入る。

「ただ……そうだね、それができるならあたしも――……」

「ミーニャ？」

少し陰のあるような、彼女の小さな言葉が聞こえず聞き返した。

しかしミーニャはその陰りを一瞬で払い、いつもの表情で俺に笑いかける。

「いや、なんでもない。いいかい、精神が安定しない幼いうちは髪の毛を媒介にするんだ。一本抜いて、そこに力を集めるイメージで……見てごらん。ほら」

ミーニャは自身の髪の毛を一本抜き取ると、それは重力に逆らってふわりと舞った。髪の毛の周囲からさきほどの淡い光が溢（あふ）れ出し、それはどこにいくでもなく霧散していく。

「すごい……」

「ほら、やってみな」

促(うなが)されるままに俺も自分の髪の毛を一本抜いて、指先でつまむ。

「身体の奥にある光の泉を、指に流れさせるんだよ。髪の毛をよく見て……そこを目指す」

「……」

根元が少し黒い、自分の髪の毛をジッと見つめる。ジッと、ジッと。

一分、二分……そして五分。

二人でそれを注視するも、そこには何の変化も起こらなかった。

沈黙を破ったのは、ミーニャだった。

「あっはっは！　やっぱり異邦人ってだけじゃ駄目なのかもねえ。すまないね、トワ。付き合わせちまった」

「いやぁ……俺はいいけど。役に立てなくてごめんな、ミーニャ」

俺が謝ると、ミーニャは丸い目をもっと丸く見開いて、それからニカッと笑って俺の背中を強く叩いた。

「もうっ！　子供が変な気を遣うんじゃないよっ」

面倒見のいい彼女は、まるで自分の子供のように俺に接してくる。この世界での母親みたいだな……なんて言ったら、ミーニャは怒るだろうか。

だがひょっとして練習次第では、俺にもこの力が使える可能性があるんじゃないだろうか？

そうしたらミーニャの仕事を、今よりももっと手伝えるかもしれない。

そんな先のことを想像して、まだ見ぬ未来への楽しみに胸が躍った。

「さ、仕事に戻るとするかね。トワ、アンタも一段落ついたら配達に行っとくれ。もうすぐできるからね」

すっかり気を取り直したらしいミーニャは、再び薬づくりに向き合った。

そして俺も先ほどと同じように、薬瓶から中身を取り出し、必要な数だけ薬包を作り出す。

それを何度か繰り返していると、表のドアチャイムがカランと鳴った。

店で働き出して分かったが、ここは売り上げの大半は固定客への卸(おろし)が占めている。王宮の研究室や騎士団、町の医者などといった大口顧客との取り引き。そして残りはこうしてたまにやってくる、街の買い物客だった。

「いらっしゃいませエワドルさん。今日も湿布薬ですか？」

大きな身体を滑り込ませて扉から静かに入ってきたのは、昨日も一昨日もやって来た、というか毎日のようにやってくる紳士、エワドルさんだ。年齢は五十前後くらいだろうか。厚みのあるたくましい身体にも拘(かか)わらず、優しい瞳と口ひげがチャームポイントのナイスミドルだ。

いつだって皺のないシャツを着て、貴族を思わせる几帳面(きちょうめん)な身なりには、彼の裕福な暮らしぶりが垣間見える。湿布薬とはいえ安くはないそれを連日買いに来てくれる、上顧客だ。

俺は少しずれた眼鏡を指で直して、営業スマイルで彼を出迎えた。

「トワくんこんにちは。……彼女は？」

穏やかな低音が、少しだけ上擦(うわず)っているのが微笑ましい。

彼は毎日色々な時間に、こうして湿布薬を買いに来る。

上等な上着と帽子、そして綺麗に磨(みが)かれた革靴。上着を着ていても分かる筋肉隆々なその体つきから見ても、この辺の商人ではなさそうだ。身長もゆうに二メートルを超えているだろう。

日持ちする薬をわざわざ毎日足を運んで買う。

そのお目当てを理解できないほど、俺も鈍い訳ではない。

「ミーニャは奥ですよ。……すいませんエワドルさん。俺が来てからなかなかミーニャに会えなくなりましたよね？　呼んできましょうか」

こっそりと耳打ちすると、彼は顔を赤くして二、三度咳払いをした。

「んっ、んんっ……！　いや、いや大丈夫だよトワくん。……彼女によろしく伝えておくれ。いつもの薬を、一つ。それとそうだね、少し腹具合がよくないから、消化に効く薬を頼むよ」

「はい、湿布薬と、消化薬……は、こっちか。ええっと、これは何日分で？」

「そうだね、今日と明日の分が欲しいかな」

壁に並ぶ瓶には全て薬名が書いてある。記された文字は読めないけれど、日本語との早見表を作っているお陰で、間違えず仕事ができるのだ。

薬名、効能、容量、価格。それら全てはその表に入れている。

「ありがとうございます。ではお預かり金額に対して、三百八十ギルのお返しですね」

単価と必要数を計算して価格を告げ、商品とお金を引き換える。

簡単な仕事ではあるけれど、直接お客と触れ合えるこの仕事はやりがいがある。

それに今日渡したその消化薬は、俺が分包したものだから何だか誇らしい気持ちだ。

だが袋を受け取ったエワドルさんは、真剣な顔で俺を見つめた。

「トワくんは、不思議な子だね。文字を読むのは苦手なのに計算は驚く程速くて正確だし、言葉遣いもとても丁寧だ。どこか大きな店で働いていたような立ち振る舞いができるのに、その落差がチグハグに見えるね」

「……っ、えっと」

穏やかなはずのエワドルさんの瞳が光る。

少なからず隠し事のある俺には、ただの世間話ですら尋問されているように感じてしまう。

どこかの店で働いていたことにするか？ いやそれでは店名を追及された時に答えられない。

学校で学んだとか？ それでも文字の読み書きができない理由に矛盾が生じてしまう。

あれこれと浮かぶ考えを否定して、俺は焦りに焦った。時間にすればたった数秒だったが、その気まずい空気を打ち破ってくれたのは奥から出てきたミーニャだった。

「なんだい、エワドル。毎日毎日騒がしいと思ったら、今度はあたしだけじゃなくうちの子まで口説いているのかい？」

やれやれといった様子で奥から出てきた彼女は、カウンター越しにギロリとエワドルさんを睨み付けた。

かばわれてしまった情けなさより、うちの子と言われたことに浮かれてしまった。

「ああっ、ミーニャ！ まさかそんな訳ないだろう？ 私の唯一の美神、愛しているのは君だけだ」

ミーニャの登場にエワドルさんは喜び、彼女の手をギュッと握った。あまりに素早いその動きに、俺も呆気にとられてしまう。だがそれはミーニャ自身によって、すぐにパシンと払われてしまった。

「トワはうちの遠縁の子だって言ってるだろう。事故で記憶があやふやなんだ。あんまり刺激するようなことは言わないでくれるかい？」

「ああ、そうだったんだね」

ミーニャがそう伝えると、エワドルさんは納得したようだった。

いや、納得してくれたのかもしれない。愛するミーニャがそういうのだ。黒い鳥だって白くなるに違いない。

「すまないトワくん、大人げないことを聞いてしまった」

「い、いえ。俺なら別に」

エワドルさんの求愛を適当に躱すミーニャは、俺の後ろで実に面倒くさそうにしている。しかしこれが待っていると知っていながら売り場に出てきてくれたのは、間違いなく俺を守るためだろう。

狭い店だ、どこにいたってここの声は聞こえてしまうのだから。

エワドルさんが去った後、ミーニャにそっとお礼を伝える。彼女はそれすら面倒くさそうに、自分の毛先をクルクルと弄った。

「アンタは思ったより仕事のできる従業員だからね。つまんないことで辞められても、困るからだよ」

そう言いながらも、少し頬に赤みが差しているような気がする。素直ではないけれど思いやりのある雇用主の元、俺は改めて仕事を頑張ろうと心に誓ったのだった。

「何見てんだい、ほら薬ができたから配達に行ってきな」

「はいはい」

薬とメモを受け取り、記された地図を見る。書かれた文字を自分のメモと照らし合わせ配達先を確認し、鞄に薬袋をそっと入れた。

「昨日も行った医者の所だよ。まったく、急にエグラウド薬を持ってこいなんて……割増料金も貰ってきな」

「ふふ、はいはい」

口ではそう言うけれど、そんなもの貰ったためしがない。彼女の性格が、最近はよく分かってきた。

その時、カラランと再び軽快なドアチャイムが鳴った。俺はそちらに視線を向け、そして驚きに目を見開く。

「おや、アンタかい。珍しいね店に来るなんて」

親し気に話すミーニャとは裏腹に、俺の指先からは体温が消えていくのが分かった。

「やあトワ。ミーニャも」

「あたしがおまけみたいに言うんじゃないよ。まったく……」

なんでここにグリズが来てしまったのか。

キスを仕掛けてきた男と、夢で見た射殺さんばかりの顔をした男。その両方が、目の前にいる男と同一人物だ。

今も昔もこの男は、一体何を考えているのか分からない。関わらない、関わってはいけないのだと頭のどこかで警鐘が鳴る。湧き上がる不安から、足が無意識に後ろに下がる。

だが狭い店内だ、長い脚のグリズはすぐに間合いを詰めてきた。

「う、わ」

よろけるようにして背中がカウンターにくっついてしまうと、俺の身体を捕らえるように長い腕が逃げ道を塞ぐ。

「どうしたのトワ、顔色が悪いね」

彼の腕が、俺の顔に近づいた。思わずビクリと身体を震わせてしまう。

「ひ……っ」

だって、夢が。夢の中のグリズ、が。

目の前で笑顔を浮かべるこの男が、鋭い目つきで過去の俺を見ていたことを知ってしまった。過去の俺と、今の自分。過去のグリズと今のグリズが重なって、その境界線が曖昧だ。

「あれ、ねえトワの眼鏡、ひょっとして度が入ってないのかな」

「あ……」

目元に、グリズの指が伸びてきた。

「前から思っていたけどトワの目は、珍しい色をしてるよね」

グリズのその何気ない言葉に心臓が跳ねた。

異邦人の瞳は、この世界では有り得ない無彩色だ。過去に俺の警護をしていたグリズが、それを知らない訳がない。疑われている。

俺が異邦人だと、あのトワイライトだとバレてしまう――。

「や、やめろっ!」

思わず俺は、目の前にあったグリズの手を叩き落とした。乾いた音が店内に響き、一瞬重苦しい沈黙が落ちた。

だがそれを破ったのは、呆れたようなミーニャの声だ。

「リズ、アンタって子はトワになにやってんだい」

俺の秘密を知っていて、目元を隠すように言ってくれたのはミーニャだ。庇うようにしてグリズを責める。けれども俺も、こんなあからさまな態度はよくなかった。もっとうまく、躱すべきなのに。ミーニャも心配そうな顔をしているし、見上げることはできないが、グリズだって怪しんでいるだろう。

落ち着け、落ち着け。今の俺は『トワ』だ。グリズに敵意を向けられていた、トワイライトではない。なんとか自分に言い聞かせ、震える自分の腕をそっと後ろに隠した。

湧き上がる不安と恐怖から、思わず失礼な態度を取った俺に、グリズは少しその高い背をかがめて視線を合わせてきた。

澄んだ瞳が、カチリと合う。

「僕、何かトワに嫌なことしちゃったかな?」

「あ……っ、違……っ」

キュウンと鳴き声が聞こえそうな、まるで叱られた大型犬のようなグリズに罪悪感が湧く。

過去の夢は過去の夢、今はトワイライトではなく、ただのトワとしてここにいるというのに。少なくともこんな風に、あからさまに嫌悪を現すのはよくなかった。

俺は子供じみた自分の態度を反省した。

過去と今、夢と現実をごちゃ混ぜにしてしまうのは好ましくないことだ。

少なくとも今の俺にとってグリズは怖くない……はずだ。

俺は意識して呼吸を整え、口角を上げた。

「ご、ごめんグリズ、俺ちょっと怖い夢を見ちゃって」

「夢？　トワの夢の中で、僕が何か悪さしちゃったの？　避けられるくらい、酷いこと？」

「そ、そうじゃなくって……その」

グイグイと距離を詰めるグリズに、再びカウンター際まで追い詰められた。

「可愛い(かわい)ねトワ。怯(おび)えてるの？　夢の中の俺が怖くて泣いちゃった？」

「な、泣いてはない、けどっ」

顔が、近い。睫(まつげ)が長いし、年上のくせに肌がピカピカしている。

顔面力が、高すぎるんだ。先ほどまでの恐怖はどこへやら、思わず顔に熱が集まる。

「アンタねぇ、あたしがいるって忘れてない？　うちの子に何してんだい」

「うちの子？　わあ、偏屈(へんくつ)なミーニャがそう呼ぶなんて、随分気に入られたんだねトワ」

「偏屈って。まったく、アンタも失礼な子だねぇ、リズ。たまに顔を出したと思ったら碌(ろく)なことを言いやしない。たまには花の一本でも持ってきたらどうだい」

「ミーニャ、花なんて好きじゃないでしょ」

「好きとか嫌いの話じゃないのさ。気持ち。あたしは気持ちの話をしているんだよ」

ポンポンと応酬を重ねる二人の会話に呆気に取られる。

そしてミーニャが呼ぶグリズの愛称から、否応なしに二人の親密さを察してしまう。

身長差と歳（とし）の差はあるものの、並ぶ二人は美しくて凄く絵になる。まるで騎士とプリンセスのようで——俺はなぜか胸の奥にモヤモヤと感情が燻（くすぶ）っていく。

「と、りあえず！　俺は配達に行ってくるね！　行ってきます！」

グリズともそうだし、今はこの二人とも一緒にいたくなくて、俺は配達鞄を掴んで外へ駆け出した。

「あ、トワ！」

「ちょっとお待ちリズ！　アンタって子はそんな態度だから——」

閉じた扉の向こうからも、二人のやりとりが漏れ聞こえてくる。

ミーニャがグリズを引き留めてくれているようだ。

俺はモヤモヤとした感情を振り切るように、鞄を抱えて急いで走った。道行く人々が、全速力で駆ける俺を次々に振り返る。

「はっ、はっ、っ、しんど……っ！　走る、の、しんどいっ！」

会社と自宅を往復するだけだった二十八歳。

いかに異世界で生活をしようとも、運動不足の身体はあっという間に音を上げる。酸素を求めてバクバクと動く心臓に、無理するなと言われているようだ。俺は後ろを振り返り、グリズが来ないことを確かめると一旦その場で立ち止まった。

膝（ひざ）で身体を支えながら肩で息をする俺を、人々は不思議そうな顔をしてすれ違っていく。

「……リズって、呼んでたな」

グリズにそんな愛称があるなんて知らなかった。

二人の関係は騎士と薬師、本当はそれだけではないのかもしれない。

「いや、でもミーニャには最初に、俺が昔グリズを好きだったって言ってあるし、ミーニャとグリズがそういう関係なら伝えてくれるだろうし……いや、そもそもミーニャに言ったっけ？言ってなかったかも」

とはいえ、少なくとも今の二人は恋仲ではないだろう。

親密そうではあるものの、二人の間にはそんな甘い雰囲気は漂ってなかったように見えた。

ホッと胸を撫でおろしたのも束の間、無意識に安堵していた自分に気付いて愕然とする。

「って俺、なに必死になってるんだろう。はは……もう、グリズには関わらないって決めたはずなのに」

彼が関わると、自分は必要以上にポンコツになっている。

グリズに関わってもいいことはひとつもない。過去のことは置いておくにしても、妙に距離を詰めてくる彼にはやはりどこか疑われている気がする。

俺は頭を振って、今やるべき事に集中することにした。

まずは配達。ミーニャに任された大切な仕事だ。まだ上がる息を必死に宥めながら、俺はゆっくりと目的地へと向かった。二本向こうの通りを、大通りに沿って右側に。このルートは分かりやすいものの、少し遠回りだ。急ぎの薬だというし、早いほうが喜ばれるかもしれない。

俺はそう考えて、飲み屋が集まるブロックを横目で見た。

「ここを通り過ぎた方が早いんだよなあ」

しかしそこは先日酔っ払いに絡まれた通りだ。あの時はエルースが助けに入ってくれて事なきを得たが、あんな柄の悪い酔っ払いがまた昼間からいないとも限らない。

近づくなと言われた場所に、再びノコノコと出向くなんてと呆れられるだろうか。

「……でもまだ陽も高いし。大丈夫かな」

キョロキョロと周囲を見渡し、走り抜ければ大丈夫だろうと判断する。

通りの向こうは見えている。一目散に走れば厄介な奴らにも捕まらないし、ここを抜ければ十分は時間短縮できる。

「よし」

この間は、ゆっくりと歩いていたせいで目を付けられたのだ。

ならばさっさと抜けようと、俺は息を吸って駆け出した。

運動不足ながらも、落ち着いたペースでいい調子だ。もう少しで反対側の大通りに到着するという所で、突然角から人影が飛び出してきた。

「う、わ……！」

突然のことに慌てて止まろうとするも、前につんのめる。

転ぶ――そう思った次の瞬間、胴体を誰かに支えられた。

「すいませ……え……エルースさん？」

出てきた人影はエルースだった。同じく俺に腕をまわして助けてくれたのも彼だったが、前回同様、渋い顔を隠さない。だが今日はその顔に、赤く腫れた頬が目立った。

「まぁた、アンタッスか。ここにはもう来るなって言ったっしょ」

「……エルースさん、どうしたんだそれ。殴られたのか？」

見るからに腫れているそれは痛々しく、思わず手を伸ばしてしまう。しかし怪訝そうな顔をしたエルースは、バッと俺から距離を取った。

「……っ、なんなんスかアンタ……」

「あ、ごめん。痛そうでつい。何かいい薬があればいいんだけど、今はエグラウド薬しか」

鞄の中を漁っても、頼まれた薬しか入っていない。こんな時こそ湿布薬のひとつでもあればよかったのに。

「エグラウド薬を、作れるんスねあの魔女は。作れるだけの材料が、揃っているのか」

「そう、だけど……」

呟いた俺の言葉に、なぜかエルースが反応した。これはそんなに貴重な薬なのだろうか。

また帰ったらミーニャに教えて貰おうと心に留める。鞄の口を閉じていると、エルースが俺をジッと見ていることに気がついた。

「なに？　やっぱり痛むかそれ？　騎士も大変だな、こんな所で殴られるなんて。そんなに厄介な相手だったとか？」

「厄介はまあ……厄介ッスね」

よく見れば、彼の口の端に血が滲んでいる。せめてそれだけでも拭ってほしくて、無言でハンカチを差し出した。エルースは再び驚いた様子で、それでもおとなしくそれを受け取り口に当てる。そばかすだらけの片頬を上げて、皮肉げに笑うその顔は随分疲れているように見える。

「俺のね、父親なんスよ。殴ったの」

「え……父親？　お前の実家、この辺なのか？」

近くに父親がいたら、また殴られるのではないか。

そんな心配からキョロキョロと見渡すと、エルースは暗い瞳でプハッと笑った。

「違うッス。あの人は、俺を呼び出す時はいつもこの辺の店を使うんスよ。……屋敷じゃ、俺を無視するし。厄介な頼みの時だけ、俺に声をかける」

「そんな」

エルースはそう自嘲しながらも、眉根が苦しそうに寄っている。

けれど彼自身がその言葉で、自分で自分を傷つけていることに気がつかない。

短い赤毛を、エルースは忌ま忌ましげにくしゃりと握った。

「父上なんて、一族から外れた赤毛を忌み嫌っている癖に……あの人はもう普通じゃない」

まるで呪詛のような、重い言葉。

そういえばミーニャが言っていた。この世界では人間の髪の毛は染まらない。

ひょっとしてエルースは自分の赤毛のせいで、家庭で嫌な思いをしてきたのだろうか。

そもそも大人になった我が子を殴るなんて、まともな親子関係ではない気がした。

「自分でも馬鹿なことしてるって分かってるのに、なんか期待しちゃうんスよね」

父子で何か確執があるのだろうか。

脈絡を得ないまま訥々と呟く。エルースのその暗い琥珀色の瞳は、それ以上何も語らなかった。かける言葉も見当たらなくて、躊躇う俺の手が何度も宙を摑む。

「……って、なんでアンタなんかに、こんなこと言っちゃうんだか」

そう空笑いした後、俺たちの間に奇妙な沈黙が落ちる。

家族のいざこざに、赤の他人が口を出してはいけないと分かっている。だが俺が知るエルースは、嫌いな俺のことまで助けてくれるような人間だ。何があるのか分からないけれど、力になりたいと思ってしまう。俺は思いきって息を吸い、ギュッと拳を握る。

「あ、あのさ！　何かあれば言えよ？　話くらいは聞けるし、口外しないから」

俺の提案にエルースは目を丸くして、それから吹き出した。

「ふ、ふふ……っ、アンタほんと、変な人ッスねぇ！　は、ははは！」

身体を折る程に笑われた。そんなに変な提案をしたつもりはないのだが。

そうして散々笑って、笑い疲れたらしいエルースが目元に溜まった生理的な涙を指で拭う。

「本当に……要らぬ罪悪感が湧いちまう」

小さく呟くエルースの声は聞き取りにくい。

「え？」

思わず聞き返した俺に、エルースはニカッと笑う。今まで俺に向けられてきた中で、一番普通の笑顔だった。

「ほら、アンタ配達中じゃないんスか。油を売ってたら駄目っしょ」

「え、あ、そうだ！　急ぎって言われていたんだ！　じゃあ、またなっ」

俺は本来の目的を思い出して、慌てて駆け出した。

結局、時間短縮をしたはずがまったく短縮できず、とはいえ遅くなるという訳でもない、不思議な寄り道をして終わったのだった。

第三章 ✦ 導き

二週間に一度、連続して二日間。それがミーニャの店の定休日らしい。

といっても一日の勤務時間は長くて六時間、平均したら五時間程度というホワイトな商店なので、定休日と言われても何をしたらいいのか分からない。突然与えられた休みを前に困惑していると、ミーニャは笑って図書館を勧めてくれた。

「子供用の絵本から文字を学んだらどうだい？」

それは確かに理にかなっている気がした。

なんとなく雰囲気で覚えてきたものの、まだ形と文字が完全には繋がらない。

「ほらこれ。持っていきな」

ミーニャが渡してきたカードは、その図書館での貸し出し許可証らしい。個人の閲覧は館内のみで、本を持ち出せるのは信用のある商人や上流階級のみ、とのことだ。

なるほどなとそれを握り締め、俺は定休日の今日、図書館へと向かうことにした。

図書館は配達途中に見かけたことがある。迷いようがない。

俺はアーチ状のタイルが敷き詰められた道を、一人でのんびりと歩いた。

今日は露店も多く出ていて、見たことのない雑貨や食品に、思わず何度も足を止めてしまう。

そのうちの一つの店で綺麗なノートを買った。植物をモチーフにした幾何学模様は職人の手書きだそうで、仕事用のノートを新しく買おうと思っていたから丁度よかった。

買ったそれを鞄にしまう。

日本で売っていたものとは違う、ざらついた紙にも随分慣れてきた。

それと細長いビスケットのようなものも買った。伝統的な焼き菓子だと露店の女性が教えてくれた。オレンジの匂いが仄かに漂って、表面に散らされた塩気がアクセントになっているそうだ。

縁日のような雰囲気についつい浮かれて、大して持ってこなかった手持ちの金を全て使い切ってしまったがまあいいか。今日は図書館に行ったらすぐに帰る予定だ。

買ったビスケットを袋から一つ取り出し、歩きながらそれを食べる。この辺の人たちは食べながら歩くことが多い。昼食のプレートを抱えながら食べている人を見た時には、流石に二度見してしまった。日本ならば行儀が悪いと言われそうだが、ここは異世界だ。

郷に入っては郷に従えというように、俺も小腹が空いた時はお菓子をつまむようになった。

ここに来て二週間。

なんとかここまで生きてこられたのは、やはりミーニャのサポートがあったお陰だろう。面倒な訳あり異邦人を雇ってくれた彼女に、いつかお礼をしたいものだ。何がいいだろうか、何なら喜んでもらえるだろうか。そんなことを考えながら歩いていると、ふいに腕を強く摑まれた。

「な……えっ」

バランスを崩して倒れ込む。だがその身体を、誰かに抱え込まれた。

なんか最近俺は、こんなシチュエーションが多くないか？

ふわりと漂うその匂いと腕の力強さに嫌な予感がして、その両腕に抱えられたまま、俺はその体勢で固まってしまった。

「トワ。久しぶりだね。あれから顔を見せてくれなかったから、寂しかったよ」

甘い低音を耳元に注がれて、悲鳴を上げなかった俺を褒めてほしい。なんでこんな所で会っちゃうんだよ。そう口に出さなかった自分は偉い。けれども本当に、どうしてこんな街中でグリズに見つかってしまったのか。念のため、休日の今日も色つき眼鏡を掛けてきてよかった。

彼に対する感情はいまだ自分でもグチャグチャだ。怖いのか好きなのか、会いたいのか会いたくないのか、それすらもよく分かっていない。

昔は昔、今は今。そう考えて割り切ったらいいのに、どうしてだろう。

過去と現在、感情と理性、それらがごちゃごちゃに入り交じって割り切れず、俺はまだ新しい異世界暮らしを謳歌しきれずにいるのだ。抱きしめてくる彼の身体が、熱い。

「グリズ、さん。いえ、配達があれば行くんですけど……」

これは嘘ではない。実際、ミーニャからはずっと配達の指示は出ていないのだ。

仕事として行く機会がなくなったのは本当によかった。

しかしまさかこうして、こんな所で会うなんて。ラフなシャツを着ているグリズもひょっとして、俺と同様休日なのだろうか。

その上、彼が着ているシャツが俺が今着ているものと色目や風合いがよく似ている。隣に立つと、まるでお揃(そろ)いのように見えるのも嫌だ。

超絶イケメンと平凡な俺。同じようなシャツでこれだけ印象が変わるとは、イケメンのポテンシャルが憎い。これはさっさと離れるに限る。

というかグリズもグリズで、いつまで抱きついているんだろうか。

この国では恋愛に、異性も同性も関係ないという話は昔グリズに聞いている。

とはいえ公然の場で、男同士のこういった触れ合いをどう思っているのだろうか。

チラチラとこちらを見るご婦人たちの視線が痛い。この異世界基準でもイケメンのこの男が、道ばたで平凡な男を後ろから抱きしめているのだからさぞおかしいのだろう。

どんなコントだと思われるかもしれない。相手は騎士、しかも第二騎士団の副団長だ。無下にするには自分の立場が悪くなるし、かといってこのままも居心地が悪い。

「あの、腕。放して貰(もら)えませんか？」

精一杯の言葉で、やんわりとした拒絶を申し立てる。

「え、嫌～。トワは抱き心地がいいし、なんだかいい匂いがするし」

「な、え、は？」

俺なんかを抱きしめながら言う台詞(せりふ)じゃない。こら、頭を嗅(か)ぐな。

「こ、このお菓子の匂いですかねっ！　グ、グリズさんも一本どうぞ！」

無理矢理腕から抜け出して、先ほど買ったお菓子の袋をグリズに突き出した。

きょとんとした顔のグリズは、それからゆっくりと口角を上げる。

「トワが買ったの？　それ美味(おい)しいよね、僕も好き」

好き。それが俺への言葉ではないことくらい分かっているのに、そんなただの単語に気持ちが揺れる。

「甘いもの、やっぱり好きなんだね」

やっぱりという確信めいた言葉にドキリとする。

それはまるで以前の俺――トワイライトを知っているかのような口ぶりで警戒が強まる。確かにあの頃、俺は娯楽の少ない生活の中でお菓子を求め、毎日のように食べていたからだ。用心する俺を知ってか知らずか、グリズはふいに顔を近づけてきた。

「ちょ……っ」

以前にされたキスを思い出して、思わず顔を背けた。

「口元に、欠片が付いてる」

「えっ」

以前と同じ、大人としてされるには恥ずかしい指摘に、思わず自分の口元を手で払う。

それから自分の勘違いに顔を赤くした。いい歳をして口元にお菓子の食べかすを付けていたら、それは随分がっついたように見えていただろう。グリズの言う「やっぱり甘いものが好きなんだ」という言葉は、そこから来ていたに違いない。

胸を撫でおろすやら、恥ずかしいやらで再び口元を手で拭う。

「違う違う、ここ」

そういってグリズは、今回も当然のような態度で俺の口元にキスをした。

「な……！」

いや、キスだろうかこれは。

食べかすを取ってくれただけ？　いや、それにしても唇で取るのは普通ではないだろう。

口をパクパクとさせる俺とは対照的に、グリズは平然とした態度だ。

「甘い匂いがしててつい、ね」

「つい、じゃないですよっ」

パッと身体を離したグリズは、茶目っ気を含ませた笑みを浮かべている。

どこまでが冗談なのか、この男はまったく掴みどころがなくて、ため息が零れる。

「今日は非番だから、ミーニャの店に行く途中だったんだ」

「そう、なんですね。今日は定休日なので、ミーニャは自宅にいますけど」

ミーニャは、数年前まではあの店を自宅にしていたそうだ。息子さんが自立することになったタイミングで、治安がよく定期訪問サービスのある集合住宅に移ったらしい。

家賃分がもったいないと渋ったそうだけれど、その息子さんに金は出すからと押し切られたのだとか。ミーニャは外見だけは美少女だから、確かにその方が心配ないだろう。

ニコニコと話しかけてくるグリズは、こうしていると毒気も何もない親切な人のようだ。

だが用心しろと、心がそう警鐘を鳴らしている。

そう、彼は何かと俺を怪しんでいるフシもあるし、過去の『俺』を殺した犯人かもしれない——これは俺が彼に向けている、ただの疑惑だけれど。

今更、あの事件の真相を知りたい訳ではない。しかしもう日本に戻れないのならば、今ここで平穏に暮らす道を探したい。

真偽の分からない状態のこの人とは、十分に距離を置いた方がいいだろう。

それなのに彼を強く突き放せないのはきっと、十五年という年月をかけても振り切れない、恋心がまだあるせいだ。

チラリと彼を見上げると、目元だけで微笑(ほほえ)まれた。

「……うう」

だってこんなの、反則だ。

十五年――こちらではまだ四年――振りに再会したグリズは、以前よりもさらにかっこよくなってしまっている。三十二歳になった彼には以前よりも落ち着きが加わって、外見の華やかさだけではなく穏やかさまで身に着けてしまっているのだ。

騎士服だってよく似合っていたけれど、こんなラフな姿ですら輝きを放っている。

それになにより、俺がトワイライトではないからこそ向けてくる笑顔が眩(まぶ)しい。一番記憶に残る彼の表情は、いつだって俺を憎むようにして睨(にら)み付ける、最期に見たものだったから。

それが今はどうだ。疑っているだろう様子は見え隠れするものの、笑顔の大盤振舞だ。

グリズが親し気に関わってくる度に、気持ちが跳(は)ね上がってしまうのも仕方ない。

浮かれる気持ちと、疑う気持ち。

その両方がいつだってせめぎ合い、心を乱して苦しい。

だから出来る限りグリズと距離を取り、この気持ちに蓋(ふた)をして穏やかに暮らしていきたい。

それなのにこの人は、俺の作った垣根をいとも簡単に乗り越えようとしてくるのだ。

「今からトワに会いに行こうと思っていたんだよ。今日が定休日だって知っていたから、どこかに誘おうと思って」

「……は？」

「迷惑だったかな？　トワはどこに行く予定だったの？」

たった数回会っただけの俺に、どうして構ってくるのだろうか。いや、異邦人の可能性を疑われているせいかもしれない。

油断を誘い自白させて、そして王宮か神殿に連れて行かれる。それがグリズの善意であれ、悪意であれ、結局またギフトを持たないと陰で笑われて、最悪の場合は俺がトワイライトだとバレてしまう。グリズに軽蔑されるのも――怖い。

後ろ指を指され嗤われていた、あんな生活は、もう嫌だ。

「い、いや……その」

グリズを躱す、うまい言葉が出てこない。

相手はこの国の第二騎士団副団長の肩書きを持つ、随分上の立場の人間だ。失礼はできない。

実際道ばたで話し込んでいる俺たちをチラチラ見てくるご婦人方の視線には、明らかにグリズへの好意を含んでいるものも感じられる。

せっかくの休日を俺への疑惑で費やすよりも、そんな人たちと関わった方が建設的だろうに。

正直、グリズは怖い。

歳と経験を重ねた今だから分かる。この人は決して、うわべの甘い表情に騙されてはいけないタイプだ。その顔の下では間違いなく知略を張り巡らせ、相手の出方を手ぐすね引いて待ち構えている。それに何より、俺を異邦人だと疑っている節もあるから油断できない。

俺を疑うグリズには、一体どう返答するのが正解なのか。

返す言葉に詰まっていると、グリズは見るからにションボリとした表情で項垂れた。

彼の長い後ろ髪が、肩からするりと滑り落ちる。

「迷惑だったかぁ。そうだよね……大して親しくない人間が、こんな風に近づいて来たらそりゃ警戒されるよね？」

「い、いえ、あの……そのっ」

そのものズバリを言い当てられて、けれどもそうだとも言えずにアタフタと焦る。

水に濡れた犬のような、段ボール箱に入った子猫のような。思わず手を差し伸べてなんとかしてあげたくなる顔だ。

大きな男なのに庇護欲を駆り立ててくる、こんな態度は反則だろう……！

しかしここで押される訳にはいかない。

「め、迷惑とかじゃないですけど……その、俺人見知り、だし……、あの、ええっと、だからグイグイ来られると困るというか」

だから貴方と仲よくするつもりはないんですよ。そうやんわり続けようとしたところで、グリズが俺の両手をグッと握り締めた。

「そっか。嫌じゃないならよかった」

遠回しすぎる言葉はグリズには通じないのか？

朗らかな笑顔が眩しい。イケメンの微笑みを間近で浴びてしまった俺の足下が揺らいだ。

その俺の腰を、グリズがグッと抱き留める。

「おっと。トワはフラフラしてるから心配になるね。そうそう、さっきも聞いたけど、どこに行く予定だったの？　心配だし、ついていってもいいかな」

「え、図書館なんで。大丈夫ですよ。すぐそこですし」

実際あと五分もかからず到着するような、目と鼻の先にある。

ぶらぶらと露店を回って遅くなっただけで、案内してもらう程でもない。

どんなに過保護な親だって、それくらいの距離なら一人で行けと言うだろう。

「よし、行こうか。仲よくなるには、まずはお互いを知ることからだね」

「俺の話を……っ！」

それなのにグリズは俺の腰を抱いて、グイグイとその道のりを先導する。

さりげなく押しのけようとしても流石に騎士、体格差を差し引いてもビクリとも動かない。

それどころかなぜかさらに強く抱き寄せられるのだから、俺はもう抵抗を諦めた。

もしや逃げ出さないかと疑われているのかもしれない。

本格的な誘導尋問は、ひょっとしてこの先にあるのかもしれない。

零れそうになるため息を噛み殺しながら、俺は仕方なくそれを受け入れて歩いた。

◆　◆　◆

図書館内は本を守るためだろうか、窓が少なく薄暗かった。

その少ない窓にも、薄手のカーテンが引かれていた。天窓から注ぐ明かりも同じように巾で遮られている。

出入り口脇には手洗い場が設けられていて、この国での本の稀少性が分かるようだ。

中央が吹き抜けになっている館内は三階建てで、二階より上に見える鉄柵は、複雑で優美な模様を描いている。その内側は通路になっているようで、その向こうは本棚で埋まっていた。

広い館内は淡いオレンジ色の蠟燭が所々で揺れ、まるで博物館のような雰囲気すらある。

規則的に並ぶ本棚の中には色とりどりの背表紙が並び、ひっそりとした館内は人の気配はあるものの、あまり話し声もしない。

「すごい……」

その光景に思わず感嘆の声が漏れてしまった。

「トワのいた所には、図書館はなかった？」

グリズの小さな問いかけに、どうだったかなと首を傾げた。

住んでいた街に図書館はあった。だからといって通っていたかといえば、その記憶はあまりない。高校や大学の図書館の方が思い出に残っているものの、覚えているのはつるりとした味気ない床と整然と並ぶ本棚ばかりだ。

図書館があるにはあったけど――そう答えようとしてハッと口元を押さえた。

危ない、俺は何を言おうとしたんだ。

この国の、辺鄙な村から出てきた。そういう設定だったはずだ。

王都の外のことは知らないが、少なくとも図書館なんてなかなかないだろう。

「ど、どうでしたかね～」

冷や汗を掻きながら、なんとかその場はお茶を濁した。

この図書館が、無駄なおしゃべりを許さない雰囲気で命拾いした。

ここは静かにする場所なのだ。図書館という場所は世界が変わろうともどこも同じなのかと思うと、それがほんの少しだけ面白い。

しかしふと気がつく。本棚はずらりと並んでいて、文字の読めない俺はそこから目的のものをどう探すのか。探し方すら分からない事実に、しばし愕然とした。

そんな俺に、グリズは小さな声で問いかけてくる。

「トワ、何を探すの？　僕は結構ここに詳しいからね、手伝うよ」

距離を取りたい気持ちは嘘ではないが、実際一人でここにいても、何かを見つけられる気がしない。一旦諸々は置いておいて、有り難くグリズの提案に乗ることにした。

「じゃあ、子供向けの絵本を探しているんですけど。どの辺にありますか」

「それならこっちだよ。おいで」

沢山の本棚の間、グリズに手を引かれて目的の場所に辿り着く。

そこには確かに、絵本が綺麗に並んでいる。だけど――。

「う、うーん……読めない……」

パラパラとめくってみると、大きな文字と可愛らしい挿絵が印刷されていた。少しザラザラとした紙質で、印刷もやや掠れている。これは間違いなく子供向けで、小さい子が読みやすい工夫がされている素晴らしい本なのだろう。

しかし、そもそも文字と音が繋がらないのだから、勉強しようにも理解できないのだと気がついた。

「うわあ……バカか俺は」

それでも試しに何冊か借りてみるしかない。時間を見つけてミーニャに聞けば、彼女のことだから教えてくれるかもしれない。

そう思って適当に本を引き出そうとすると、そこにグリズの手が重なった。

「ひょっとしてトワ、文字が読めないの？　絵本で勉強しようとしてる？」

まさか、という驚いた顔で、俺の顔を覗き込む。

そんな顔をされるほど、この国の識字教育は広まっていないはずだが。平民なら大人でも文字を読めない人間も少なくないとミーニャに教わった。

「え、ええ。そうなんです。この歳で恥ずかしい話ですけど。だけどミーニャのところで働くなら、読み書きできた方がいいと思って」

「そうなんだ。ふうん」

グリズは少しだけ考えて、それからパッと明るい顔で提案してきた。

「よかったら僕が教えようか？　普段から割と暇だし」

いやいやいや……騎士団の副団長が暇な訳ないだろう。

それに俺は、この人とは距離を置きたい。なのになんでこんなに距離を詰めようとするんだ。

顔の距離が近すぎないか？　バサバサの睫の本数まで数えられるようだ。以前からこんなに距離の近い人だっただろうか。いや、絶対にそれはない。

むしろ近づこうとするトワイライトから、さりげなく距離をとる人だったはずだ。

「こっちにね、読書室があるんだ。おいで、そこで教えよう」

グリズはパパっと本を引き抜くと、戸惑う俺の手首を掴んで歩き出した。

「あ、ちょっ……！　グリズさん、俺は……！」

「しーっ、静かにねトワ。こっちだよ」

子供を諭すように注意されれば、正論なのだから黙るしかない。

引きずられつつも狭くなっていく廊下を歩いて行くと、そこには制服を着た、ここの職員らしき人が立っていた。グリズはその人に何かを渡すと、代わりに何かを受け取っている。

キラリと光る革紐の付いたそれは、よく手入れされた鍵だった。革紐の先には数字が刻印されたタグが付いていて、どうやら何かの部屋番号を示しているらしい。

「ここは読書室の貸し出しをしているんだ」

そう言ってグリズは俺を伴って、端にある階段を踏み出した。

手首を掴んでいた指が、当たり前のように手のひらに滑り込む。指と指の薄い皮膚の間に絡まるグリズの温度にドキリとしてしまう。だけど振りほどけず、かといって握り返すこともできない。顔に、手のひらに。じわりと熱が集まる。

「この部屋かな？　向こうのホールだと、声を出したら煩いでしょう？　ここで教えよっかなって。ほら、勉強する人のために、紙とペンも置いてある」

開けられた室内には、小さな四角いテーブルと、その周りに四脚ほどの椅子があった。その後ろにある小さな明かり取りの窓からは、心地よい日の光が差し込んでくる。

思っていたよりも豪勢なこの読書室というものは、どうやら時間貸しなのだろう。

先ほどグリズと職員が交換していたものは、お金と鍵という訳か。

そうだと知っていたら絶対断っていたのに。露店で買い物をするんじゃなかった。図書館で本を借りてすぐに帰る予定だったから、返せる手持ちの金も今はない。

「あのグリズさん……すいません、ありがとうございます」

多分レンタルスペースのようなものなのだろう。使わなくていいお金を、俺のために使わせてしまって申し訳なくなる。

「どういたしまして。トワは素直ないい子だね。さあ座って。ああ、隣がいいね、説明しやすいから。まずはこの本がいいかも」

そう言って開いた本には、大きな文字が規則正しく並んでいた。日本の五十音のようなものらしい。それを順番に説明された。

まさか露店で買ったばかりのノートを、グリズと一緒に使うとは思ってもいなかった。備え付けられていたペンを使って、言われた通りに一文字ずつ書き記していく。

それをグリズが発音して、その下に同じ文字を習い書きする。英語も韓国語もそうであるように、どうやらこの国の文字も理解すれば分かりやすい。濁音や半濁音が完全に別の文字としてあるせいか、ひらがなよりも文字数は少し多めのようだ。

「この文字は少し長めに丸みを付けるんだよ。そうしないとこっちと間違えやすいから」

「なるほど……」

意外と言ったら失礼かもしれないが、グリズの教え方は上手だった。

教わりながら、読みやポイントを紙面の空白に書き込んでいく。

この文字は「ひ」と同じ発音だから、文字の隣にそう記した。文字の書き方のポイントも、グリズは丁寧に説明してくれたので、「ここは内側に入れる」や「似ているので注意！」等と書き記した。教わる文字が増える程に追加事項は増えに増えて、ノートの書き込みは充実していく。

「トワは面白い記号を使うんだね」

手元に集中しすぎていて、ふいに聞こえたグリズのその言葉にハッと顔を上げた。

何のことを言っているのか分からないでいると、彼の長い指先が紙をつつく。

「まるで他の言語みたいだ。規則性があるし、迷いなく書くね」

そう言われてやや考え、俺の頭はようやくグリズの指摘している内容を理解した。

冷水をドッと浴びせられたようだ。

俺は無意識に日本語を使って書き記していた。英語の勉強の時もそうであったように、ノートに向かう時にメモを取るという習慣が抜けきらないでいたのだ。

びっちりと書き込まれたノートは、グリズに教わったこの世界の言葉よりも日本語の割合が多い。迷いなく書くと言われたがそれはそうだろう、これが俺にとっての母国語なのだから。

「……あ、の」

緊張しすぎて指先が震える。疑われているから気を付けようと思った矢先に、油断しすぎだろう。グリズから見た俺は、この世界の文字を知らないくせに他言語を操る不審者だ。

それが異邦人に繋がってしまったら。

ギフトを持ってないと知られてしまったら。

トワイライトだとバレてしまったら――。

「その、……っ」

強張る俺の肩に、グリズの手がゆっくりと重なる。

「僻地の村出身なんだっけ？　地方だと、自分だけが理解できる形を文字にして覚えちゃうらしいね。トワのこれも、そうなのかな」

「あ……」

そうだ今の俺は、遠い村から出てきたという設定だった。

「そ、そうなんです。勝手に……自分で作った字、で」

「へえ。綺麗だね」

危ないところだったが、田舎の村出身だと言い張った過去の自分に助けられた。詰めていた息をそっと吐き出すと、グリズは気にした様子もなく本を閉じた。

「今日はここまでにしようか」

気がつけば陽が傾き始めていたようで、室内も少し暗くなっていた。落ち着いてきた心臓を宥めながら、俺もノートを閉じる。

「すいません長時間……大丈夫でした？」

「平気だよ。今日は休みを取ってきてたからね」

「取ってきて……？　そうなんですか」

副団長ともなれば休みも取りにくいのだろうか。ともあれ他に予定がないならよかった。これから夜勤だと言われたら、土下座するしかないと思っていた。

「あの、お金も。俺、ここのシステムがよく分かってないので、もし高額でしたらちゃんと払いますので。その、場合によっては分割払いにして貰えると助かりますが」

お金のことはちゃんとしておかなければいけない。いくら払ったのかは見ていないが、あれが一日貸出金なのか、それともさらに追加料金がかかるのか。流石に俺のための場所代は、自分が払うべきだと思うから。

「水くさいなあトワ。僕は一緒に過ごせて楽しかったのに。トワはそうじゃなかった？」

「や、そういう訳じゃなく……すいません、つい」

慌てて訂正するも、グリズの表情には気分を害した様子はなさそうで安堵した。

グリズの手のひらが、俺のそれに重なる。

「あの？」

ペンを握っていた手は熱を持っていて、少し汗ばんでいやしないか緊張した。そしてそんなことに緊張する自分が、馬鹿らしいなとも思う。

関わらないと決めたくせに、こんな風にグリズが構ってくれるのが嬉しいのだ。ひょっとしたら仲よくなれるかもと期待を持ちながらも、自分の過去が釘を刺してくる。

あの時、自分を殺したのは誰だ、と。

面と向かって自分を嫌いだと言ったグリズが、再び現れた自分に好意を持ってくれる訳などないのだ、と。

それなのに、そうやって自制しないとすぐに自分の気持ちは浮かれてしまう。不安と期待がごちゃごちゃと混ぜこぜになっているけれど、本質的に俺はまだこの男のことが好きなのだ。

十五年もの年月が経っても、俺の心はまだ、目の前の男に囚われている。

「ねえ、トワ。じゃあ今日のお礼に一個お願いを聞いてくれる？」

「俺にできることなら。あっ、でも俺いま最低限のお金を前借りしてる状況で、あまり家にも手持ちがないのですぐは難しいかも……」

服と住まいはミーニャに甘えさせて貰っている。

あとは日々の食事や生活必需品にかかる費用を、ミーニャに貸して貰っているのだ。食べ盛りだろうと多めに渡されかけたが、あまり持っているのも怖いせいで手持ちは僅かだ。

「僕はこう見えて、この国の騎士なんだけどな。お金が欲しいとも、君から貰おうとも思ってないよ」

グリズはそう言うが、他に俺が差し出せるものなんて何もない。荷物持ちをしようにも、恐らくグリズの方が力が強い。ああ、パシリに使うなら俺でも有益なのかもしれない。パンを買ってこいと言われたら、走って買いに行く程度の体力はある。

考えを巡らせていると、クスッと笑う気配があった。

「お礼をしたいって思ってくれるなら、僕と普通に喋って貰えないかな？　君ともっと仲よくなりたい。丁寧語で喋られると、壁を感じて寂しいよ」

「――っ、た、タメグチでってこと、ですか？　こ、こんなのがお礼になる、の、かな？」

「そう。お礼になるよ。ふふ、嬉しいな。トワともっと親しくなれたみたい」

喜色を隠さないグリズの笑顔は、見ているこちらが恥ずかしくなってくる。俺はそんな大した人間ではないのに、まるで自分の価値が上がったような気分だ。丁寧語という壁が崩されて、否応なしに心の距離が近づいてしまう。

困る。

けれど嬉しい。ああどうしてこうも、感情というものは自分で制御できないんだろう。

「そ、そっか……よかったよグリズさん」

「グリズ」

「……俺なんかが、グリズさんを呼び捨てする訳には」

「お礼、何でもいいって言ってくれたのになあ？　悲しーなあ？」

わざとらしくエーンと言いながら目元を隠す。

この人、こんなお茶目な一面があるんだ。可愛……って、そうじゃない。

「ぐ、グリズさん――」

「グリズ」

「……っ、もう、グリズ！　これでいいんだろ！　騎士団の人たちに叱（しか）られそうな時は、ちゃんと庇（かば）えよな……」

副団長を呼び捨てにするなんてと叱られてもおかしくない。

屈強な騎士たちに悪意をもって囲まれれば、俺なんかは無抵抗のうちにボコられてしまうだろう。それを想像しただけで、ブルリと勝手に身体が震えた。

そうしてもう一つの言葉が、フッと頭の中によぎる。

――副隊長と距離を置いた方がいいッスよ。

赤毛の騎士、エルースの言葉だ。

十分分かっている。立場も身分も、何もかも違う。過去の出来事がちらつく中で、こんな風に親し気に呼び合う関係は、エルースの忠告を丸っと無視してしまっている。

しかしグリズの嬉しそうな顔を見てしまうと、今更それを駄目だとは言いにくかった。

「そういえば知ってた？　騎士団の中で僕の名前を呼ばないのは、暗黙の了解なんだよね」

騎士団では、確かに名字である『ノワレ』副団長と呼ばれていた気がする。

特別扱いにむず痒(がゆ)いような気持ちになったところで、グリズが微笑む。

「僕ね、自分の名前が好きじゃないんだ」

「へえ、そうなんですか？」

鞄にノートを詰め込みながら、グリズの話に耳を傾ける。

俺も子供の頃、十和なんて名前は女の子みたいで嫌だったな、なんてことを思い出した。

「だからね。トワが初めて詰め所に配達してくれた時、僕は名乗らなかったと思う」

その言葉にヒュッと息をのんだ。

どういうことだ、ちょっと待ってくれ。俺は、グリズを。あの時から何て呼んでいる？

もしかして。もしかして。

「仮に名乗ったとしても、僕はいつも名字しか言わないんだ」

合わさった手のひら。重なっている指が絡み合って、ギュッとそれを握り込まれた。

その手の内側には、神が与えたという聖紋(せいもん)がある。

全身から汗がドッと吹き出る。

俺は彼が名乗らなくても『グリズ・ノワレ』だと知っていた。

それは前回の転移の際に既に教えてもらっていたからで、トワイライトとしての俺はずっと彼を『グリズ』と呼んでいたせいだ。

どうして。

どうしてだ。

名前を呼ばれるのが嫌だったなんて、そんな話は過去に一度もグリズから聞いていない。

本当に嫌ならば、それを許すような男ではないはずなのに。

「でも君は僕の名前を知っていたね、トワ……どうしてかな？」

バクバクと胸の鼓動が激しい。

まるで身体の全てが心臓になったようだ。

背中には冷たい汗がダラダラと流れる。

頭をフル回転させて最適解を導き出そうとするも、緊張で何も出てこない。

「あ、の……」

口の中がカサカサに乾く。

無理にそこを潤そうと無意識に喉が鳴り、その音の大きさにドキンとした。

「この国の……騎士団の主要な方の名前は、ミーニャに聞いて、て」

「へえミーニャに？　彼女なら僕の名前を教えても、絶対に口にしないように言い含めるはずだけどな」

全身が心臓になったように激しく跳ねる。

間違えた、間違えた、間違えた。動揺が動揺を呼び、気が遠くなるようだ。

「あ、あの……、違う、ええっと……えっと」

　ここからどうリカバリーしたらいいのか分からない。

　二つの太陽の傾きと共に薄暗くなっていく室内で、グリズの瞳だけが俺を射貫く。

　薄く微笑む彼の真意が読めなくて、それが不安と恐怖を煽(あお)っていく。

　自分はグリズにとって、最初から不審者だった？

　やはりずっと監視されていた？

　いま自分は、ちゃんと呼吸ができているだろうか。

　座っているのか立っているのか、世界は歪(ゆが)んでいるようにゆらゆらと揺れる。いっそ気を失ってしまいたい。残念ながらその願いは叶(かな)いそうもないけれど。

　そう現実逃避していると、圧迫感のある微笑みを浮かべるグリズは、突然自分の両手を上げた。

「なーんて。ごめんねトワ。だから聞き方が駄目だって、いつも部下にも叱られるんだよね」

　硬質だった雰囲気を一変させ、グリズは軽く笑う。

「へ……」

「ふふ、トワがね、僕の名前を呼んでくれたことが嬉しかったんだ。この名前を呼んでいるのは君だけだよって言いたかっただけ。君が呼んでくれるから、僕は自分の名前を好きになれたんだ。本当だよ」

　一気に脱力した俺の手のひらを、彼はぎゅっぎゅっと握り締める。その手の中にある聖紋は薄くて、まだ気付かれていないと信じたい。俺にはもうそれを振り払う気力もなくて、ぐったりしたままグリズのしたいようにさせておいた。

「そ、う、なんだ」

付き合いの浅いグリズが、そこまで俺に何かを感じてくれる理由は分からない。

戸惑いが落ち着かないままに、絡んでいた指先がするりと解ける。

そろそろ帰ろうかと席を立つグリズに倣って、慌てて俺も立ち上がった。

「トワ、ペンを」

部屋に備え付けていたペンを元の場所に戻すのだろう。グリズが寄こすようにと伸ばした手にペンを渡そうとした瞬間、腕を掴まれ引き寄せられた。

腕の中に包み込まれて、一瞬何をされたのか理解できなかった。

「ねえ、トワ。君はもう少し用心した方がいいよ。この間されたこと、忘れちゃったの？」

耳元でそっと囁かれて、その甘さを含んだ声音にぞくりとする。

ブルリと身体が震えた瞬間、唇に何かが押し当てられた。

「な――っン」

キスだ。また、キスをされた。

何をするんだと訴えようと口を開いた瞬間、濡れた舌が滑り込んできた。

「んっ、ちょ……っ、んうっ、っん」

突っぱねかけた片腕ごと、逃がすまいと抱きしめられた。

揶揄われたと決めつけて終わった前回と違い、これは友人にするようなものではない深い、欲望を纏ったキスだ。

「んん～っ、んっ……あ、ウ、んっ」

大きなグリズの口は、まるで捕食するように角度を変え、深く唇を重ねて貪ってくる。

長い舌が口の中をまさぐって、舐められた歯の裏側がやけにゾクゾクする。

「ふ……っ、ん、ん……っ！　んうっ、あ……ぅ」

逃げる舌を引きずり出され、甘噛みされると腰が震えた。

口の中を好き勝手に弄られて、唇が離れる頃には身体に力が入らない。

ヘナヘナと床に崩れる俺を追いかけて、グリズまで一緒にしゃがみ込む。

合わさる視線は見知らぬ男のように見える。

「ね？　油断したら駄目だよ。僕はトワが好きなんだから」

スキ？　すき？　好き？

サラリと告げられた言葉が、頭の中で上手に処理できない。

スキって、好きってこと？

誰が？　グリズが？　俺を？

予想だにしなかった展開に、身体が固まる。

「ふ、可愛い」

チュッと再び唇を奪われた。

今度こそ子供同士がするような、挨拶のような軽いキスだったけれど。

グリズの肩を押し返して、唇を手の甲で拭った。

「か、可愛くなんか……！」

「ねえトワ。嫌いじゃないでしょう僕のこと。早く好きになって？」

駄目？　と可愛く首を傾げられると、大きなワンコのようでキュンとときめいてしまう。

いやいや、騙されてはいけない。ワンコはあんな——あんな激しいキスはしないのだから。

自分に自信のある男は、まるで好意を向けられて当然のような顔をするのだから憎らしい。

だが、ふと思う。

あの頃俺は、トワイライトはグリズが好きだった。

日本に戻ってからもずっと初恋を引きずって、見えないグリズの影ばかりを追ってまともな恋愛一つしてきていない。このまま俺の人生は枯れていくのだろうと、漠然と思っていた。

それなのにこの世界に舞い戻って、一番初めに考えたのはグリズのことだった。過去の自分の愚かさを自覚しているからこそ会いたくなくて、それでも会いたくて、会えたら嬉しくて。

彼の一挙一動に、一喜一憂していた自覚はあるのだ。

失恋していたと思っていた、ずっと引きずっていた相手からの告白に、浮かれない訳がないだろう。

好きだと言って貰えて嬉しい。それは本当だ。

だがこれは『今』の自分の感情なのだろうか。

それとも過去の感情に引きずられているだけなのか、俺にはまだ判断できない。

好きだけれど、怖い。怖いけれど、好きだ。

嬉しいけれどトワイライトだと知られることが恐ろしくて、与えられるその言葉をどう受け止めていいのか分からない。

そもそもこの言葉は、本当にグリズの本心なのだろうか。

自分の気持ちもグリズの気持ちも、全てが疑わしく思えて返事ができずに迷っていると、目の前の男はその整った顔に苦笑いを浮かべた。

「今すぐの返事じゃなくてもいいよ。トワの気持ちが固まったらでも」

「いい、のか……？」

「いいよ。それにキスも、嫌がられてなかったみたいだし？」

揶揄うようなその言葉に、顔がカッと熱くなる。先ほどまでの情熱的すぎる口づけは、初心者には受け止めきれないので勘弁願いたい。

恥ずかしさで落ち着かずにいると、下腹部の脚の付け根、あらぬ部分にグリズの手が触れた。

「ほら、勃(た)ってる。気持ちよかったんだよね？」

「嘘……、ちょ、っ」

大きな手が、その形を確かめるようにやんわりと握り込む。

そんな場所を他人に触られたことなんてなくて、シャツの上から慌ててそこを押さえた。

グリズの手はそこに触れたまま、離れそうにない。

「大丈夫。だってこのままじゃ外に出られないでしょ？　もうすぐ閉館だし、出すもの出しちゃったほうが早いから」

「だからって……っ、ちょ、トイレに」

「駄目。ね、いいから」

鍛(きた)えられた騎士とただの一般人。体格からして力の差は歴然だ。

恥ずかしい、だが本気で嫌な訳ではない。羞恥と期待に、身体が小さくブルリと震えた。

視線を合わせたまま、グリズは俺の股間にゆっくりと圧力を加えていく。

握って、緩めて。また握って。形をなぞって、指が動く。

徐々に硬さを増していく陰茎の姿が、ズボンの上からでも分かってしまう。

「あ」

布越しに敏感な先端をつままれて、思わず小さく声が漏れた。

「気持ちいい？　直接触ってもいいかな？」

いいかな、なんて聞かないでほしい。うんともいいえとも言えずに、それでもグリズから視線を離せずにいる俺を、彼は愛しい者を見つめるような瞳で見つめてくる。

その視線だけで、脳髄にゾクゾクと電流が駆け上がった。

「っ、は、……グリズ……」

鼻に掛かったような、甘えた自分の声が気持ち悪い。

だというのに目の前の男は何に興奮したのか、言葉もなく一気に俺のズボンを下ろした。

「ちょ……っ、わぁ、っ……！」

ズボンを放り投げて、押し倒される。ご丁寧に床にはグリズの上着が既に敷かれていた。どういう早業なんだ、これは。

「あの、グリズ……、っ」

「ごめんね、トワ。トワだけって思ってたけど可愛いすぎて無理。僕まで興奮しちゃった」

そう言いながら、くつろげたズボンから飛び出したグリズのソレは。

「……無理。無理だろ、それは、規格外……」

どう見ても日本人の標準からは大きく外れている。腹につきそうな程反り返ったソレは、まさに凶器と呼ぶに相応(ふさわ)しい。

俺は膝(ひざ)を曲げて身体を守ろうとするのに、グリズはその膝頭を持ってあっさり左右に割り開いた。騎士の筋力を前に、運動不足の元会社員はなすすべもない。

「入れないから大丈夫だよ。今は」

「今は!?　……っ、うあ、ちょ、……っ、う、ン」

二人分の陰茎が腹の上で重なって、その重い塊(かたまり)が俺の裏筋(うらすじ)を擦(こす)りあげた。

グリズは舌を突き出すと唾液(だえき)を垂らし、それを重ねたお互いの陰茎に馴染(なじ)ませる。

くちゅくちゅと濡れた音が、薄暗くなった室内に響く。

二人分のそれをグリズが握り込み、まるで挿入しているような体勢で腰を揺すった。

「あ、あ……っ、うぁ、これ、っく、あ、恥ずかし、ん、うう……っ」

「トワ、トワ……可愛いね。でもまだ余裕があるんだ？　もっと僕に夢中になって」

「んーっ、んっ、ん」

お互いの性器を重ねて、唇まで塞(ふさ)がれて。これがセックスでなければなんなのだろう。というか俺たち、まだ付き合ってないんだよな？

与えられる快楽で頭の中がピンク色に染まり、絶頂に向かってビリビリと快楽が溜(た)まっていく。唯一(ゆいいつ)はっきりと分かるのは、目の前にいる男がグリズだということだけ。

グチャグチャといやらしい水音が、室内に反響する。

「あ、あ……グリズ……ッ」

自分の脚の間で腰を振る、その整った顔立ちの男から目が離せない。眉間に皺を寄せながらも、いつもと同じだと言わんばかりの態度を装っている。

けれど普段では考えられない熱っぽい瞳が、欲を孕んでこちらを射貫く。

腹の奥が、なぜかきゅうと収縮した気がする。

「う、あ……っイ……イく、から……っ手、離し……っ、う、あっ」

「っ、トワ……」

腹の上に、二人分の白濁がびゅくびゅくと降り注ぐ。

ねっとりしたそれが小さな穴から吹き上がり、シャツの胸元まで飛んだ。

「はあっ、は……ふ。汚れた……」

「ん、ごめん……今度替わりを買うね。それとも代わりに僕のシャツ、着てく？」

顔中に甘いキスの雨が降り注ぐ。

こんな時、どんな顔をしていいのか分からない。俺はつい、つっけんどんな態度を取ってしまう。顔だけが、おかしいくらいに熱を持つ。

「いい……そういうことじゃないから」

ジワジワと濃い色に染まるシャツ、その様子をぼんやりと眺める。

ミーニャに譲って貰ったシャツの中でも、着心地がよくてお気に入りだった。帰ったら洗おうと、そんなことを頭の隅で考える。

「好きな子が僕の服を着てくれるだけで、割と興奮しちゃうんだけどな」

「……っ、ば、ばかっ、ン」

こんな会話に免疫がない。慌てる俺の唇を、男のそれが当たり前のように奪い取る。

「ん……、んっ」

「かわい……トワ、可愛すぎる」

蜂蜜(はちみつ)よりも甘いその声が、顔が、全部で俺を好きだと語りかける。

グリズは俺の首元に顔を埋(うず)めてくる。重い、けれどそれを悪くないと思い始めている自分がいた。恥ずかしくて、グリズに見られないようにその肩口に顔を押しつけた。

「トワ……好きだよ。好き。ねえ、トワも好きになって」

「……考えて、おく」

こんなことまで許してしまうのだから、もう自分はとっくに好きなのだ。それでももう少し、自分自身と向き合いたい。

過去の自分も、夢の中の出来事も、まだ全て消化しきれていないのだ。

そうして俺たちは閉館を告げるノックの音で、慌てて帰り支度をしたのだった。

◆　◆　◆

勉強のみならず、いかがわしいことまでしてしまった俺たちは、気がつけば昼食を抜いていたらしい。

「一緒に食事にいこっか？」

「け、結構ですっ」

図書館の出入り口で手を洗いながら、グリズが何もなかったように言うから、俺だけ妙に慌ててしまった。先ほどまであんなことをしていた相手と、一体どんな顔をして食事しろというのだ。

濡れた犬のような顔をするグリズに、罪悪感が湧きながらも申し出を固辞した。

「じゃあ僕のお勧めの店に案内させて？　持ち帰りもできるんだ」

「いや、本当にお腹空いてないから――」

まっとうな理由で断り文句を口にした瞬間、僕の腹はぐうぅと大きく鳴り響いた。

「今回は僕に出させてほしいな。次の機会にはトワが出して？」

「……わかった」

そう言われてしまえばもう断れない。

図書館の扉から一歩外へ踏み出すと、そこには夕焼けが広がっていた。敷地内にある木々もグリズの顔も赤く染めていて、その見覚えのある光景に一瞬呼吸が止まった。

二つ並んだ太陽が、最後の輝きと言わんばかりに周囲を真っ赤に染めるその一コマ。

以前の俺が、トワイライトが死んだ時のことを思い出す。

憎々しげに俺を嫌いだと言い放っていた男が今、同じ顔で笑っているのだ。

胸に重いものが落ちるようだった。

厨二病だったとはいえ、過去の自分も俺自身だ。

きっと。拒絶されたあの気持ちが、ずっと俺の中で消化できないのだ。だからこそ、今のグリズの気持ちに素直に頷けないでいるのだろう。俺だけではない、トワイライトの俺も愛してくれと、過去の自分が厚かましく叫ぶ。

あんな我儘放題だった、嫌われ者のギフトなしが、好かれるはずもないのに。

そう考えて俺は首を横に振った。

「トワ？　さあ、行こう」

夕焼けの中で、グリズに手を引かれた。

それだけで心臓の辺りがギュッとなる。

俺はこれをずっと望んでいたのだろう。

あの夢の中での最期、傾いていく太陽に照らされて振り返らないグリズを見つめていた。

その時、戻ってきてほしかった。

こうして、手を繋いで欲しかったのだ。

どこか満たされない気持ちを抱えながらも、俺はこの温もりを離せないでいる。


あれもこれも美味しいからと、どう見ても一人分には多い量を持たされた。

この世界には、冷蔵庫などといった便利なものは存在しない。基本的に買った物はその日のうちに食べるようにとミーニャに教えられた。

そうはいってもこの国は、日本に比べたら湿度が低い。今の体感温度も日本の春か秋くらいで過ごしやすいせいか、ものによっては日持ちする。

炒めものなどは遅くとも翌日に食べ切るようにしているが、コロッケのような揚げ物や野菜のマリネなら三、四日は保つからとグリズに押し切られた。

ドライフルーツやベーコンの塊、ナッツを入れた酸味の強いパンなどは、どうみても今買わなくてもいいものだと思うのだが。

そのせいで結局、二人でいくつもの紙袋を抱えて帰ることになった。すっかり暗くなった街の中を、グリズに送られながら帰路につく。申し訳ないからと遠慮しても、夜の街は危ないからと有無をいわさず今に至る。

ポツポツと歩く人の間を、彼とこんな風に歩く日が来るなんて思ってもみなかったし、まだこの曖昧(あいまい)な関係に慣れていない。

二人揃って紙袋を抱えているというのに、その片手はしっかりと繋いでいる。自分でも何をしているのだろうと思ってしまう。

隣に立つ男をチラリと盗み見た。

平静を装っているものの、俺は図書館での衝撃からまったく立ち直れていない。

このグリズとつい先ほどまであんなことを——そう思うだけで顔が熱くなる。

だからミーニャの店が見えてきた時には、ようやくこの空気から逃げ出せるのだと正直ホッとした。

「色々ありがとうグリズ。じゃあ、また——……え！」

お礼を言い、鍵を取り出そうとしたところで突然抱き寄せられた。

先ほどまでに感じた体温を思い出して、その匂いにドキリとする。身じろぎしかけた身体をさらに強く抱きしめられたが、そこに思っていたような甘い雰囲気はなかった。

「シッ……誰かいる」

いつになく張り詰めた声音に身体が強張った。

今日は休業日の上、今は俺が一人で暮らしているこの店に一体誰がいるというのか。この店の主であるミーニャは防犯のため、夕方以降は一人で出歩かない。

となると中にいるのは、誰だ？

握り込んでいた手のひらを広げられ、グリズの手に店の鍵が渡った。しかし鍵を使うまでもなく扉は開いていたらしい。

俺を自分の後ろへ促して、グリズは慎重に扉を開く。

その店の中にいたのは。

「——っ、ミーニャ……!?」

店内の窓際にある小さなテーブルセット。

そこにミーニャがテーブルに上体を伏せて座っていた。

肩が激しく上下して、どこから見ても苦しさに喘いでいる。

駆け寄ったミーニャには尋常ではない汗が滲んでいて、こちらに気付く様子もない。

「な、んで……どうしよ、お医者さん……!?」

普段のハキハキとした彼女からは想像できない、弱り切った姿だった。

取り乱す俺の両肩に手を置き、グリズはただ一言「落ち着いて」と言い放つ。

落ち着けるなら落ち着いている。だが目の前で苦しむ彼女を見て冷静ではいられなかった。

「ど、どうしたんだろう風邪？　あっそれで薬を取りに？　でも昨日は元気そうだったし」

けれどいくら自分の店が薬屋だとはいえ、休日にわざわざ店に来るほどの緊急事態であれば、近所の人に助けを求めた方が早いのに。

こんなに辛そうなのに、どうしてわざわざ一人でここに来てしまったのだろうか。狼狽える俺とは真逆に、グリズは落ち着いた様子でミーニャの肩に触れ、彼女の表情を確認した。

「……トワ、君の使っているベッドを貸して貰えるかな？　寝かせた方が楽になる」

「う、うん、それは構わない、けど……っ」

グリズは慣れた手つきでミーニャを抱きかかえる。腕の中の彼女はぐったりとして意識がない。ただゼイゼイと荒い呼吸の中、時折苦しそうに呻いている。

そんな状況下でも落ち着いて対応できるのは、流石に騎士といったところかもしれない。

グリズは俺が案内するよりも先に奥へと進み、ミーニャをベッドまで運んだ。横たわったミーニャは酷く苦しげで、意識がないのにシャツの胸元を掻きむしっている。

見た目も外見の年齢も全て違うのに、どこか母の最期に重なってしまう。

「グリズ、俺！　お医者さんの所に行ってくる！」

これだけ苦しんでいるのだ、薬でどうこうできるものではないだろう。そう判断した俺は、普段薬を納品している医者を連れてくることにした。

だが外へと駆けようとした俺の身体を、長い腕がその場に留めた。

「なに……」

「トワ。聞いてほしい」

焦る俺の両肩に、グリズの手が触れた。

二つの真剣な瞳が、真っ直ぐに俺を見る。

「君は彼女と出会って間もないから聞かされていないのかもしれないけど、ミーニャには持病がある。これは少しずつ悪くなっていて、元々あった薬も底をついている。もう手の施しようがないんだ。これは彼女の……ミーニャの一族の持病だ」

「一族……魔女の？」

グリズは静かに頷いた。

「それは聞かされているんだね。じゃあ話が早い。元々魔女の一族は特殊な力を持つ代わりに短命で、薬が効きにくい。唯一この症状に効果があるのは、自分以外の魔女が作る特効薬だけ」

初めて聞かされた真実を前に、俺は目を見開いた。

そんな、だって。

だってミーニャは最後の魔女だと言っていた。つまり、魔女はミーニャしかいない。彼女のために薬を作ってくれる魔女は、もう誰もいないのだ。

「彼女が持っていた特効薬は、とうの昔になくなっている」

俺の考えを先読みしたように、グリズは容赦ない事実を突きつけてくる。

「だ、けど……っ、他に方法は——」

「ないよ。もう十年前に発症している。昔ここにあったのも他の魔女が遺してくれた古い薬だ。そもそも薬効が薄くて、誤魔化す程度の効果しかなかったけどね」

淡々と語るグリズだったが、その諦めに似た表情には陰りがある。

「だけどそれで誤魔化しながら頑張ってきたんだ——それでももう十年経つ。ミーニャは自分の死期が近いことを、随分前から覚悟していたよ」

「嫌だ……」

「次に大きな発作が起きたら無理だろうって、ミーニャ自身も知っていたんだ。万が一発作が起きても、もう何もしなくていいと言っていた」

「嫌だ……っ」

グリズは静かに首を横に振る。まるで駄々っ子に言い聞かせるように、穏やかな声は続く。

「ミーニャは一人で死ぬことも覚悟していたよ。こうして最期に立ち会えるなら幸運だ」

「な、にが幸運だよ……」

どうしてそんな風に言えるのか。俺には、グリズが全てを諦めているようにしか思えなかった。彼女はまだ、ここで生きているのに。

死ぬことをそのまま受け入れて、ただ指を咥(くわ)えて見ていろというのか。

「っ、死なない！　ミーニャは、死なない！」

店に出れば、いつだって彼女の気っぷのいい声が響いてくる。

ざっくばらんな性格で、そのくせ情に厚い彼女に、何度助けられたか分からない。

この世界に来てからも、仕事をしている時も、困っている時は文句を言いながらも手を貸してくれた。今でも耳を澄ませば、彼女の声が聞こえてくるようだ。

俺だって常連客だって、そんな彼女が好きなのだ。

死ぬなんて、嘘だ。

嘘だ。嫌だ。

　だって俺はまだ恩を、かけてもらった恩を一つも返せていない。

「トワ」

「何かの間違いじゃないのか？　だって……だって毎日いつもと変わりなくって」

「トワが来てから、ミーニャは随分嬉しそうだった。短い間だったけど、彼女もトワと一緒に店をやれて幸せだったと思うよ」

　グリズのその言葉に、俺はカッとなって彼の胸ぐらを掴んだ。

「っ、死ぬみたいに！　言うな！」

　だけど視界に入るミーニャの姿は、グリズの言葉を受け入れざるを得ない。胸元を掴んだ手を力なく放すと、落ちた手を目の前の男がすくい上げる。

　剣を持つ男の、固い手のひらだ。

「まだ……っ、生きている……」

「……もう、長いこと覚悟を決めてきたんだ。僕も、ミーニャもね」

　目の前の男は諦めたように微笑む。だがよく見れば、グリズの指先は震えていた。

　受け入れたというグリズだって、目の前で苦しむ彼女に動じない訳がないのだ。

　彼女の不調を十年前から知るこの人は、ひょっとしたら繰り返しこの光景を見てきたのかもしれない。彼とミーニャの関係は分からない、しかしこんなデリケートな話ができる程度には、親しい間柄なのだろう。

　それに嫉妬（しっと）しないと言えば嘘になる。その嫉妬が、どちらに向けてのものなのかは分からないけれど。

でもう俺にとってのミーニャは、第二の母親のようなものだ。実母も無理ばかりして、発見が遅れたせいであっという間に病魔に冒されて死んでしまった。いつだって自分よりも俺を優先してくれた。母の不調に気づけなかったことを、何度後悔したか分からない。

俺はもう大事な人を、自分の力不足で見送りたくない。

「どうにかできないのか……っ」

魔女の特効薬。

その薬さえあれば。いや、それがなくてもせめて、魔女さえいれば――。

そう考えて、ハッとあることに気がついた。

「そっか……あれは、俺に自分の薬を作って欲しかったのか」

先日のやりとりを思い出す。ミーニャがなぜか俺に力の使い方を教えようとしていたことを。

魔女（ミーニャ）の作る薬に吸い込まれる、あの優しい光。教えられた魔女の力の流れ。

調合はきっと、指示書を見れば書いてある。ミーニャが扱う薬は全て、瓶のラベルに調合方法が記載されているのだ。

俺は一つ深呼吸をして、それからグリズの身体をトンと押した。

「トワ……？」

「ミーニャが飲んでいた薬を教えてくれ。ひょっとしたら俺が、薬を作れるかもしれない」

俺は聖紋が浮かぶ手のひらを、ギュッと握り締めた。

そしてその手で、悲しみに瞳を揺らすグリズの手を引く。

神様。神様お願いです。俺のギフトに、ミーニャを救う力をください。

調薬室はミーニャの仕事場だ。

その中で手伝うことはあっても、まだ置いてある全ては把握しきれていない。来てみたものの、作り方が分からなければ話はここでおしまいだ。隣の部屋で苦しむミーニャの姿を思い浮かべて、自分のしようとしていることの重責に拳(こぶし)を握り締める。

「なあグリズ、どれだ？　ミーニャの飲んでいた薬は」

手を引かれてついてきてくれたグリズは俺の行動が理解できても、なぜそれをやろうとするのかが理解できないようだ。それはそうだ。魔女の薬を、俺が作ろうとしているのだから。

それでもグリズは薬棚の一番下から、両手で抱えるくらいの大きな瓶を取り出してくれた。

赤茶けた色をしたそれには、昔は沢山薬が入っていたのかもしれない。

「これだよ。もう中身はないけど」

瓶を開けて確認しても、やはり中身は空っぽで、ほんの僅かな薬の匂いすら残っていない。

「そもそも魔女の力は女性にしか遺伝しないし、トワには……無理だよ」

グリズには俺のしようとしていることが、きっと悪あがきにしか見えていないのかもしれない。それはそうだ、俺にだって勝算はない。

渡された瓶のラベルには、薄くなっているが調薬方法らしきものが記載されていた。

なんとかが三十、なんとかが百五十、そう並ぶ文字が希望に見える。

「作れるかも、しれない」

この世界の独特の文字は、今日学び始めたばかりの俺には解読しにくい。

だけど既にミーニャの手伝いを通して記号として覚えていたその単語は、普段扱う薬の名前だとすぐに分かった。

材料は思っていたよりシンプルで、取り立てて貴重なものが入っている訳ではなさそうだ。いま店の中にあるもので作れそうだと安堵する。

それこそ特効薬に本当に必要なものは、魔女の特別な力なのだろう。難しいかもしれない。無謀かもしれない。

それでも諦めることができないのだから、無理でもなんでも足掻くしかない。

「ミーニャが言ったんだ。ひょっとして俺なら、同じように力が使えるんじゃないかって……あの時は無理だったけど、力の引き出し方も教えて貰ったんだ」

魔女が異邦人をルーツに持っていて、俺がその異邦人だからという根拠は伝えられない。それでも、ミーニャを救いたい気持ちに偽りはない。

「ミーニャが、そんなことを？　だけど——」

グリズが辛そうに顔を歪めた。そうだよ、付き合いが長い分、グリズの方が辛いに決まっている。それに納得したフリをして、受け入れた顔をしていただけ。

俺は彼の両手を握った。今は全てを話せないけれど、どうか俺を信じて欲しい。

「グリズ、今はできることをするしかない。駄目かもしれないけど……可能性がちょっとでもあるなら、試したいんだ。俺はミーニャを……助けたい」

グリズは目を見開いて、それから苦しげに眉根を寄せた。

握った手を強く握り返してきて、それはまるでいつもの自分たちとあべこべだった。

「――……うん。ありがとうトワ」

やることが決まれば、グズグズしている暇はない。

既に精製されている材料を、棚に並んだ瓶からピックアップした。

規定通りに量ったそれを、薬紙の上に集める。ここまではいつもと同じただの作業だ。

円錐（えんすい）に盛られた薬を前にして、俺はゴクリと唾（つば）を飲んだ。

「できるか分からないけど……」

髪の毛を一本、ぷつんと抜いた。そしてそれを薬の上に差し出してひたすら念じる。

ミーニャが起こしていたような、あの淡い光が放たれることをただ一心に祈った。

神様、お願いです。

今だけでいい、奇跡を起こしてください。

視界には、心配そうに俺を見つめるグリズの姿があった。愚かなことをしていると、そう思っているのかもしれない。それでもそれを口に出さず、ただ見守ってくれている。

光を。あのミーニャの出す魔女の光がそこから現れることだけを切に願って、俺はただひたすらに、指先で揺れる髪の毛を見つめた。

「……っ」

五分。それから十分。

空気に揺れる髪の毛を見つめるだけで、ただ時間だけが過ぎていく。

だがいくら待っても、あのミーニャの起こす煌（きら）めきが現れることはなかった。

俺はがくりと項垂れた。

「だめ……なのか」

再び異世界に来て、助けてくれたのがミーニャだった。

ミーニャは思ったことはズバズバ言うし、口は悪いし態度もいいとは言えない。

それでも、胡散臭い異邦人なんて言いながらも居場所をくれた。

置いてくれたら役に立つと啖呵を切ったものの、学ばせて貰うことのほうが多かった。

結局根っこが温かくて、情に厚くて、俺みたいな人間を放っておけないのだ。

それなのに、俺は彼女に何も返すことができない。

自分に力があれば。

正しくギフトを持つ異邦人であれば、彼女を救えたかもしれないのに。

「ミーニャ……っ、ゴメン、俺」

苦しんでいるミーニャと、死んでいった母が重なって見えた。

今回も俺は何もできずに、ただ見送るしかないのか。

自分の無力さが悔しくて、早すぎる別れは辛すぎる。視界がじんわりと涙で滲む。

「トワ、もういいよありがとう。ミーニャもきっと喜んでいると思う」

「……っ」

グリズの手が、俺の左手に重なった。もう止めていいのだと、その温もりはそう告げている。

自分の無能さを肯定される辛さを、俺は十分に知っている。

それを強がって突っぱねて、暴走していたのが厨二病の俺だ。そのせいで俺はその後の中学時代も後ろ指をさされたし、地元の高校でもそんな扱いだった。

自分の黒歴史は社会人になってまでついて回り、何度苦しめられたことだろう。

自分の過去のバカさ加減を、何度憂えたか分からない。止めろと言われた時に、素直に止めていたらよかったとも思う。

それでもそれがあったから、俺はグリズと出会うことができた。他人からの忠告だって、納得できなければそうですかと引き下がれないんだ。

俺はグリズの手を、ギュッと握り返した。

「グリズ、もう一回だけ。もう一回、やらせてくれないか」

彼の瞳は不安そうだった。それは未知のものへと挑戦する俺を心配しているのかもしれないし、向こうで寝ている、時折呻(うめ)くミーニャに向けたものなのかもしれない。

俺は無理矢理、笑顔を作った。

「そんな顔、するなって。イケメンが台なしだろ」

「いけめん……それって褒め言葉?」

「すごく褒めてる。手、そのまま握ってて。今度こそ成功するように、祈っててくれよ」

繋がった手が、痛いくらい握り込まれる。グリズはまだ、待ってくれている。

もう諦めろとも言わずに、俺の成功に少しでも賭(か)けてくれているのだ。

こんな状況にもかかわらず、やっぱりグリズのことが好きだなと思った。

トワイライトだった俺のことも、なんだかんだと見放さずにいてくれたのは彼だけだったことを思い出す。最期のあの時、突き放された悲しみはずっと尾を引きずっていたけれど、そうされるだけの原因が、ひょっとしたら他にもあったのかもしれない。

切羽詰まったこの状況に、何を馬鹿なことを考えているのだろう。

それでも不思議と心は凪いで、目の前の薬に意識を集中することができた。

俺はゆっくりと深呼吸した。

神様、どうか。

どうかお願いします。

奇跡を起こしてください。

「身体の奥にある光の泉を、指に流れさせる……。髪の毛をよく見て……そこを、目指す」

ミーニャが教えてくれた言葉を、改めて繰り返す。光の泉なんて分からないけれど、どこかにあるだろうそれを指先に集めるイメージで。ミーニャの散らしたあの光を求めて、意識をそこに集中する。

室内に重苦しい沈黙が流れる。

一分、五分と時間だけが過ぎていった。

現実は無情だ。結局役立たずの異邦人は、役立たずのままなのか。

やはり無理なのか俺には。

俺はまた、母親を失うのか。

「——っ」

だがそう思った瞬間、指先にふわりと温かい熱が集まった。

グリズと繋いだ手から集まる仄かな熱は身体を通って塊となり、それが一気に放たれる。

「え……っ」

ミーニャが出していたものとまったく同じ光が、指先から髪の毛を通ってキラリと現れる。

髪の毛の周りにフワフワとした光が煌めいて、その輝きは机の上の粉薬へと吸い込まれた。

間違いない、これは。

この光は、ミーニャと同じものだ。

震える指先で薬包に触れた。

「う、そ……成功……した？　……っ、グリズ、グリズ！」

バッとグリズを振り返ると、俺以上に驚いた顔をしていた。

思わず俺は、呆然と薬を見つめる彼の両腕を掴んだ。

「グリズ！　成功したよ！　ミーニャは……ミーニャは助かる！　助かるんだ……！」

言葉が出ないままのグリズは、ゆっくりと俺の顔を見る。くしゃりと歪む彼の顔が、俺の肩に埋まった。

「……っ」

グリズは俺の身体をきつく抱きしめて、掠れた声で「ありがとう」と言った。

抱きついたままのグリズはどんな顔をしているのだろう。

少しうわずったその声から想像できるけれど、今はただ、彼が落ち着くまで背中を撫でてあげていたい。大きな背中が、小さく震えていた。

よかった。本当に、よかった。

「トワ……」

耳元で、はあと小さく細い息が吐かれた。

「ありがとう。薬をミーニャに持っていこう」

少し目元を赤くしたグリズが、ニコリと笑う。俺はそれを見なかったことにして、机に向き直った。

作った薬を薬匙で一回分だけすくい取る。

「俺は薬包を用意してから行く。グリズは水を出しておいて」

そうして用意した薬を意識のないミーニャに飲ませると、彼女の呼吸は驚く程落ち着いた。

顔色もよくなった彼女を前に、俺とグリズはホッと安堵の息をつく。

そうして穏やかな呼吸に戻った彼女を見守っていると、程なくしてその桃色の睫が揺れた。

ゆっくりと開いた瞳が、俺たちの姿を見つける。

「ん……なんだい、アンタたち。雁首揃えて、レディーの寝室に侵入かい」

いつもの軽口が胸を打つ。危機は脱したのだろう。

緊張が緩み力が抜けた俺と違って、グリズは祈るように膝を折り彼女に縋った。

「……っ、ミーニャ！　ミーニャ、……よかった。トワが、トワが助けてくれたんだよ。魔女の特効薬を、トワが作り出したんだ」

グリズは横になったままの彼女の手を摑み、絞り出すように呟いた。摑んだ手を自分の額へと押し当てて、まるで感謝を捧げているように見える。

ミーニャはグリズのその言葉で、自分の身に起こっていたことを思い出したらしい。

小さく「そうだった」と呟くと、グルリと室内を見渡した。

「ああ、そうか。あたしは死ななかったんだね」

「トワのお陰だよミーニャ。凄かったんだよ。トワが、魔女の光を」

興奮したグリズの様子に、俺は慌てる。

「いや、俺は何も――」

「あたしは……そうか。トワにこの命を助けられたんだねぇ。ありがとうトワ」

ありがとう。

そのシンプルな言葉が、心の中をヒタヒタと満たしていく。

しかし確かにミーニャに薬を作ったのは俺だったが、あの煌めきは本当に自分の手柄なのだろうかという疑問が残っている。湧き出た力は内側からというよりは、自分はただの通り道だったような感覚があった。

むしろグリズの中から引き出したような、そんな奇妙な確信があった。けれどグリズもミーニャも、そんな可能性にはまったく気付いていないようだ。

嬉しそうに手を握り合う二人の様子に、不思議と嫉妬心は湧かなかった。

今は暫く、彼女の回復を手放しで祝いたい。

「ふぁ……しかし、悪いね。あたしを少し寝かせてくれるかい。いつになく身体がスッキリしてるんだけど、眠くて眠くて……。アンタたちは食事は取ったのかい。ちゃんと、食べて――」

そのまま穏やかに寝入ったミーニャの姿に、グリズと二人で顔を見合わせて笑った。

◆　◆　◆

夜中まで営業しているという店の中でも、安心して飲める店だと連れてこられた。きっと価格帯が高いのだろう。内装も品よく纏められていて、席の間隔も広い。

買って貰った夕飯はあったけれど、グリズがミーニャが治ったお祝いとお礼に、ご馳走したいと言ってくれたのだ。

とはいえ先ほどまで重篤(じゅうとく)だったミーニャの側(そば)を離れるのは……と躊躇(ちゅうちょ)したものの、こんなに落ち着いて眠っているのは十年振りだとグリズが言うので、お言葉に甘えることにした。

というよりも、枕元でごちゃごちゃ言っていた俺たちをミーニャが「煩いから出ておゆき！」と叩(たた)き出した、というのが正しいかもしれない。

ミーニャとグリズ。

二人は十年前から付き合いがあること、寝姿を見るくらい親密な間柄だということ。

傍目(はため)から見ても親しい二人の関係を聞き出せないまま今に至るが、とにかくミーニャが元気になってくれたのだから喜ばしい限りだ。

「乾杯！」

落ち着いた店内の奥の席、L字に設置された角のテーブルで俺はグリズと酒杯を当てた。

お任せで注文してもらった酒杯の中身は琥珀色(こはくいろ)で、ウイスキーのような色目に反してほんのり甘い。日本でも人並みに飲んでいたものの、この世界では初めての飲酒だ。あれから随分大人になったものだと感慨深い。

何せ前回は未成年だったのだ。この世界の成人は十八だったし、日本でも飲酒は二十歳からと決まっていた。今回は堂々の二十八歳、ミーニャの回復祝いも相まって酒が進む。

「は〜！　うまいっ」

「よかった。それはライラの花から作られるお酒なんだ。未成年でも飲めるやつ」

へえ、と納得しかけて、それからガクリと肩を落とす。

グリズにまで未成年に間違えられていたのか？

俺は日本人男性の平均以上はあるのに。この世界の男たちが大きすぎるのだ。

目の前の男は、顔立ちも整っていて背も高い。どうせ老若男女問わずモテるのだろうという妬ましい気持ちを、酒で流し込む。

度数のあまり高くない、やや甘口でさっぱりとした味わいだ。レモンに似た柑橘系の酒のようで、飲みやすくて美味しい。いくらでも飲めてしまいそうだ。

「トワはどんなお酒が好きか分からなかったから、気に入ってくれたならよかった」

「俺いつもビールばっかだから、こういう甘い酒は新鮮かも」

ビールというか発泡酒だ。それも家飲み一人酒。

会社の飲み会には付き合わされても、仕事の延長線にある場所で飲む酒は味もへったくれもない。それよりは自宅で飲む発泡酒の方が段違いに旨いのだ。

そういえばこうして誰かと二人で飲むのは、随分久しぶりの気がする。

飲みやすい酒をグイグイと口に運んでいると、グリズはニコニコと楽しそうに笑った。

「ねえトワ。びーるって、何？」

「え」

「お酒の種類？　そんな飲み物、聞いたことないけど」

「あ……」

アルコールのまわりきらない頭に、グリズの言葉が突き刺さる。

思わず酒杯を落としそうになった。

「さっきも、俺をいけめんだって言っていたよね？　褒め言葉らしいけど、どういう意味？」

笑顔のグリズから強い圧を感じる。

どうやらまた、やってしまった。

そもそも俺はこちらの世界に詳しくないのだ。異世界に何が存在していて、何がないのか分からないから気をつけようがない。どうしたら誤魔化(ごまか)せるのか考えても、上手(うま)く思考が纏まらない。ニコニコと笑うグリズから視線を外すこともできず、まるで蛇(へび)に睨まれた蛙(かえる)のようだ。

冷水を浴びせられたように、背中にだくだくと汗が流れる。

なのに何も言えずに固まる俺を見て、グリズは楽しそうにぷはっと噴き出し笑った。

「ふ、ふふ、ごめんねトワ。苛(いじ)めすぎちゃったかな。いつ君が打ち明けてくれるのかと待っていたんだけど、このまま待っていたら二人ともおじいちゃんになりかねないしね」

グリズはそう言うと、ご機嫌な様子でウィンクをする。

そこに先ほどまで感じた、恐ろしい圧はない。

「へっ？」

打ち明けるのを待っていたって、何を？

戸惑う俺にグリズは何も言わないまま、テーブルの上で手を重ねてきた。そしてそれをそのまま引き寄せられて、グリズは俺の手の甲に小さくキスをした。

その光景はまるで絵本の中に出てくる騎士そのものだ。相手が俺でさえなければ、だけど。

「ちょ……っ！」

そんな気障な仕草も、グリズの外見なら様になるから困る。

というか格好よすぎて、照れる。

思わず振り払おうとした手を絡めとられる。グリズは真っ直ぐに俺を見た。

「ねえトワ。ううん、トワイライトって言えば、分かるかな？」

「――っ！」

その言葉に、目の前が真っ暗になる。

グリズが口にしたその名前は、前回この世界に来た時に俺が名乗った厨二病ネームだ。

まさかまたグリズの口からそれを聞くとは思わなかったし、今の自分がどうして『トワイライト』に繋がってしまったのか。

異邦人の証である黒髪は茶色に染めているし、黒目は眼鏡を掛けて誤魔化している。

それに、あれから十五年だ。こちらの時間では四年しか経っていないと言っても、死んだはずの俺をどうして『トワイライト』だと思ったのだろう。

そうだ、ひょっとしたら鎌をかけているだけで、まだ誤魔化せるかもしれない。

俺は努めて笑顔を貼り付けた。

「何を、言っているのか。分からないな、グリズ。俺を、誰と間違えてる？」

顔が引きつろうがなんだろうが、確定していない限りは言い逃れたい。

昔の自分は随分酷い態度だった自覚があるし、当時は彼に面と向かって「嫌い」とまで言われたのだ。今の自分を好きだと言ってくれた彼も、あれが俺だと知れば態度を変えるかもしれない。

もう自分の気持ちに気づいてしまった。分かってしまったから。今も昔も、俺はグリズが好きなのだ。だからこそ俺は、二度と彼に嫌われたくない。

「間違えてないよトワ」

俺の精一杯のはったりを、グリズは全てお見通しのような顔で打ち破る。

「好きだよ。トワも、トワイライトも。再会できたあの日、僕の名前を覚えててくれたのは嬉しかった」

「え」

「赤の他人の顔で知らんぷりされたのは悲しかったけど、また会えたことが嬉しかったんだよ」

グリズは今まで見た中で一番、穏やかな顔をしていた。だが彼の言葉をうまく飲み込めない。頭では理解しているのに、気持ちが追いついていかないのだ。再会したあの日から、既に俺の嘘がバレていたということなのか。

その上で、俺がトワイライトだと知った上で接触していたのだと？

思い返せば確かに、グリズが俺を疑っているかのような言動は、正体を知っていると匂わせていたのかもしれない。あれは暴こうという悪意ではなく、気付いているよというサインだったのか。

身体の力が抜けるようだ。

「はは……そ、んな馬鹿な」

今までの自分の行動を振り返って、思わず乾いた笑いが漏れてしまう。一番知られたくなかった男には、最初から全てがお見通しだったのだ。

素知らぬ顔で現れた俺が、甘ったれで生意気な、厨二病のトワイライトだと。

「それとずっとトワに謝りたかったんだ」

脱力する俺の目を、青緑色(あおみどりいろ)の瞳が真っ直ぐに見つめる。

真摯(しんし)にぶつかってくるその視線は、逸(そ)らすことのできない力強さだった。

「君がいなくなったあの日、嫌いだなんて心にもないことを言った。本当にごめん。この四年間、ずっとそれを悔いていたよ。自分に正直になっていたら、君を失わずに済んだかもって」

あっさりと語るグリズの言葉に、俺はパクパクと口を開閉するしかできなかった。

あの日あの時、俺に嫌いだと言ったのは本心じゃなかったって？

「嘘、だ。だって嫌いだって。あんなにはっきり」

そう言った直後、再び自分の失言に気がついた。この発言はトワイライトだと自白したも同然だ。

だがもうグリズには確定されているみたいだし、もう今更否定しても意味がない。もういいやと開き直り、グリズに改めて向き直る。

「ごめん。異邦人の能力がないことを、いつまでも素直に認めない君にイライラしてた。何も特別な能力がなくったって、僕は君を嫌いになったりしないのに。ありもしないギフトをひけらかす君が憎たらしくて……でも可愛くて」

フッと遠くを眺めるようなその瞳は、過去の俺を見ているのかもしれない。

「ギフトがないって、どうして僕にだけでも言ってくれないんだろうって。ずっと思っていたよ」

心細かったあの当時、一番近くにいてくれたのはグリズだけだった。

グリズにしてみれば、自分にだけは打ち明けて欲しいと思ってくれていたのか。だけど俺は無能な自分を、グリズに一番知られたくないから強がっていた。

結局、お互いがお互いを傷つけあっていたのかもしれない。

「覚えてるかな、トワ。あの頃、僕の前でいつも無防備にタオル一枚になっていたでしょう。君の身体のどこにも聖紋が現れてないことを祈って、毎日こっそり確認していたんだよ。もし聖紋が現れたら、トワイライトの身柄は神殿に移動されるからね。接点がなくなることは、避けたかった」

「へ、え、ええっ？」

しかしグリズの話には思い当たる節があった。

夢の中で見た過去のグリズは、俺の髪の毛を乾かしながらも、何かを検分しているような鋭い視線だった。あれは、身体に現れるであろう聖紋の確認をしていたのか？

「な、え、え……っ」

というかやはり、当時の俺にはなんの能力もないとバレていたのか？

グリズだけにか？　それとも、周囲の人間全てに？

無能なくせに強がっていたトワイライトは、一体どんな風に見られていたのだろう。

「わあ、顔が赤くなったり青くなったり、忙しいねトワ」

「だ、誰のせいだと！」

過去の失態のあれこれを掘り返され、色々な感情が入り交じる。今更どんな顔をしたらいいのか分からない。

百面相をしている顔を隠したいのに、グリズが腕を掴んでいるせいでそれも叶わない。

「僕のせい？　可愛い。トワ、可愛いね」

グリズは俺の顔を覗き込む。

蕩（とろ）けるような目をして、俺の頬（ほお）を両手で挟んだ。

顔が近い。

真っ赤になっているだろう顔を見られたくなくて、隠したいのにグリズの手が離してくれない。甘ったるい空気が、店中に漂っている気がして恥ずかしい。

落ち着いた雰囲気の飲み屋。その奥まったこの席では、店員は何も気付かないフリをしてくれているのかもしれない。

「ねえトワ。四年前の誤解も解けたし、嫌いじゃないなら……僕の恋人になってくれる？」

「そ、んなの」

これは何と答えるのが正解なのだろうか。

確かに昔は好きだった。青臭い恋だったけれど、グリズに嫌いと言われても、それでも彼を忘れられないくらい好きだった。

だがすっかり大人になってしまった俺は、今更彼と恋愛だなんて言われても、どうしたらいいのか分からない。すっかり恋というものから遠ざかって、もうこのまま枯れ果てるのだと信じていたのに。

好きだという気持ちは確かにあるのに、そこから一歩踏み出せない。

過去の横柄な自分と、何も持たない凡庸な自分。

俺はどう贔屓目に見ても、優秀な騎士であるグリズに好きになって貰えるような優れた人間じゃない。

始まってから嫌われるなら、最初から始まらない方がいいとすら思えてしまう。

「トワ。お願い。僕を好きになって」

確かにそう思うのに、グリズがあまりにも切ない声を出すのだから心が揺れる。

隣に立てば見上げる程背が高い彼が、捨て犬みたいな顔をするのは反則だと思う。

あのグリズにこんな顔をさせているのかと思うと、庇護欲と自尊心がくすぐられても仕方ないじゃないか。

しかしこれを素直に受け入れるには、自分は随分臆病になっていた。

目の前にいるのは、この国の騎士たちを纏める副団長。

いくらこの国では珍しくないとはいってもやはり男同士だし、その上俺は役立たずの異邦人だ。仮に恋人になれたとしても、幸せにできる気がしない。

いや、違う。

「――怖いんだよ。恋人になって、こんなもんかってがっかりして、嫌われたくないんだ」

嫌われたくない。全てはその言葉に集約されている。

俺は卑怯（ひきょう）なんだと思う。

幸せを手放す怖さを考えて、自分が傷つかない方法を選んでいる。

今ならまだ断って、お互いただの友人として付き合えるのではないだろうか。

「ねえトワ、僕は軽い気持ちでこの四年を過ごしてきた訳じゃないよ」

不安な俺を宥めるように、グリズは静かに手をさすってくれる。

「あんな幼いうちに一人で別の世界に飛ばされて、ギフトもなくて不安だろうに、それでも必死に自分の場所を作ろうとしたトワを僕は尊敬していたんだ。それは僕にはない強さだから」

「え……」

その言葉に、過去の自分が救われたような気分だった。周囲から否定されてばかりいた『トワイライト』を、グリズは認めてくれていたのだ。

嫌われてばかりいた俺を、好きでくれていた人がここにいた。

「そりゃあ、やり方も態度も、よくなかったかもしれないけどね」

「うう……」

それは確かにそうだ。

傍若無人（ぼうじゃくぶじん）な態度を思い出す度に、地面に穴を掘って埋まりたくなる。

「でもそんな不器用だけど一生懸命なところも、好ましいと思っていた。一緒にいる時間が長くなるにつれてどんどん僕に懐（なつ）いてくれて、グリズグリズって追いかけてきて。そんな子を、可愛いなって思うのは仕方ないでしょ？」

一体俺は今、グリズに何を聞かされているのだろう。

過去の自分の愚かさを肯定されているのか、慰められているのか分からない。

そんな風に思われていたのかと思うと恥ずかしくて、それでもパズルのピースが嵌まるみたいに少しずつ答えが揃っていく。

柔らかく笑うグリズの言葉が、胸の中にゆっくりと染み入っていくのが分かる。

だがその表情は、ふいに陰りを見せた。

「トワが突然いなくなって、本当に辛かった。どこかで幸せに暮らしているならいいと思おうとしたけど、無理だった。君が連れ去られてしまったのか、それとも自分の意思で逃げ出したのかも分からなくて、休日には君を探して国内外をまわったよ。それこそ、異邦人がいるのではなんて噂があれば、すぐさま馬を走らせるくらいにはね」

「そ、んな」

俺がグリズを忘れようと過ごしていた時間を、グリズは俺を忘れられずに生きてきたのか。

申し訳ない、ごめん、そう思う反面それを嬉しいと思ってしまう自分が確かにいた。

嫌われていなかった。好かれていた。そして——今でも。

「ねえトワ、僕の前でそんな顔しちゃ駄目でしょ」

どういう意味だ。

そう問おうとした瞬間、唇に柔らかいものが押し当てられる。

目の前にあるものに焦点が合わなくて、それは近すぎる距離のせいだと気がついた。

キスされている。グリズに。

「ん、んんっ！　ちょ、ふぁ……っ、あ、ンぅ……」

予想外のことに制止の声を上げようとした途端、開いた隙間からぬるりとしたものが滑り込んできた。それは唾液を纏いながら口の中をまさぐって、自分の舌に擦り寄ってくる。

「あっ、んぁっ、んっんっ、っふ、……あぅ……」

舌を吸い取られて、甘噛みされる。ジンと痺れたその部分を、丁寧にしゃぶられた。ザラザラとしたお互いの舌同士が触れ合うだけで、どうしてこんなに気持ちがいいのか。

腹の奥に熱が籠もる。

「ふぁ、っく、あ……っ、ん、ンぅう……」

蹂躙される口腔内が気持ちよくて、鼓膜を犯す水音すら快感にすり替わる。

嬲られ続けた舌も口もズクズクと痺れていく。

呼吸すらままならず、必死に酸素を吸い込んだ。

ようやくグリズの顔が離れた頃には、頭はぼんやりとして働かなくなっていた。

「きもちい？　ふふ、嬉しいなあ」

「ひもち、よく、なひ……い」

必死に言葉だけの抵抗をしてみるも、呂律の回らない口では説得力がない。口元を濡らしている唾液を袖で拭い、グリズをキッと睨み付ける。そもそもここは店内だし、こんなことをしていい場所ではない。

チラリと見えた店員は、なぜか何も見ない振りをしてくれているけれど。

「かーわい……。ねえトワ。君は僕のことが好きで好きでたまらないって顔して見てるよ」

同意なく勝手にキスされたことは、怒ってもいいと思う。公共の場でするものではないし。

付き合うとも言っていないのに、こんなことをするのは明らかにマナー違反だ。

そりゃ確かに一度抜き合ったけれど、少なくともまだ恋人ではない。

だけど囁かれる言葉が嬉しくって、俺の気持ちは結局フワフワと舞い上がってしまうのだ。

色々な保身の言葉を並べてみても、結局はそう。

俺は今でもずっと、この男が好きなのだ。

「そんな顔していたら僕、都合のいいように勘違いしちゃうよ」

「……そんな顔ってどんな顔だよ」

「僕のことが好きだって顔。僕に好かれるの嬉しいって、もっとキスしたいってトワの顔に書いてある」

ふわっと腰を抱きしめてくるグリズの腕が優しくて、俺はフッと肩の力を抜いた。

なんだか、もう。いいかなと思えたのだ。

あれこれ考えて過去の気持ちに蓋をして、渡された未来も否定して。それで今の自分は幸せになれるのか？　傷つくかもしれないし、辛いこともあるかもしれない。

だがそれを全部飲み込んでも、俺は今、この男が欲しいのだ。

グリズを離したくないのだと。誰にも渡したくないのだと。

いい加減、自分の気持ちを認めよう。

「そうかもな」

好きだとも、俺もだとも、素直に言葉にすることはできなかった。

ただ抱きしめてくる男の背中に腕を回して、そう答えるのが精一杯で。

あの頃から変わらずに少し捻くれたままの俺の言葉は、それでもグリズにはちゃんと伝わったようだ。みるみる表情を明るくする男は、満面の笑顔で改めて俺をぎゅうぎゅうと抱きしめたのだった。

「一生大事にするよトワ。ありがとうっ！　愛してるっ」

「うん。待っててくれて……見つけてくれてありがとう」

生意気だっただけの俺を、好きになってくれて。探してくれて。

告白してくれてありがとう。

押しに負けた、いや、違うな。勇気の出ない俺を、グリズが根気よく待っていてくれただけ。

ウジウジとした俺とグイグイくるグリズは、案外お似合いなのかもしれない。

俺は酒杯をたぐり寄せて、口に含んだ。甘いあまいその酒は、フワフワとした今の気持ちを肯定してくれるようだった。

「君の綺麗な黒髪が染まったくらいで、僕が君を見つけられない訳がないでしょ。それくらい僕は突然消えてしまった君をずっと探していた。周りは皆死んだって言っていたけど、僕だけは君は生きているって信じていた」

信じ続けていてよかった。グリズはそう続けて言う。

だがその言葉は、穏やかになったはずの湖面に新たな波紋を広げていく。

「消えた？　俺が？」

そういえばさっきも言っていた。消えた俺を探していたと。

それはグリズが、当時の俺の死を受け入れられなかっただけかと思っていた。もしかして本当に、この世界では失踪(しっそう)したことになっていたのか？

「ま、待ってくれ。俺は殺された途端元の世界に戻ったんだ。その時の記憶は曖昧だけど……その、正直あの時は、グリズに殺されたのかなって思ってた」

過去の出来事は何度も夢で見るものの、襲ってきた殺人犯の姿は確認できていないのだ。最初の鋭い刃を受けた後、倒れた俺の身体の上に布のようなものが被(かぶ)せられ、次の瞬間何かで身体を貫かれた。分かっているのはそれだけ。

流石にそれはこんな所で口に出せないが。

だがそう告げた途端、店の空気が明らかに冷たく凍り付いた。

「は？　殺された？」

凍てつく氷のような、彼の真顔に思わず動きが止まる。

怒りを感じさせるイケメンのそれは少し、いや凄く怖い。俺に対して怒っている訳ではないと頭では理解できているのに、それでも近づきがたい怖さがある。

「え、う、うん……ごめん。何か布で視界を覆(おお)われちゃって見えなくなったまま、ぐさりと。それで意識がなくなったと思ったら元の世界に戻ってて。だから悪い、グリズに嫌われてたから……それでひょっとしたらグリズかなって――」

おどおどと答えると、摑まれていた腕に力が込められる。

「僕がトワを殺す訳がない。もし君を殺すことがあれば、僕もその後を追っている」

「え、怖い……」

グリズの目が本気だ。

下手（へた）なことを言ったら、人を殺しかねないような気迫すら見え隠れしている。

「今もまだ、僕がトワを殺したと思っている？」

「い、いや……違うと思っている、けど」

「けど？」

「正直その、今の俺はともかく、昔のトワイライトは嫌われていると思っていたから、あの……恥ずかしいしどんな顔をしていいか分からなくて」

整ったグリズの顔が近い。

過去に殺されていたかもという疑惑も払拭（ふっしょく）され、しかも俺を好きだと言ってくれた。恋人にまでなれたのに、どう接したらいいのか分からないのだ。

仕方なくありのままを告げると、グリズは一瞬押し黙り、それからすぐに表情を明るくした。

「あんまり可愛いこと言わないで。僕の自制心を試してる？」

「なっ……！　してない、してないから！」

なぜかため息をつきながら、グリズは俺を抱きしめる。

だからここ、店内なんだけど。

そう思うものの、周囲は何も気にした様子がない。もう諦めて酒杯を傾けた。

「でも四年前の事件については調べ直してみるよ。トワが殺されたはずなら、なぜか失踪扱いになっていたのは確かに不自然だからね」

「あ、うん。だけどもう昔の終わった話だし俺は——」

「終わってない。少なくとも、僕のトワが傷つけられた事実は残るからね？」

ニッコリと、グリズがさらに笑みを深める。

これは反対したらいけないやつだと察知した俺は、ただ赤べこのように何度も頷くのだった。

◆　◆　◆

気がつけばいつの間にか外からは明るい日差しが差し込んでいた。

一瞬自分がどこにいるのか分からなくなる。見覚えがあるようなないようなその天井(てんじょう)を眺めて、暫し呆然としながら目を瞬(しばたた)かせた。

「う……っ、あ？」

首を動かそうとした瞬間、異常な気怠(けだる)さを感じて呻く。

頭がズキズキと痛い。まるで二日酔いのような症状に首を傾げ、記憶を辿る。

「え、あ……？　あ！」

そうだった、昨晩俺はグリズと一緒にミーニャのための薬を完成させて、それでグリズと飲みに行って。俺が『トワイライト』だってグリズにバレていたと判明して、それでもグリズは過去もひっくるめて自分を好きだと言ってくれて——。

そうだ。

それで、酔っ払った俺をグリズは店まで送ってくれたんだ。一階のいつもの部屋はミーニャが寝ているからと、二階の奥にあった寝室へ寝かせてくれたんだと思う。多分。

二階には部屋が二つあって、その一つは物置だと知っていた。それでもその奥の部屋が寝室だったなんて知らなかった。

なぜグリズはそれを知っていたのだろうか。

やはり二人は過去に深い関係だったのか——。

「あ、そうだ、グリズ——！」

送ってくれたグリズが側にいない。となると自分の家に帰ったのだろうか。記憶を辿ってみるも、二日酔いで痛む頭には何の手がかりも残されていなかった。

俺は昨日のままの服装だ。一先ず一階へ向かうべく、軋む階段を静かに下りる。

すると階下から、思いがけない元気な声が飛んできた。

「トワ、ようやく起きたのかい。随分酔っ払ってたそうじゃないか」

「へ……、え？　ミーニャ？　もう起きて大丈夫なのか？」

そこには、普段同様にエプロンを付けたミーニャが立っていた。

一度、自宅に帰ったのだろう。昨日の服とはまた違った空色のワンピースを着ている。昨日の真っ白な顔色から一転し、頬には薔薇色の赤みが差していて、キラキラとした瞳が俺をしっかりと見つめている。

いつも通り元気な姿が嬉しくて、なんだか目頭が熱くなる。

「ああ、ありがとうねトワ。アンタのおかげだ」

「俺なんて……全然」

おいでと言わんばかりに、ミーニャが両手を広げる。

自分よりも小柄で若く見える彼女が、まるで亡くなった母のような顔をしていた。

「ほら」

戸惑う俺の腕を引いて、ミーニャは自分の腕で俺を包み込んだ。

「ありがとうね。……本当に、ありがとうトワ。助けてくれて、ありがとう」

あんなに苦しんでいたのはミーニャ自身なのに。

俺はただたまたま薬を作れただけで、本当に何もできていない。それどころかこの世界に来てからは、ずっとミーニャに助けられてばかりだったのに。

「何泣いてるんだい、トワ。変な子だね」

「泣いて……ないっ」

ミーニャが覗き込んでくるから、見られまいと顔を背けた。泣いてなんかない。

これはちょっと、持病のドライアイが急に乾燥しただけで。いやドライアイが本当にそんな症状なのかは知らないが。つまり、まあ、そういうことだ。

そんな俺の強がりを、ミーニャは全部分かっているというように抱きしめてくる。

鼻をすする背中を、ポンポンと叩かれた。優しいその手つきは、母親が子供にするような慈(いつく)しみが込められている気がするのだ。

本当に、元気になってよかった。

この人を失わずに済んでよかった。

ミーニャの無事をじんわりと実感していると、道路に面している扉が勢いよく開いた。

「ちょっとミーニャ！　人に朝食を買い出しに行かせておいて、トワとくっつかないでよ！」

そう言いながらズカズカと入ってきたのは、起きてから姿が見えなかったグリズだ。

どうやら買い物に行ってくれていたらしい。抱えた紙袋の中からは、焼きたてのパンの香ばしくて甘い匂いが漂ってくる。

それをテーブルの上にドンと置き、グリズは無言で俺をミーニャから引き剝がした。

「ちょ……」

「言ったでしょ、トワは俺の恋人になったんだからね。いくらミーニャでも気安く触ったら駄目だよ」

「あーはいはい。可哀相にトワ、嫉妬深い恋人は嫌だねえ？」

後ろからグリズに抱き込まれたまま、二人はお構いなしにポンポンと会話を続ける。本当に仲がいいんだ。今はもう目の前の二人が微笑ましくて、嫉妬する気持ちすら湧いてこない。

だが俺の腹はその空気を読まず、大きな音でグウと鳴った。

グリズとミーニャが、ジッと俺を見る。昨晩は酒ばかりであまり食べていなかったせいだ。

「ごめんごめん、お腹空いたよね。おいでトワ、色々買ってきたんだ。一緒に朝食を食べよう。色々君に、話さなきゃならないこともあるし」

そう言って手を引かれ、店の窓際にある椅子へとエスコートされた。小さなテーブルセットに三人揃って腰を下ろすと、狭い机の上にパンやフルーツ、飲み物が次々と並べられていく。

「とりあえず食べて？　ミーニャも病み上がりだし、フルーツならいけるんじゃない？　トワはこっち。甘めのパンで、人気があるんだって」

渡されたパンにかぶりつくと、中から何かのシロップがとろりと出てきた。ジャムのような蜜のようなその甘さは食べやすく、しっとりとしたパンとよく合っていた。初めて食べるパンに違いない。だけど俺はこの味を知っている気がした。

首を傾げながら頬張り、自分の中の記憶を辿り、思い出す。

「あ、さっき――」

そうだ。

さっきまで見ていた夢の中でも、こんなパンを食べていた気がする。目覚めの直前にも、こうしてここで同じようなパンを食べていた。それは今の状況に酷似（こくじ）しているのだ。

夢の中でも確か、こうしてパンを食べて、それから――。

「あ、トワ零れてる」

「え、うわっ、あーあ」

パンの中からシロップが零れ、袖がビチャビチャに汚れる。こんなところまでさっき見た夢とそっくりだった。

とはいえよくあることだ。僅かな疑問を感じながらも汚れた袖をまくり上げると、ニコニコとこちらを見つめるグリズの視線に気がついた。

「はあ、トワは可愛いね。さ、これも食べて」

「別に可愛くないし。まったく……いただきます」

硬めの生地を薄くスライスし、チーズや加工肉を挟んだサンドイッチに似た食べ物を口に運ぶ。少し酸味のあるパン生地に甘めのドライフルーツも練り込まれていて、噛むほどに色々な味がする。

「ねえトワ。それね、この世界じゃ使わないって知ってた？」

「それ、って？」

「イタダキマス」

そう指摘されてハッとした。しかしこれはもう、冷や汗を掻く出来事ではなくなっている。全てはもうグリズに知られているのだから。俺は自分のやらかしに苦笑した。

「無意識に言っちゃうんだよなあ。そうだよ、何度もグリズに問い詰められて、めちゃくちゃ焦ったんだからな」

最初はこちらに来て間もない頃だったと思い返す。

髪色も変えて、眼鏡もかけて。歳も取ったしバレないと信じていたけれど、あんな風に聞かれてはアタフタするしかないだろう。

「てか、グリズはいつから俺がその……トワイライトだって気がついた？」

「え？　一目見た瞬間から分かったけど」

「えええ？　う、嘘だろ。流石に十三歳の時から変わったと思っていたのに」

あっけらかんと言われてしまっては、もう何も動揺することはないと思っていた俺も慌ててしまう。まさかすぐに見破られていたなんて。

そして厨二病の頃から何も変わっていないと言われたようで、ショックを受ける。

「あ！　じゃあ城の人たちにもバレてたってことかよ！　うわあああ恥ずかしい……！」

そういえば守衛騎士にもジロジロ見られていた気がするし、思えば他の騎士たちもチラチラこちらを見ていた気がする。それはつまり、俺があの厨二病異邦人だって知っていたから……!?

ギフトなしがまたノコノコと現れたと思われていた!?

嘘だろう、これからどんな顔をして外に出たらいいんだ。

「トワ、アンタは少し落ち着きな。あたしとこの子以外、誰もアンタの正体に気付いちゃいないよ」

「え……ほ、本当……？」

のんびりとお茶をすすりながら、ミーニャは言葉を続けた。

「まだ言ってないのかいリズ。アンタがこの四年、トワを探していたこと。面倒事の多い立場になったのも、トワの捜索を続けた副産物だって」

ミーニャの言葉で視線を移すと、グリズは珍しくむっつりと拗ねたような顔をしていた。

だがその頬には赤みが差している。少し子供っぽいこの表情は、照れているのか？

珍しいグリズの態度に、胸がキュンとときめく。

「ミーニャさあ、そうやって何でも言っちゃうの、よくないよ。男は好きな子にはそういう必死なところ、見せたくないもんなの」

「あーはいはい。すまないね」

「わーそれ。絶対悪いって思ってないやつでしょ」

「この四年、耳にたこができるくらい聞かされたからね。酒が入れば、やれトワイライトがいなくて寂しいだの会いたいだの。最後には絶対捕まえる〜とか、絶対見つけて自分のものにするとか。長年ド執着男の愚痴に付き合わされたあたしの身にもなっておくれ」

「ちょ、それこそ今言わなくてもよくないかな⁉　ミーニャそういうところだよ⁉　エワドルさんに愛想尽かされても知らないからね！　持病が治る見込みがなかったから断り続けてたんでしょ？　治った今なら求愛を受け入れるんじゃないの？」

「あ、あたしのことはいいんだよっ。今はアンタたちの話をしてるんだろうっ」

突然、絶賛ミーニャに片思い中の紳士の名前が飛び出した。珍しく顔を赤くするミーニャの態度を見るに、彼女も憎からず思っていたのだろうか。

一途なエワドルさんとミーニャは、これから何か進展するのかもしれない。

それよりも予想以上にフランクな二人を、俺はぽかんと眺めているしかなかった。嫉妬しないなんて思っていたけれど、やはり親しすぎるこの二人の間に、店主と客以外の深いものを感じてモヤモヤしてしまった。

グリズはずっと俺を探してくれていた。会いたかったという嬉しい言葉にも、そのモヤモヤを抱えたままではどう反応したらいいのか分からない。

「あ……ごめんねトワ。変なところ見せちゃって。うちの親はどうも僕に構い過ぎるから」

「その親に散々トワへの恋心を聞かせてたのはどこの誰かねぇ～？　まったく図体ばっかり大きくなって、一人で育ったみたいな顔してるんじゃないよ。アンタに乳をやっておしめを替えたのは、このあたしだよ？　そもそもアンタが四年前――」

「え、ちょ……待って！　ストップ！」

サラッと流されそうになったけれど、重大な話が含まれていたぞ？

「親……子？　ミーニャとグリズが？」

二人は「そうだけどなにか？」とでも言いたそうな顔をして、衝撃に震える俺を見る。

「き、聞いてなかったぞそんな重要なことっ」

確かに親しいと思っていたが、まさか親子だなんて考えもしなかった。

だが言われてみれば確かに、家族だとすれば納得できるフシは多い。ミーニャの病気を知っていたのも魔女のことに詳しかったのも、親しく会話しているのも全て親子なら当然のことだ。親子。見た目がまったく似ていない二人がそうだなんて、全然思いつかなかった。

「嘘だろぉ……」

では俺は、ずっとグリズの母親に迷惑をかけていたのか。いや、だからといって俺とミーニャの関係性は変わらないけれど。つまりミーニャは最初から全てお見通しだったということだ。俺がグリズに迷惑を掛けていた『漆黒ぼうや』だったことも、そのグリズがずっと俺を探していたことも知った上で、俺を第二騎士団へ配達させていたのか。

——さあ行っといで。きっといいことがあるよ。これは魔女の勘さね。

そう言っていた彼女は、あの時からもう全て分かっていたのだ。

まったく、ミーニャには敵わない。

恥ずかしさに思わず右手で顔を覆うと、ミーニャがばつの悪そうな声を出す。

「すまないね。アンタを引き取った初日の夜に、リズから自分については黙ってろと念を押されてしまってね」

知らぬは俺ばかりなり。

グリズもミーニャも早く言ってくれよ。

流石に恨みがましげな目を向けると、ミーニャは「ほら見たことかい」とグリズに言った。

「初日に運命の再会を演出してやったのに、進展なしでトワが帰ってきた時にはがっかりしたもんだよ。あれだけやいのやいの言ってたくせに、なんて腰抜けなんだろうってさぁ」

「だからさ、そういうのはトワの前で言わなくていいでしょ？」

いかにグリズといえど、母親には頭が上がらないのかもしれない。なんだかんだ言いながら強く出られない辺りが、仲のよい親子なのだと思う。

とはいえグリズ、ミーニャの言うとおり最初から言ってくれ。そうしたらあんなに気を揉まずにすんだかもしれないのに。だが流石に俺も、自分の母親から恋愛について口を挟まれたらと思うと、グリズの気持ちも分からないでもない。

「いいや、言うね。あたしは言うよ。なんたってこの四年、グジグジ悩むリズにどれだけ迷惑を被ったと思っているんだい」

ミーニャはフンと鼻を鳴らした。

「毎年毎年あたしの誕生日には、葬式みたいな顔をするし……ってトワすまない、これは言わなくていいことだったね」

「いや――そっか、あの時言ってた母親の誕生日は、ミーニャのだったんだな」

過去にグリズは、母親の誕生日を理由に俺を城の中庭に置いて去って行った。

あれはそうか、ミーニャのお祝いだったんだ。

魔女特有の疾患に悩まされていたミーニャとグリズにとって、彼女の誕生日は特別だったのだろう。今なら分かる。彼らにとっての誕生日は、一年を無事に乗り越えたことへの感謝と、もう一年過ごせるようにという願いの場だったのだろう。

確かに俺は、グリズが去った後に殺されてしまった。真犯人ではないグリズにとってそれは苦い記憶になっているのだろう。その上翌日来てみれば、言い合ったその相手が失踪していたのだ。俺がもしグリズでも、自責の念にかられてしまうかもしれない。

実際は殺されていたわけだが、いま生きているのだから失踪でも間違いではないが。

流石に俺が悪いわけではないとはいえ、俺のせいで大切な誕生日に影を落とすことになったのは申し訳ない。

そんな俺の心境を察したのか、突然グリズが隣から腕を伸ばして抱きしめてきた。

「ぐ、グリズ？　どうしたんだよ」

「ごめんね。勝手に落ち込んで、トワに酷いこと言っちゃった僕が悪い。あの日が彼女の誕生日だったのもたまたまだ。トワが気にすることじゃないのに、気を悪くさせちゃったよね」

気にしていないと言っても、多分気にしちゃうよな。

そんな言葉が響かないことくらい、グリズの様子を見ていたら分かる。離れていた間、ずっと後悔していた男の内心を、今すぐに変えることはできないだろう。グリグリと額を肩に擦り付ける男の頭を、俺は軽く叩いた。滑らかな美しい銀髪が指に触れる。

「ほら、ミーニャも謝って」

「ん……すまないねトワ」

「ちょ、ちょっとミーニャまでっ。やめてくれよ」

流石にお世話になっている彼女に頭を下げられては、こちらが慌ててしまう。

「あたしは失言も多いけど、アンタが憎い訳じゃないんだよ。むしろ息子の恋人として歓迎してるし、できたらずっとこの店にいてほしいとも思っているんだ」

その真剣な表情から、本当にミーニャは悪いと感じているらしい。しかし心に刺さっていた過去の棘は、今はもうすっかり抜けている。だから本当にもう、平気なのだ。

過去にあったわだかまりがすっかり消えているのは、今隣にいるミーニャと、そしてグリズのお陰だと思う。二人がいたからこそ俺は、昔も今も生きることができたのだ。

感謝こそすれ、謝られるようなことではない。

というか恋人……俺がグリズの恋人だとミーニャは言った。

そう、恋人になったのだ。

それを意識した途端、顔が一気に赤くなったのが分かる。俺は、本当にグリズと恋人になっているのだ。そうだ――今、恋人の母親が目の前にいる。

俺はガタンと立ち上がり、きょとんとした表情のミーニャに頭を下げた。

「お、お母さん！　息子さんと恋人になりました！　幸せにしますので安心してくださいっ」

勢いで下げた頭を上げると、ぽかんとした表情の美男美女がこちらを見ていた。

バラバラで見たら似ていないと思った二人の、こういう顔は少し似ているかもしれない。

それからミーニャは吹き出して、腹を抱えて笑った。

「ふ、ふふ、んはは！　あはは！　そうだね、うちの子も幸せにして貰おうかねぇ」

「トワ……それは反則でしょ？」

グリズは顔を赤くして口元を押さえている。

どうして笑われたのか分からないながらも、それは嫌な感じは全然しなくて。むしろあっけらかんとしているミーニャの、懐の内側に入れて貰えたような温かさを感じた。

「魔女の息子が、異邦人とくっつく……か。そうさね、これも何かの運命なのかもねえ。二人が出会わなかったら、あたしはきっと昨日のうちに死んでいただろう。リズだけでも、トワだけでも駄目だった。アンタたち二人が揃って初めて、あの特効薬が作れたんだろうね」

「薬……そうだ。昨日俺、ミーニャみたいなことができて……これがギフトってことなのかな？」

諦めかけていた最後の最後で、あの奇跡の光が出現した。

しかしギフトにしてはしっくりこない。あれが自分の力だとは、到底思えないのだ。

身体を抜けていく暖かい力はむしろ——。

そんな俺の内心を読み取ったのか、ミーニャは少し考えて、それから首を横に振った。

「いや、多分リズの力だろうね。魔女は女しかいない。男はその力を使えないと言われていたからね。だけどね、本来魔女の力は一族皆に宿っていて、男にそれを放出する能力だけが欠けていると仮定すると」

その言葉がすとんと胸に落ちる。

「グリズの中にある魔女の力を、俺が引き出したってこと？　確かにあの時、俺たちは手を繋いでいた」

流れ込む暖かい光が、身体を通る感覚。

そうか、あれがグリズの力。

「なんだか嬉しいね。あたしの力が息子にも受け継がれていたなんてさ」

特別な能力を持つ魔女の一族。その最後の魔女には、彼女なりの苦悩も多いのだろう。

はにかむミーニャは、まるで少女のように見えた。

グリズは当たり前みたいな顔をして、俺の腰を抱き寄せた。

触れる他人の呼吸がむず痒い。

「あの時のトワは、凄く格好よかったよ。本当に、ミーニャを助けてくれてありがとう」

「い、や。元々グリズの持っていた力だろ？　俺はただそれを引き出しただけで」

俺とグリズ、どちらが欠けてもミーニャは助からなかった。

確かにこれはミーニャの言う通り、運命だったのかもしれない。

俺たちは顔を見合わせて、それからフッと笑い合った。

全部丸く収まったからこそ、今笑って過ごせる穏やかな瞬間が心地よい。

「とはいえ、リズは持っていても自分じゃ使えないんだから宝の持ち腐れさね。まあアンタは騎士として功績を挙げているし、魔女になんてならないとは思うけど。そうだねトワ、アンタは飲み込みもいいし、筋も悪くない。うちの子におなりよ。息子が一人から二人に増えるのも賑やかでいいじゃないか」

「は、え？」

ニヤッと笑うミーニャだったが、その瞳は意外にも真剣な色をしていた。

家族になろうと、そう提案してくれるミーニャの気持ちが嬉しくて、胸の中がほわっと温かくなるのが分かる。

「いつでもいいんだよ。まあ、その前に先にリズと家族になってそうだけどねえ」

実に愉しそうなミーニャだったが、背中にがっくりとしたような男の体重がかかった。

「へ、え、えっ?」

「ミーニャ……」

恨みがましい声が背後から響く。

「はいはい、もう余計なことは喋らないよ。はあ、お腹も膨れたし、あたしはもう帰るよ。明日までゆっくり家で休ませて貰うからね」

席を立つミーニャに、グリズは送ろうと提案するも「いらないよ」と一蹴される。

「ようやく手に入れたトワを、今度は逃がさないようにしな」

ミーニャはそう言い残して、クックツと笑いながら扉の向こうに消えてしまった。

残された二人の間に流れる空気がなんだか面映ゆい。俺は再び残っていたパンに手を伸ばし齧り付いた。恋人同士になって初めての、二人きりの時間。どんな顔をしたらいいのだろうか。

顔にかかる俺の髪を、グリズの指がサラリと撫でる。

「本当にね……トワと再会した時は、夢かなって思ったんだよ。ずっと後悔していた。あの時トワの側を離れなければ、君を失うことはなかったかもしれないって。だから詰め所に来てくれた時は、嬉しくて……だけどトワがまるで初対面みたいな態度をとるから」

甘く切ない視線でそんなことを言われては、ドギマギしてしまう。

「少し髪色を変えても眼鏡を掛けても、僕にはすぐ分かった。だけどちょっと色々意地悪しちゃったかも。大人げなくて……ごめんね」

甘えた顔で謝罪されれば、受け入れるしかないじゃないか。

自分の顔面のよさを十分理解しているんだな、この男は。悔しいけれどそんな男にもう何年も想いを寄せている俺は、どうしたって弱いのだ。

「あーもうっ。怒ってないから！」

照れ隠しに男の髪の毛をぐしゃぐしゃと掻き混ぜる。艶のある銀色の髪は、思っていたよりも軟らかい。だけどこうすることを許される関係であることが、何より嬉しかった。

「十五年も経った俺に気付いてくれて……ありがとな」

知られたくないと思う反面、俺だと分かって貰えて嬉しかった気持ちも、今となっては否定できない。だって俺はずっと、この人に恋していたのだから。

「十五……？　四年でしょう？　以前のトワが成長したらこうなるだろうなって、何度も何度も想像して抜……いや想像していた通りだったから、そりゃ気付くよ」

聞きたくない言葉が零れた気がしたけれど、聞かなかったことにする。

それにそんなことよりも。

「俺のいた世界とこっちは、時間の流れが違うみたいで。俺の元の世界じゃ十五年経っているんだ。十三歳の頃から十五年……もう二十八だよグリズ」

「え？　え、嘘でしょトワ。こんな可愛いのに二十八歳なの？　お前の計算だと、四年前の僕と同い年？」

「おい待てグリズ、確かこの国の成人は十八だろう。こっちに戻ってからの俺は十七なのに、そんな十七歳にお前は昨日あんな、あんなこと」

図書館での淫靡な行為。挿入さえしていないものの、あれは立派な性行為だったと今になって思う。あれが未成年（仮）に対して行っていいことなのか。

問い詰める俺に対して、グリズはしれっとした態度で言った。

「十三の時は流石に幼すぎて手を出せなかったし、成人までちゃんと待つつもりでいたよ。それに今のトワが二十八なら結果的に問題ないよね？」

開き直りと、思ってもいなかった過去の自分への告白に、身体中にぶわりと血が駆け巡る。

「おま……おまえ……っ」

「それにもう僕たち、愛し合う恋人同士でしょ？」

それは、そうだけれども。改めて言葉にされると恥ずかしい。

「わートワ、真っ赤だ〜」

「も、もー煩い煩い……！」

手に持ったままのパンをガブリと齧って、隣で楽しそうに笑うグリズにわざと背を向けて食べた。後ろからちょっかいを掛けてくる男の手を払いながらも、これが結局幸せというものなのだろうと、頬が勝手に緩むのであった。

第四章 ✦ 寄り添い

空に並ぶ二つの太陽は、ぴたりとお互い寄り添っている。

そのためこの国において太陽とは夫婦仲や友情、または親子関係など、寄り添い合う全てのものに喩えられる。太陽は神と同等と考えられていて、人々がどれだけ太陽を身近に、そして神聖視しているかが分かるようだ。

そんな二つの太陽のように俺にくっついて離れない奴が現れるなんて、この世界に戻った時に予想できただろうか。

「トワ……愛してるよ」

それが、十五年前に嫌われたと思っていたグリズだなんて。あの頃の自分が聞いたら嘘だと叫ぶだろう。心を通わせた昨晩から、俺だってまだフワフワとした夢の中にいるようだ。

だけど。だけどな。

この往来で腰を抱きベタベタとくっついてくる男が、この国の第二騎士団副団長という肩書きを持っているなら、話は別だろう。

ミーニャを助け、想いを通じ合わせ、怒濤のような一晩が明けた今日。疲れはまだ抜けきっていない。本来なら部屋でゴロゴロと過ごしても許されると思うのだが、同じく休みだというグリズが、騎士団に用事があると言うのでついてきた。

いやむしろなぜか、ついてきてと頼まれたんだけど、なぜ俺が？

「……っ、いい加減離れろグリズ！　もう城に着くから！」

流石に騎士団を纏める立場の人間が、こんな崩れた煮物みたいな態度で男にくっついていたら問題があるだろう。俺と付き合ったことを理由に、色惚けしている場合ではない。

ところが騎士であるグリズと、一般市民の俺ではそもそもの筋肉量が違っている。

「は、な、れ、ろ〜！」

ぎゃあぎゃあ騒いでも、ベタベタとくっついてきて離れそうもない。

昨日の疲れも残っている。もうどうにでもなれという気分で好きにさせることにした。

これでグリズの評判が落ちても、俺のせいじゃないからな。

城壁に沿って歩いていると、城門前に立っている守衛騎士と目が合った。見知った相手ではあるものの、俺は決まりに倣い入城許可証を出そうと鞄を探る。

そんな俺におじさん騎士は、いつものように柔らかく声を掛けてくれた。

「おはよう、今日は眼鏡を外しているのかい？」

明るく挨拶をしてくれる男におはようございますと返して、俺は許可証を差し出した。

瞳の色を隠すために掛けていた眼鏡だ。一番知られたくなかったグリズに全てが明かされた今、付ける意味をなくした。今日は部屋の引き出しにしまってきている。

それにいくら目の色だけ誤魔化しても、どうせ髪の毛も次第に根元から黒くなっていく。それもいつまでも誤魔化せるものではないからだ。

そのうち身辺が落ち着いたら、異邦人だときちんと申告しなければならないのだろう。

ギフトなしである自分がどう言われるのか想像すると、僅(わず)かに胸が重くなる。

大人になり、仕事を覚えた今の自分を無能だとまでは言わないが、ギフトを持たない異邦人はどう考えたって無能なのだ。隣にいる男をチラリと盗み見る。

そんな無能な存在が、このグリズの隣にいてもいいのか。

その不安はずっと、頭の隅にちらついている。

差し出した許可証を確認した騎士は、俺の横に立つ存在感の強い美形に敬礼した。

「ノワレ副団長も、おはようございます。彼と一緒に来たっていうことは……つまりついに、そういうことですか？」

頭の中に疑問符が浮かぶ。ついに？　そういうこと？　一体どういうことだ？

「そ。トワは僕の恋人だからね？　変なちょっかいかけないように」

「ちょ、ちょっとお!?」

まさかの入城早々のカミングアウトに、俺は思いきり焦(あせ)った。

こういうことは内緒にしておくものではないのか？　この世界では偏見がないとはいえ、日本人の感覚からするとやはり男同士だし、俺なんてなんの後ろ盾もない怪しい人間だ。

慌(あわ)てふためく俺を気にも留めず、守衛の彼は明るく笑う。

「ははは、ノワレ副団長の恋人に手出しするようなバカはこの城内、いや国内にはいませんよ。疾風(しっぷう)の天使を敵に回したい人間がいるとでも？」

しっぷうの、てんし？

そのネーミングに、少し厨二病心が浮き足立ったのは内緒だ。

「ちょっと。その変なあだ名を使うの止めてくれる？　恥ずかしいから」

　珍しくもグリズが本気で恥ずかしがっている。

　だが輝くような銀髪イケメンのグリズに、天使とは言い得て妙だと思う。穏やかで少しだけ砕けた態度も親しみやすくて、人の中心にいて誰にでも好かれるタイプだ。

「はっはっは。二つ名のついたあの戦の功績があったからこそ、副団長としてもご活躍いただいているんです。誇りましょう、疾風の天使として」

「え……戦争が、あったんですか？」

　知らなかった。こちらの時間ではほんの四年しか経っていないのだ。昔と変わらない街の様子に、平和が続いているものだとばかり思っていたのに。

「ああ。去年だ。隣国の、ガーラネスとの境界線でな。昔から揉めやすい土地だったが、向こうがこちらの領土を狙って攻め入ってきたんだ。副団長は、その戦で先陣を切って活躍されたんだよ。いやはやあの勢いたるや」

　守衛のおじさんは誇らしげにそう教えてくれた。

　戦、戦争。俺が画面の向こうでしか知らないそれは、きっとこの世界の人たちにとってはすぐ近くにあるものなのだろう。

　そして争いは何かを失う。ここで生きる彼らは、それを感じて生きているのかもしれない。

「ああでもな。あの時本当に異邦人がいてくれたら、抑止力になったかもしれないなあ」

「え……」

ふいに飛び出した異邦人という単語に、俺の心臓はドキリと跳ねた。

「異邦人がいたら、戦争は起こらなかったんですか」

思わずそう問いかけると、隣のグリズがグイと自分を抱き寄せた。

いつものような態度で、しかし先ほどより空気が固い。

「トワに話すことじゃないよ。君も仕事中でしょう。ほら、トワ行くよ」

グリズは硬質な声で、俺の手を引き王宮の奥へと向かった。後ろを振り返ると、敬礼をする騎士がちらっと見える。不自然に切り上げられた会話の中で、気になることは残ったままだ。

「ちょ……グリズ。なあ、どういうことなんだ。異邦人がいたら、戦争にならなかったのか？」

「終わったことだよ、トワ。どちらにせよあの頃君は、この国にはいなかったでしょ」

「それは……そうだけどさ」

こちらを見ようともしない彼の態度が、話はもうこれで終わりだと告げている。

明らかに俺に関係していそうなのに、どうも聞かせるつもりはないらしい。

先ほどの甘い空気からの一転したそのよそよそしさに、少し捻くれた感情がモヤモヤとしてしまう。確かにその時この世界にいなかった俺には関係ないことかもしれないけれど、そんな言い方をしなくてもいいんじゃないか。

そんな俺をどう思ったのか、グリズは繋いだ手をギュッと握り直すと、誤魔化すようにニコリと笑った。

「さ、行こうかトワ。第二騎士団でも、トワが僕の恋人だって紹介しなきゃ」

当たり前のように言われて、俺はギョッとした。

「えっ、しなくていいけど!?」

「そうは言っても、トワが初めて顔を出した時から、もう周りに根回ししてるからなあ。恋人になったって言ったら、みんな歓迎してくれると思うよ」

「は……？」

顔を出した時って……俺がこの世界に出戻って来た、初日の時か。

嘘だろう。あんな時から、グリズは俺を手に入れようと思っていたってことか？

そんな雰囲気、全然出していなかったくせに。嬉しいような、恥ずかしいような。

どんな顔をしたらいいのか分からず視線を彷徨わせていると、グリズが「あー」と額を押さえて天を仰いだ。

「やっぱり店に戻る？　そんな可愛い顔したトワは、誰にも見せたくないなあ」

「……可愛くない。三十前のおっさんだぞ俺は」

頬を染めたグリズの方が、三十を過ぎているのに可愛く見える。

「トワは可愛いよ。あと格好いい。昔も、今もね」

グリズはそう言って、頬にかすめるようなキスをした。

羽根のように軽いタッチで、だが甘いリップ音は耳から首筋へと下がりゾクゾクとする何かを伝えてくる。

「〜〜っ！　グリズっ！」

「あは。ほらこんなキスですぐ真っ赤になって。可愛いなあ」

こんなバカップルみたいなところを誰かに見られていなかったか、思わず周囲を見渡した。

何人かが側を歩いていたが、誰もこちらに注視していないことに安堵する。

建物と木のお陰か、誰も気付かなかったのかもしれない。

「おま、お前は慣れているかもしれないけど！　俺、俺は全部初めてなんだよ……。キスも、その……他のことも、全部」

「……トワ、二十八だよね？」

目を丸くするグリズはきっと、それなりに経験が豊富なのだろう。

その歳で何の経験もないのかとそう問われているが、ここで嘘をついても仕方がない。

「～～そうだよ！　俺だって昔からずっとお前が好きで……その、忘れられなかったんだから。誰を好きになろうとしても、グリズの顔がちらついて無理で……もー、笑えよ恥ずかしい」

きっともうバレていただろうことでも、実際に言葉にするのは羞恥心が伴う。とはいえどうせいつかはバレるのだ。堂々と宣言したのはいいものの、開き直りきれずにプイと顔を背けた。

はあ、とグリズのため息が聞こえてしまって、ドキッと心臓が大きく跳ねる。

やはり経験不足だと呆れられたのだろうか。つまらない奴だと思われている？

言わなければよかったと冷や汗を掻いた瞬間、繋いでいた手をグイと強く引かれたと思ったら、強引に唇が重なってきた。

慌てて押し返そうとしても逆に強く掻き抱かれ、逃がすまいとでもいうように後頭部を支えられる。

「……っ、ん、ん、っ、ちょ、なに……っ」

ここはグリズの職場であり、王宮の一角だ。いくら人通りがないとはいえ、キスをするような場所ではない。咎めようと言葉を紡いだ途端に、分厚い男の舌が口の中にねじ込まれる。

肩から頭までを、グリズの身体に引き寄せられて逃げ様がない。止めて欲しいと逃げ回る俺の舌をグリズは追いかけてきて、それが絡まるだけで腰に重いものがジンと溜まった。

「あ、ふ、あゥ……つん、んぁ……」

ピチャピチャと響いてくる水音が、晴れた空とは対極にある気がする。

呼吸すら奪い取られてしまいそうなその激しいキスだ。身体の中央が欲をもたげそうになった直前で、ようやく唇は離れてくれた。

「可愛いこと言ったら駄目だよトワ。本当に……僕の自制心を試しているの？」

「……ばか」

唇の端をグイと指で拭われた。その仕草だけで、胸がキュッと締め付けられる。これ以上好きになったら死んでしまうんじゃないだろうか。

「全部僕が初めてで、嬉しい」

「お前は慣れてそうだけどな」

「出会ってからはトワ一筋だよ」

サラッと否定しない所が憎々しい限りだ。その妙なスマートさにむっとするものの、これだけ全てが揃ったイケメンなのだ。それなりに遊んで来た過去はあるだろう。

俺が初めての恋人だなんて言われても、嘘つけとしか突っ込めないし、これは彼なりの誠実さなのだと思うことにする。

「ほらっ寄り道してないで詰め所に行くぞ。てか結局、これは何の用で行くんだ？」

グリズの手を引っ張って、慣れた道順を歩き出す。

「ん？　んー、内緒～」

いえ～いとでも言いそうな明るい態度に、俺はもう何も言えなかった。これは絶対言う気がないやつだ。このちゃらんぽらんに見える男は、思っていた通り、やはり水面下で策を練るタイプなのかもしれない。

「……そうか。じゃあ用事が終わったら買い物に付き合ってくれるか？　俺も替えのシャツが欲しいし」

「喜んでっ」

お前はどこの居酒屋店員だよと言いたくなるような、明るい返しにクスッと笑ってしまった。

そんな俺を嬉しそうに見つめるグリズは、繋いだ手をブンブンと振り回した。

◆　◆　◆

ノックをして扉を開けるが、第二騎士団の詰め所の中は相変わらず少し暗い。

「おはようございます～」

そう言って中の人影に声を掛けると、そのうちの一人が寄ってきてくれた。見覚えのある、二メートルは超えているだろう体格のいい騎士だった。頭部はつるんと綺麗に頭皮がむき出しになっており、その額や快活な表情の目元には笑い皺が深く刻まれている。

「おおトワいらっしゃい……おや。副団長？　今日は二連休のご予定では？」

「おはよう。今日は用事があってね、ちょっと顔を出しただけだよ」

　結局その用事とやらを知らないまま、俺はここまで連れて来られた訳だけれど。なんの用事だったんだろうと後ろに下がろうとするが、グリズがぐいっと俺の腰を抱き寄せた。

「ツマリス。僕ね、トワと恋人同士になったから。分かっていると思うけど、トワに変なちょっかいかけないように周知しといてくれる？　これが、今日の僕の用事」

　本当に宣言しやがった。

　というか、わざわざこんなことを言いに来たのかと、慌ててグリズの腕を引っ張った。

「ちょ……！」

　取引先での恋人の爆弾宣言に、自分の顔がカッと赤くなったのが分かる。しかし恋人だと言われて嬉しい自分がいたりする。

「おお、ついに！　おめでとうございます副団長。トワも、副団長はこう見えてなかなか面倒くさいタイプだがよろしく頼むよ」

　ツマリスと呼ばれた大男は、気のよさそうな明るい顔立ちに満面の笑みを浮かべてそう言った。つるんと綺麗に輝く頭をペチンと叩きながら、俺の背中をバンバンと叩く手のひらには遠慮がない。流石に騎士、凄く痛い。

「ツマリス、トワは可憐なんだから乱暴な扱いしないでくれる？」

「す、すみません！　つい……。申し訳なかった！」

　グリズの言葉に、彼は慌てて俺から距離を取った。

　痛かったけれど好意的なものだと理解していたし、そんなに謝られる程ではない。

そしてそのツマリスとグリズの会話を聞いてか、周りに散らばっていた騎士たちもゾロゾロと寄ってきた。そしてあっという間に周囲に人垣ができてきて、何をどう聞きつけたのか外へと繋がる扉からも騎士が何人も入ってきた。

一体なんだこの状況は。

そもそも平均身長が高いこの国の、騎士として働く男たちは総じて身体が大きい。グリズも見上げる程背が高いが、周りに集まる男たちはさらに体格がいい。圧迫感が半端ないのだ。

確かに彼らから見れば、日本人の標準身長で運動もしていない元サラリーマンなど、未成年に見られても仕方がないのかもしれない。いやそんな訳もないだろう。

見下ろすような視線が注がれて、やはり副団長ともあろう者が俺のような男と付き合うことに嫌悪感があるのだろうか、なんて考えがよぎった瞬間。ワッと歓声のような声が上がった。

「おめでとうございます副団長！　ついにモノにしたんですか！」

「おめー本人を前に下卑たこと言うんじゃねえよっ！　成就させたって言え」

「よかったですねぇ〜、一目惚れ……って言ってましたっけ。ちょっと前、トワが現れてからの我々への牽制はかなり本気でしたもんねぇ」

「おめでとうございまぁす！　お祝いに今日の訓練メニュー、軽くしてくださぁい！」

次々に寄せられる明るい声に、俺は戸惑いつつも毒気を抜かれた。

気がつけば拍手が湧き上がって、まるで祝福パーティーのようだ。

「ぐ、グリズ……」

あまりの熱烈歓迎ムードに逆に怖くなる。隣に立つ男の袖を引くと、グリズはニコニコと楽しそうだ。グイと肩を引き寄せられて、つむじにチュッとキスを落とされる。

またそんなことをと思った瞬間、周囲からドオっと大歓声が湧く。

「よかった……よかった！　鬼の副団長に春が来た！　これでシゴキもマシになるううう」

「入団して四年……こんな幸せそうな副団長は初めて見るぜっ。トワ、副団長を幸せにしてやれるのはお前だけだからな！　よろしく頼むぞお」

グリズお前、騎士団でどういう扱いをされているんだ？　俺は恋人の知らなかった暗部を見てしまったような気がする。しかしグリズがここまで職場で慕われているのは、単純に嬉しい。

彼との付き合いが長いだろう彼らが、こうして俺を好意的に受け止めてくれるのも幸せなことだと思う。

「ええっと……グリズを幸せにできるように、がんばります？」

ペコリと頭を下げる。

途端にさらに湧き上がる地割れのような大歓声。思わずにやつく隣の男に縋（すが）り付いた。

「プロポーズ、嬉しいなあ。結婚式はいつにする？　トワ」

「え、えええ……？　いや、……え？」

そんなつもりではなかったが、確かにそう取れるのだろうか？

自分の発言に慌てつつ、ふと違和感を抱いて周囲を見渡す。

そしてニコリと笑うグリズの向こう側、人垣の奥にいる人物に気がついた。

人垣の後ろの方から、俺を見つめる視線。それは赤い短髪の騎士、エルースだった。いつも浮かべていたへらりとした笑顔すら、今はその顔からは消えている。それどころか苦しそうに顔を歪ませている。

——ノワレ副団長に、近づかない方がいいッスよ。

今の俺のこの状況は、彼が伝えたその忠告を無視した形になっている。

エルースは今、この浮かれきった状況をどう思っているのだろうか。眉根を寄せて苦しそうなその表情からは、彼の真意が分からない。

だがガチリと俺と目が合った途端、エルースはふいと踵を返し人垣の向こうに消えてしまった。大柄な騎士たちの間からは、彼がどこに行ったのか分からなくなる。

騎士団にいる全員が俺たちを祝福してくれているなんて、そんなおめでたいことを考えていた訳ではない。エルースなんて俺にわざわざ忠告してきた程だ。ひょっとしたら彼は副団長であるグリズに、一人の団員として心酔しているのかもしれない。

そうか。だからこそあの牽制に繋がったと考えれば合点がいった。

こちらに来た初日から、グリズは俺に対して親しげだった。その上今日判明したが、この銀髪の男は騎士団全員に俺を狙っていると周知したと言う。冴えない男が隣に立つことを快く思っていなかったエルースは、あの忠告をするに至ったのだと考えられる。

けれどもなぜか。俺はエルースのあの、辛そうな顔を知っている気がする。あの揺れる琥珀色の瞳には、妙に既視感があった。

それだけが変に引っかかって、俺はうーんと首を傾げた。

「トワ、ほらもう帰るよ！　このままじゃ彼らに胴上げされかねない」

エルースに意識を向けていたら、グイとグリズに引き寄せられた。瞬間、視界がグルリと回転した。

「え、うわっ、落ちる！」

思わずギュッとしがみ付いた先は、グリズの首で。いわゆるお姫様抱っこ、という状態で軽々と抱きかかえられてしまっていた。

齢二十八歳の、アラサー男が、だ。

騎士の皆さん。指笛、口笛を吹くのは止めてください。

「や、やめろって恥ずかしいだろ……！」

だが俺の抵抗の言葉は、この男には届かないようだ。胸の中でばたつくのもみっともない。小声で訴えたものの、より一層強く抱きしめられて終わった。

「じゃー僕たち帰るから。今日だけ訓練量はいつもの半分でいいよ」

拍手喝采の中、グリズは俺を抱えたままスタスタと歩き扉をくぐってしまった。

騎士たちに手を振って見守られながら、俺はグリズの腕の中で公開羞恥プレイに悶えていた。

「もー下ろして貰っていいですかね……」

思わず敬語でそうお願いするも、グリズはそれをとてもよい笑顔で断ってくる。

「いいじゃない、見せつけとけば。これで王宮内でトワに付こうって虫は排除できるでしょ」

あれだけ素っ気なかった前回の転移は何だったのか。どうやら釣った魚には餌をやりまくってグデグデに甘やかすタイプのようだ。蜂蜜のような濃厚な甘さに、俺の頭の方がどうにかなってしまいそうだ。今更前のように冷たくされたら、泣いてしまう自信すらある。

「……俺はモテないぞ」

生まれてからこの二十八年間。伊達に恋愛経験ゼロで生きてきた訳ではない。

悪い虫が付くなら間違いなく、俺ではなくこの銀髪イケメンの方だろうに。

今はただの店員でド平凡な俺に、こんなに執着する人間はこいつ以外心当たりがない。

まったく、あばたもえくぼとはこのことだ。とはいえグリズが安心するなら少々の辱めは受け入れようとする俺の頭も、大概色惚けているのかもしれない。

グリズは俺を降ろすことなく、そのまま城を出る。

道行く人がチラチラと見て、中にはまるで未確認生物でも見るかのように口を開けて凝視してくる人までいた。そりゃそうだ。男二人、昼間から何やってんだって感じ、分かる。俺はもう恥ずかしさに顔を上げることもできなくて、男の肩に顔を押しつけ耐えた。

「はい、到着」

大人の男を一人抱えて、難なく歩ききって満足したらしい男はようやく俺を下ろしてくれた。

目の前に建っているのは小綺麗なメゾネットタイプの集合住宅で、レンガ造りの細めの家が軒を連ねて繋がっている。見上げる俺に、優美なデザインをした鉄の門扉を開けてくれた。

「ここ、騎士団で借り上げている僕の家」

「へえ」

街中にあって、職場へのアクセスもよさそうだ。ミーニャの借家からも遠くないし、商店街も近い。食事にも困らない場所だから、きっとよい立地なのだろう。

鍵を開けて、中へと促されて入る。こざっぱりとした室内には三つほどの扉があった。キョロキョロと行儀悪く眺めている俺を、グリズはおいでと手招きしてくれた。

「トワ、こっちこっち」

そうして入った一つの部屋の中は薄暗い。雨戸が閉められたままのようだ。わざわざ呼ばれて入ったここは、何の部屋なのかと瞬きを繰り返していると、ふいにギュッと抱きしめられた。

「グリ……っん」

どうしたのだと聞く前に、唇を塞がれた。

「ま——っん、ンぁ、……っ」

食いしばろうとした唇を食まれて、否応なしに気持ちが昂る。

開けるべきか閉じるべきか迷っている視界に、グリズの身体のサイズに見合った大きなベッドが見えた。

想像していなかったといえば嘘になる。グリズは「そういうこと」をしようと俺をここに連れてきたのだろう。俺だって子供ではない、男の欲も分かっている。でもそういった生々しい部分はまだ、いい歳をして大人になりきれていない。

「ん……う」

入れてとつついてくる舌を、俺はおずおずと受け入れた。

ぬるりとした粘膜と擦れ合うこの感触が、気持ちいいなんて知らなかった。

こちらは二十八歳、恋愛経験なしの童貞なのだ。恋もキスもグリズが初めてで、こういった時どうしたらいいのか分からない。けれどもグリズが俺を求めてくれるなら、それに応えたいとも思う。一生叶わないと諦めていた恋が、奇跡的に実ったのだから。

「グリズ……っ、ふ、あ……」

気がつけば彼の首に腕を回し、口づける角度が変わる度にそれに応じた。

「は、あ……、あっ！」

身じろぎした瞬間、俺の中心部が熱を持っていることに気づいた。

露骨な自分の反応が恥ずかしくて腰を引こうとするのに、グリズは逆にグッとそこを抱き寄せた。そして俺の身体にも、グリズの固いそれが当たって。

「あ……」

「トワ、こっち来て」

促されてベッドに座ると、グリズがその上にのしかかってきた。

押し倒される体勢に、ギシリとベッドが軋む。きちんと敷かれたシーツからは、ふわりとグリズの匂いが漂った。

体中が心臓になったみたいで、自分の鼓動が聞こえてきそうだ。組み敷かれながらもやはり俺がこちら側なのかとか、童貞より先に処女喪失なのかとか、そんなことをごちゃごちゃと考えてしまう。だからといってグリズを抱きたいかと言われたらそれも違う。

とにかく長年思い続けて、こじらせて煮詰まらせた彼への感情はそういった欲を孕んでいなかった。ただただ少年の頃の情愛と、甘酸っぱい憧れが詰まっていた。もはや神聖なものにさえ昇華している。グリズに触れることすら躊躇われて、ただ側で微笑んでくれたらいいのにと願っていた当時の自分は、今こうして肉欲をぶつけられていると知ったらひっくり返るかもしれない。

つい最近までの俺だって、こんな風に触れ合うことは絶対にないと思っていたのだから。

それでも見上げるグリズは余裕のない獣のような目をしていて、この男がそんなに俺を欲しがってくれるなら、やはり全部差し出したいと思ってしまうのだ。

「トワ。ごめんね、優しくしたかったんだけど……無理かも」

再び重なった激しい口づけの前に、思考がドロドロと溶けていく。

まだ昼間だとか、心の準備だとか、そもそも買い物に付き合う予定ではとか。そんなあれこれが脳裏をよぎるも、いつも澄ましたグリズの、その余裕を失った態度にときめいてしまう俺の前では、全てがどうでもいいものになっていた。

「はっ、んっ、ん……、ンンぅ」

シャツをまくり上げられ、素肌をゴツゴツとした男の手のひらが這う。

グリズの手が触っていると思うだけで緊張するのに、離れた唇が胸の赤みをチュッと吸った。

「あ……っ！」

鼻にかかったような変な声が出てしまって、思わず自分の口元を両手で押さえた。

それなのにグリズはそんなこと気にしていないのか、むしろそこを愛撫する手は激しさを増して、乳首を吸ったまま舌でこねたり押し込んだりと刺激してくる。

「は……、は、っ、く、っう、グリズ、それ……っ、やだ。なんか変……！」

背筋を駆け上がるぞわぞわとした奇妙な感覚は初めてで、違和感が強すぎる。首元がくすぐったくなるような、だが腰の辺りがもったりと重たくなるようで身体が跳ねる。

グリズは興奮した様子でそこを舐めながら、上目使いで俺を見つめた。

「トワ、これも初めてなんだよね？」

嘘を言うこともできずに押し黙ると、それを肯定と受け取ったグリズは晴れやかに笑った。

「そっか……嬉しいな。全部僕が教えてあげるからね」

グリズは俺のズボンを躊躇うことなく一気に脱がせた。固くなっていた自分の中心部が、一瞬ズボンに引っかかって跳ね上がる。

露（あらわ）になった下半身を恥ずかしいと思う前に、飛び出した陰茎（いんけい）をグリズの手が握り込んだ。

「っ、あ？」

「トワの可愛いことね、乳首。一緒に触って気持ちいいことだって教えるからね」

言うが早いか、グリズは輪にした指で俺のソレを上下に扱（しご）き出す。乳首への刺激で既に溢（あふ）れていた先走りを絡められて、それはネチャネチャという淫靡（いんび）な音を響かせた。

同時に口に含まれていた乳首を舌先で押され吸い上げられ、丹念に愛撫された。違和感の強かったそこからの刺激が、馴染（なじ）みのある股間の快感と混じり合い腰が揺れた。

「ひ、うっ、ンっ、ああっ、あぅ……っ！　や、あ、ああっあ――！　やだ、変だ、っ俺、これ、変で、っあ！　あっ！」

声を殺したいのに、この奇妙な感覚は喉（のど）から声を押し上げていく。

「気持ちいい？　言ってみて、気持ちいいって。言ってくれたら僕も嬉しいな」

「よく、ない……っ、から……！　やめろって……ンぅぅっ！」

男同士、どこにナニを突っ込むのかは理解しているが、だからといって女のように喘（あえ）ぐことに抵抗がない訳ではない。

素直に喘ぐことなんてもとより、気持ちいいだなんて口に出せるわけもなかった。

捻くれて拗らせた二十八年分の凝り固まったプライドが、まだ俺にも残っているのだ。

ぞわぞわと広がる快感を、身体を捻って逃がしながら、俺は必死でそれを否定する。

「ふうん？　そうなの？　そうだった、トワイライトは素直じゃないとこが可愛いんだったね」

「う、うるさ……ああああっ!?」

グリズは身体の位置を変えて、両方の乳首を指と唇で、そして反対の手で股間を刺激した。

別々の場所から三点同時に与えられる快楽が、体中を駆け巡る。

「や、ぐり、ずっ、あああっ！　全部……っひぅあ……！　離し、て！」

「気持ちよくないんだったら、ガマンできるよね？」

「そん、無理……！　や、無理、イく、イっちゃ、あ——！」

目の前がチカチカと点滅して白む。絶頂に押し上げられ、全てが解き放たれると思った瞬間。

グリズは俺の身体からパッと手を離す。

「え……？」

目前にあった頂上から突然はしごを外されて、射精しきれず快楽は体内に渦を巻く。

見下ろす陰茎はヒクンヒクンと震え、俺はきっと縋るような瞳でグリズを見ているのだろう。

全てを理解しているだろうに、グリズはただニコリと微笑んで言った。

「気持ちよくないんだもんね？」

「ちょ……え、ええ？」

確かに言った。言ったけれど。

自分の身体の反応を見れば、それが強がりだと分かっているはずだ。しかももうイく直前だったことも、同じ男なら察しているはずなのに。分かっていてやっているのだから意地が悪い。行き場を失った快感が、腹の奥に溜まって疼く。太ももを無意識に擦り合わせて昂りを刺激しようとしたところを、グリズが見咎めて俺の両脚をパッと広げた。男の目の前に現れた陰茎を、俺は慌てて両手で覆い隠す。

「あれ、どうしたのトワ。まだ気持ちよくなってないんだよね？」

「……う、うう」

そうだとも違うとも言えなくて、俺はグリズを睨んで呻くしかない。

実に晴れ晴れとした笑顔を見せるグリズは、何を考えているのか分からなくて怖い。

「じゃあ先にこっち、弄ろうか？　トロトロになれる香油も入れておくね」

「ひ……っ、冷たっ」

こっち、と言って指を伸ばしたのは、俺の尻の穴だった。

粘度の高い何かが、周囲に塗り込められる。必要なことなのだと頭では分かってはいるが、やはり恥ずかしい。

「ふっ、ふ……、っううう〜」

絶頂を逸らされた中心は、もちろんまだ熱を持っている。本音を言えばさっさとイきたい。そんなあやふやな部分ではなくて、馴染みのある陰茎を擦りあげて貰えれば。あっという間に果てられるのに。

それなのにグリズは、先ほどまで触っていたそこには見向きもしない。クルクルとその穴の周りを馴染ませると、グッと俺の中に指を押し込んできた。

「ううう～っ」

「まだ小指だよ？　待っててね。もう少し香油を足すからね」

細い指だというのに違和感が凄い。

抜き差しされたそこに冷たい何かが加わって、さらに滑りをよくした指が俺の窄まりを広げるように掻き回した。

「あ、あっ、んんんんっ、あ……？」

冷たかった液体が体温に馴染んだと感じた所で、突然それがカッと熱を持つ。

途端にそこが疼くような、むず痒いような、そんなおかしな感覚に襲われた。

「あ、あ……、グリズ、なんか……っ、う、おかしい……っ」

体内に酷く圧迫感がある。だというのにもっと掻き回して欲しい。

不安から思わずグリズの肩にしがみ付くと、ふふっと笑いが降ってきた。

「効いてきたかな？　ちょっとだけ、媚薬の成分が入っているんだよね。これ潤滑剤なんだけど、上の階級の方々に人気らしくて。あ、勝手に持ってきたから後でミーニャに叱られるかな？」

何を使っているんだ。何てものを俺に。そう抗議の声を上げたいのに、押し込まれる指が増えたことで、俺の喉からは言葉にならない音しか出てこない。

「あっ、あぅ……！　はっ、ンああ！」

「ん～ここかな？　ちょっと声に艶が出てきた？　まだ硬いかな」

「あああ……！　そこ、っあ！」

窄まりの中でとある場所を指がかすめた。その瞬間ビクンと身体が勝手に揺れて、意図せず甲高い声が出てしまった。

甘ったるい媚びるような声が出たことが恥ずかしくて、俺は自分の口をバッと覆う。

恐らく、前立腺という部分に触れられたのだろう。知識としては知っていたが、それがこんなに強い刺激とは思わなかった。

「ねえ、トワ。トーワ。聞いて。自分でここを弄ったことはある？」

そんな俺を揶揄うでもなく、グリズは優しげな声音でそんなことを聞いてくる。チラリと見た彼の顔は穏やかで、わざと意地悪を言っている様子でもない。

「……な、い」

だから強がる気持ちにもなれなくて、そう素直に告げた。

そういった欲がなかったわけじゃない。好奇心もあった。だが俺はあの十三歳の初恋をずっと引きずっていて、そこを使う自慰には抵抗があった。

「キスも、セックスも……グリズが……グリズが初めてだ、から」

「うん」

「ずっと俺、グリズが、グリズの事がっ」

好きだった。

目の前の男が欲しかった。

肉欲を伴うそれだけではなくて、この男からの愛情が欲しかった。受け入れてほしかった。

だから嫌われたことが悲しくて、だからといって忘れられなくて。

ギュウと男の首にしがみ付く。そうでもしないと泣いてしまいそうだ。身体の熱に引きずられて、心まで昂ってしまう。

温かい手のひらが、背中をトントンと叩いてくれる。優しい、グリズの手だ。

その感触にとろんとしてしまいそうになったところで、体内にある指がぐりっと動く。

「ひ、あああ……っ」

「素直なトワも可愛いね。香油が効き過ぎたのかな？　異邦人には効果がありすぎるのかもね。言ってごらん、気持ちいいって」

「あ、あぅ……」

埋め込まれた指は質量を増して、まるで別の生き物のようにいやらしく蠢（うごめ）いた。

圧迫感しかないと思っていた肉筒は次第に緩み、その動きに合わせて俺の腰が淫（みだ）らにくねる。

それでも覚え始めたばかりの快楽はまだ種火でしかなく、そのもどかしさが恨めしい。

「は、あ、あっ、ん！　ぐりず……、きもちい……！」

「うん、気持ちいいね……」

「はぁっ、イきたい、ぐりず……！　お願い、あっ、イきたい……！」

気持ちいいけれどまだ足りない。ただ溜まっていく緩い快感に耐えきれなくて、無意識に股間に伸ばすものの、その手はグリズによって阻害された。

「な、なんれ……っ」

「うーん、今日お尻で気持ちよくなることを覚えて。こっちはダーメ」

尻だけの刺激で達しろと言われても、そんなのは無理だ。

俺の鈴口からはトロトロとした液体が絶えず零れ落ちて、射精を求めて震えている。

「お願い……、ぐりず、ぐりず……！　っあ、イきたい、イかせて……！」

バラバラと指が蠢く後孔に快感だけが溜まる一方で、欲望を放つことは許されない。

こうなるともう恥も外聞もなくて、唯一縋れる目の前の男に懇願した。グリズは少しだけ困った顔をして、それから激しく俺の唇を吸った。絡まる舌が呼吸まで奪う。

「ふっ、ん、んぁ……っ、あ！」

「もう。素直なトワは反則だよ……。意地悪できないじゃない」

押さえ込まれていた手を取られ、グリズの身体に押しつけられた。そこには俺と同じ、いや俺よりも随分大きく固い感触がある。

おかしくなっているのは自分だけではないことに安堵する。熱に浮かされぼんやりとした頭のまま、俺はグリズの陰茎をズボンから取り出した。触れた部分がやけどしそうな程熱く、太い血管がドクドクと手の中で脈打っている。そっとそれに指を絡ませると、グリズの唇からは色っぽい吐息が漏れた。

「は、グリズの……熱い……っ」

「そう、トワ……上手。君の手で触られるの、凄く、興奮しちゃう」

いつもより少し掠れた甘い声が、耳の奥まで犯していく。そして埋め込まれていたグリズの指は、次第に激しさを増す。グッと押されると身体が跳ねるポイントを見つけられてしまい、執拗にそこを嬲ってきた。

「あ、あっ、ん、そこ……あぅ」

二人分の吐息と水音が至近距離で混じり、けれどもそれだけでは足りなくて舌を伸ばした。

「ん、んぅ、っうあンっ！　ふっ、ふっあ、ンんん……」

自分もグリズを気持ちよくできている。そう思うだけで心が浮き立つのだ。

ネチャネチャとまさぐられる体内の感覚に、身体はビクビクと震える。手のひらに感じるグリズの昂りもはち切れんばかりで、自分の中に入っているのが指なのかなんなのか、もう分からない。

増やされた指はもう何本なのだろう。激しい音を立てて俺の体内を攻め立てるのに、達するにはあと一つのところで決め手に欠ける。

「ぐりず、ぐりずぅ……っ、もう、やだ、気持ちいいのに、っあ、イけない……っ、イきたい、イきたい……！　ぐりずのコレ……っ、入れて……！」

尻の中を弄られると奇妙な熱が体中に溜まる。それなのに放つことができない苦しみから、思わず生理的な涙が零れた。

指じゃ達せないなら、コレを入れてほしい。手の中に感じる熱くて重いモノを、自分の中に埋めてほしい。指だけでもこんなに気持ちがいいなら、そこにグリズのものを埋めてしまえば、きっともっと気持ちがいい。

「っ、トワ。もっと優しくしてあげたいのに、そういうこと言っちゃうの……」

「早く、早く……、ぐりず、イかせて……くれよぉ……！　……っあぅ」

尻の中に埋まっていた指が、やや乱暴に引き抜かれる。それと同時に両脚を持ち上げられ、その膝頭にキスをされた。開いた脚の間に、グリズの身体が滑り込む。

「ごめんねトワ。無理させちゃうかもしれないけど、絶対気持ちよくしてあげるから」

「どういう……っあ」

指が抜かれぽっかりと口を開けたままのそこに、熱の先端がひたりと押し当てられた。

「入れるね……」

上擦るグリズの声が彼の興奮を伝えてくれる。流し込まれていた潤滑剤がコポリと隙間から零れた瞬間、質量のある塊がグッと侵入してきた。

「あ、ああ、あっ！　う、ぐ……っ、苦し……っは」

柔らかくされたとはいえ、そこは元々入れるところではない。そのうえグリズのそれは、爽やかな外見にそぐわない規格外のサイズだ。

揺さぶりながら入ってくるそれは、これ以上ないほどに入り口を広げて、痛みこそないが裂けるのではないかという恐怖を感じるほどだ。

「ん、んっ、く……」

動きが止まり、もう全て入りきったのかとホッと力を抜く。

「ふ、上手……」

差し迫ったような声が落ちてきて、恐る恐るグリズの顔を見上げてドキリとする。

笑顔を絶やさない普段の姿はそこにない。

「ぐりず……」

はだけたシャツは濡れて張り付き、グリズの額にいくつもの汗が浮かんでいた。

飢えたようなその視線は強烈で、俺はそれに心臓を射貫かれる。思わず受け入れている場所をきゅうと締め付けて、それで呻く目の前の男に興奮を覚えた。

グリズだ。グリズが、グリズ、グリズと。

男を好きになることを肯定してくれたのはグリズだった。その長年想っていた男が、今自分を抱いて昂ってくれている。

幸せだと、そう思った。

身体全てが歓喜に震えて、受け入れることに不慣れなそこがグリズを求めて勝手に蠢く。

「あ、あ……っ、あ……」

「ごめんね、もう少し待ってあげたかったんだけど……っ、ちょっと無理そう……！」

そう言うが早いか、グリズは掲げた俺の膝裏を掴むと体重を掛けるようにして律動を始めた。

ゆるゆると揺さぶるようなそれは、徐々に前後する距離を増やし、次第に肉を打ち付ける。

ずるりと抜かれる度に排泄に似た感覚が襲う。押し入れられると窮屈な肉壁が震えて、腹の奥に熱を溜めていく。

「あ、あーっ、ん、あ！　あ……っ、あぅうっ！　んっ！　んあああ」

ただそれを抜き差しされ、時折グルリと回されるだけだというのに、俺の口からはもはや言葉にならない声しか漏れ出てこない。

粘着質な水音と、俺のだらしない喘ぎ声。肉同士が絶えず打ち付けられて、二人分の体重を受け入れるベッドが悲鳴を上げている。

「ぐりず、っあ、う、んっ！　あ、あ、なんか、ヤダ、変、へん……んん！」

「イきそ？　トワ、イけそう？」

「わかんな、い……！　ふぁ、そこ、一緒は……っ！」

グリズは俺の奥を穿ちながら、触るなと言っていた俺自身に手を添えた。

腹と手のひらで圧迫するような形で押さえこまれ、そこに男が激しく腰を振る。

「あーっ、それ、駄目……！　や、あ、あああっ」

「イって……っ、トワ……僕ももう……イくから」

シーツを掴み、体中を暴れ回る快感をどうにか逃がそうと身を捩る。しかし陰茎を埋めた男はそれを許さずに、むしろきつく腰を掴むと、どこまでも俺を追い立てた。

「こわ、怖い……っ、ぐりず、こわい……っ」

三十も間近に迫った男が吐くには、あまりにも子供じみている弱音だ。

過剰な薬効のせいか身体中どこもかしこも敏感で、知らなかった身体の奥を暴かれた俺は与えられる感覚が怖くて仕方がない。

気持ちがいい、でもこれが本当に正しい反応なのかが分からない。

粗相をしているような不安感と、グリズに嫌われるのではないかという恐怖。気持ちよさと同等に、マイナス感情も膨れ上がった。

みっともない顔をしている自覚はある。男同士はそんなに最初から気持ちよくならないという話も聞いたことがあるのに、初手で昂る自分をグリズは淫乱だと軽蔑してないだろうか。

そんな不安を払拭するように、グリズは穏やかに俺の名前を呼ぶ。

「大丈夫、怖くないよトワ。僕がいるでしょ？　ね？　何があっても僕のせいにしていいから。

君を嫌いになることはないから」

彼自身も限界が近いだろうに、グリズはそう言って微笑むと俺の膝頭にキスを落とした。

手のひらが重なって強く握り込められる。お互いの湿った肌が心地よく、全部受け入れるといわれているようで心が軽くなる。身体の全てで彼を感じているようだ。

「う、うん……。ぐりず……は、あ、……っぐりず……！」

ホッとしたところで改めて抽挿が早まっていき、一気に気持ちと身体が頂上へと導かれる。

疑いようがない快感の波が押し寄せて、絶頂を求めて無意識に腰を揺すった。

「は、あっ！　あ、イく……！　ぐりず、ぐりず――っ！」

「トワ、……っ、僕も……」

濃縮された欲望が一気に吹き出す。小さな穴からドクドクと白濁が溢れる度に、身体も大きく震え、中に入ったままのグリズ自身をギュウと締め付ける。

「う、あ……」

腹の中に入ったままのグリズのそれもビクビクと震え、彼もまた達したことを教えてくれた。

気持ちがよかったのは自分だけではないことに安堵すると、ドッと全身の力が抜ける。

「はあ……っ、は、は、あ……」

グリズは腰をグッグッと押しつけて、まるで全ての精液を塗り込めているようだった。

汗に濡れた銀髪を掻き上げる仕草も艶っぽくて、思わずグリズの胸に腕を伸ばす。

ドクドクと早い鼓動と乱れたままの呼吸に、不思議と感動している自分がいた。

頬にグリズの手が触れる。

「疲れた？　トワ」

「ん……だいじょうぶ」

　セックスというものがこんなに恥ずかしくて疲れるもので、そして気持ちがよく幸せなものだなんて知らなかった。多幸感で胸が一杯になり、慣れない疲労を感じた身体は、このまま眠ってしまえそうな程だ。

　しかしそれを引き抜くことなく、グリズは繋がったまま身体を寄せてキスをしてきた。貪るようなものではなくて、優しく慈しむような舌の動きに、なんだか感動して泣いてしまいそうになったところで。

「……え？　グリズ……？　っあ、あの……っ」

　最奥を濡らしたグリズの陰茎が、グリグリと円を描くように身体を揺さぶってくる。

　ジンと痺れたままのそこに、新たな熱の火種を生み出そうとするその動きは。

「言ったでしょ、酷くしちゃうかもって。まさか、これだけで終わるなんて思ってないよね？大丈夫、ちゃんと買い物には付き合うし。でも今日は無理かもしれないね」

　熱に浮かされていた頭がサッと冷える。

　初めての経験に体中の筋肉がガクガクしているし、微笑む騎士の体力は間違いなく自分よりも上だ。機嫌のよさそうなグリズは先ほどより余裕がありそうな分、なんだか別の意味で怖い。

「えっと……？　グ、グリズ、俺もう……んっ」

　棄権を申し出ようとしたところで、きゅっと乳首をつまみ上げられる。甲高い声が鼻から抜けて、俺は思わず自分の口をバッと押さえた。

「ふふ、ココもね。いっぱい可愛がってあげようね。ほら、とろとろーって。潤滑剤をここにも塗ってあげる」

「ま、まって……っ。それ、っあ、あ……！」

結合部に使われたそれは、媚薬のような成分が入っていると言っていた。事実、疼くような感覚を体験した俺は焦る。それを直接、乳首に付けられるのはまずい。

それなのに抵抗する間もなく、潤滑剤が小瓶からとろりと胸に垂れる。

「あああぁ！　あ、やめ、コリコリしたら……っ！　あ、ああっ」

二本の指で挟み込むようにして、ぬめる乳首を扱き上げられる。電流のような衝撃が脳髄(のうずい)を駆け巡って、陰茎が収まったままの腹の奥がキュンと震えた。

「ふふ、気に入った？　おっぱい触るだけでイっちゃうくらい、育てようねぇ」

「あ、あ、あ……っ、や、グリズ、ん、あああ……っ」

「可愛い……可愛いね僕のトワ。入れているだけでもウネウネ動いて、僕も気持ちいいよ」

顔中に軽いキスが落とされ、硬度を保ったままのそれは挿入したまま奥を小刻みに叩く。

思わず自分の身体を見下ろす。ツンと尖(とが)った乳首も、脚の間で白濁にまみれたままの自分の陰茎も、そして淫らに動くグリズの指先と身体まで、全てが視界に入ってしまう。

「あ、あ……」

その全ての光景に煽(あお)られて昂った。目の前がチカチカと星のように瞬(またた)いて、目の前の男が欲しくて仕方がない。潤滑剤のせいでおかしいのだろうか。

いや、多分とっくにおかしくなっていたのだ。この男に恋をして、忘れられずに思い続って。

奇跡のような再会と、手の中に入った喜びが身体を歓喜に染め上げる。はしたない肉筒が、彼を求めて勝手に蠢くのが分かった。胸でぬるつく男の指に手を絡ませる。

「……っ、トワ……」

「動いて……グリズ……っ、もっと……っ」

身体全部がグリズを求めた。そのこみ上げる欲望のままに脚を彼の身体に巻き付けると、グリズは何かを堪(こら)えるような顔をして。

「トワ……、いけない子だね……っ」

「あ……！　あ、あ……激し……っ」

悲鳴を上げるベッドと、肉欲がぶつかり合う音。ポタポタと零れ落ちる男の汗を舌で追って——そして俺の記憶が正確に残っているのはそこまでだった。


気がつけば夜も更けていて、グリズは節々が痛む俺に怒られながら店までおぶってくれた。そして俺の帰りを待ってくれていたらしいミーニャには盛大に、呆れられたのだった。

◆　◆　◆

「言っておくけどねえ、異邦人殿」

よく冷えた声音で俺をそう呼ぶのは、グリズだ。

一瞬身体が強張(こわば)るものの、これはいつもの『夢』なのだとすぐに気がついた。再会し、付き合ってからぐだぐだに甘くなった彼が、こんな風に俺を突き放すわけがない。

　何度も何度も、過去の『俺』の視点で繰り返される自分の過ち。

「君がギフトを持ってないって、周囲も僕も思っているよ。じきに僕以外もメインの警護に入るかもしれないし、その支離滅裂な虚言癖はそろそろ直した方がいいと思うな。そんなんじゃ、皆にもっと嫌われるよ。まあ、僕はもう嫌いだけど」

「――っ」

　十三歳の俺と一緒に、それを見ているだけの俺にもダメージが来る。

　グリズにもグリズなりの葛藤があっての言葉だと今は知っているけれど、それでもストレートに嫌っているなんて単語は駄目だろう。

　起きたら蒸し返してやろうか。そんな悪いことを考えられる程度には、いまグリズ本人に甘やかされて愛されている自信がついている。

　だけどこの時の『俺』――トワイライトは違う。自分を分かってくれる人がいない異世界で、一人でなんとか居場所を作ろうとしていた弱い子供だ。幼い感情で肩肘張っていた自分は、グリズに伸ばしかけたその手を思わず引っ込める。

「……言い過ぎた。ごめんね、今日は母の誕生日なんだ。早く帰ってお祝いしてあげたい」

　今度こそ振り返らずに去って行ったグリズを、トワイライトはジッと見つめていた。

「なんだよ……なんだよぉ……」

　ポタポタと零れる涙を、『俺』は何度も手の甲で拭った。夕日で中庭が赤く染まる。しゃがみ込んだ俺の身体には、眩しくも美しい二つの夕日が注がれた。

そう、注がれたのだ。

（あれ……また俺、夢の中で視点を変えられている？）

先日、別の夢を見た時と同じだ。いつも昔の自分と同じ視界でしか見られなかったのに、突然別の角度から俯瞰できてしまうようになった。

そこに自分の意思の有無は分からないけれど、これは明晰夢の一種なのだろうか。

俺は物珍しさについキョロキョロと周りを見回した。

見覚えのある城の外壁と、神をモチーフにした彫像が飾られている中庭。生い茂る緑は手入れが行き届いていて、アーチには複雑に蔦と花が絡み合う。

その中に自分の膝を抱えて蹲る、まだ小さな身体の『俺』が痛々しい。自業自得だと切り捨てるには随分幼かったんだなと、大人になった今だから思う。身体が大きい人種のこの国では、年齢以上に幼く見えた。

「……っ、グリズの、あほ……っ」

掠れた涙声が想い人を罵る。寂しさと悔しさと悲しさ。罵りでもしなければもう立ち上がれなかった子供の自分がここにいる。

抱きしめてあげたい。目の前にいるのは自分なのに、そんなおかしな庇護欲が湧き上がった。

ひょっとしたらトワイライトを見ていたグリズも、そんな気持ちを抱いていたのかもしれない。いや、グリズ以外の大人も、もしかしたら方向違いに強がる『俺』をもどかしくも見守ってくれていた可能性もある。子供とは、自分が思っている以上に視野が狭いものなのだ。

トワイライトはゴシゴシと目元を擦ると、中庭の芝生に大の字に身体を投げ出した。

「あ〜あっ！　もう、やってらんねえよ！」

傷ついた心を振り払うように、涙声で悪態をつく『俺』に苦笑する。

「グリズのあほ……ばか……くそイケメン」

ぶつぶつと呟く自分自身を微笑ましく思いながら、ハッとこの後の展開を思い出した。今まで見ていた夢はトワイライトの視点で、今日初めて第三者として見る過去の自分の目新しさに大事なことを忘れてしまっていた。

（あ、そうだ俺はこの後——）

誰かに殺されるのだった。

一度はグリズを疑った。しかしその犯人がグリズではなかったとすれば。

夢の中だというのに、心臓が激しく鳴り響くようだ。

今までは見えなかった犯人が、今、見えてしまう——？

ひらりと舞うシーツのような大きな布が、仰向けに寝転ぶ『俺』にかけられた。

「わっ、な、なんだよこれ……！」

ドクンドクンと、夢の中だというのに緊張で心臓が激しく動く。

（そうだ、俺は視界を覆われて、それで）

『俺』はこの中庭で、何者かに殺された。

知りたい、けれども知りたくない。それでも俺は知らなくてはいけない。

一秒が万秒にも感じられながら、俺はグルリと周囲を見回す。二つの太陽を背にした男が剣を持ち、『俺』の身体の上で狙いを定めていた。逆光で表情はよく見えない。夕日で赤く染まった男は、躊躇なくそれを振り下ろした。

　幸運なのは、その痛さと熱さを感じたのはほぼ一瞬だったということだろうか。

　恐らく即死に近かった。しかしそれを知らないこの男は、ずるりと剣を抜くと再度それを振り下ろす。

（やめろ……！）

　だがもちろんそれは止むことなどない。二度三度と突き刺され、横たわる身体に掛けられていた布は、みるみる赤く染まっていく。思わずそこから目を背けた。

　自分の思っていた以上に、それは残虐な行為だった。真っ赤に染まった布と、動かなくなった身体を見て安心したのか、男は剣を振り払って鞘に収める。

　チン、という金属音がした。だが。

「は……っ、どういうこと……？　死体が、消えた……!?」

　動揺する男の声に、俺もトワイライトの方を見る。

　膨らんでいたはずの真っ赤な布の下は、綺麗に平らになっていた。そしてその血でヒタヒタになっていた布からも、徐々に赤色が失われていく。

　まるでそこには最初から何もなかったかのように、全て綺麗になってしまった。

　そうだ。俺はこの後すぐに、何事もなく日本に転移していた。どんな力が働いたのか分からないが、外傷も何もなく普段通りの姿で、日常生活を再開していたのだ。

　それを知らない男は慌てた様子で、血に染まっていたはずのその布をめくった。そして男がしゃがんだ瞬間、逆光で見えなかったその顔が明らかとなる。

今まで知らずにいた、過去の自分を殺したその犯人の姿が明らかになってしまった。

血のような赤い髪と琥珀色の瞳が目に飛び込む。

いや。その声を聞いた瞬間に、本当はそれが誰なのか分かっていた。

「クソ、なんで、どうして……っ！　こんなこと、父上にどう報告したらいいんスか……ッ」

そう叫ぶのはグリズの部下である赤毛の騎士、エルースだった。


目を開けた瞬間、身体中にびっしょりと汗を掻いていた。

心臓が驚く程大きく跳ね続けている。胸元をギュッと握り締めた手のひらが、ジクジクと熱を持っていることに気が付いた。その手をそっと広げると、今までうんともすんとも言わなかったはずの聖紋(せいもん)が薄っすらと光っていることに気付く。

「な……っ」

自分はなんの能力もない、ギフトのないハズレ異邦人だった。

日本に戻った時に現れた聖紋がどうしてこのタイミングで光るのかなんて、考えるまでもない。夢に関連する何かが、ひょっとしたら俺に与えられたギフトなのかもしれない。

本音を言えば、先ほど見ていたあれはただの夢だと思いたい。

だがこの手の中で光る聖紋と、この世界に再び現れてから見るようになった、第三者視点の過去夢。これらにどうしても因果関係がある気がしてならない。

過去の俺はグリズにべったりで馴れ馴れしい態度を取っていた覚えはあるし、それをよく思っていない人がいるだろうことも、大人になった今なら十分に分かっている。

「あれは本当に、エルース……が……？」

エルースという人間は、なんの後ろ盾もないとはいえ人一人を、王宮で殺すなんて無謀(むぼう)な計画を立てるだろうか。

あんな風に、何度も凶器で突き刺すような人間には――。

「う……っ」

鮮血が飛び散る光景を思い出し、胃の奥から何かがせり上がる。思わず店の裏に飛び出して、下水も兼ねた側溝に胃の中の物を吐き出した。

直接的ではないにせよ、人を殺す場面を見てしまった。平和な現代日本で長く生きた身にそれは随分衝撃的で、過去の夢だというのに指先の震えが止まらない。

「あれは過去に起きた事実……なのか」

手のひらの聖紋は、今はもう光っていない。目を凝らしてようやく見える程度、肌色とそれは同化していた。あの夢はやはり、この聖紋が見せたものなのだろうか。

裏に併設された手洗い場で口をすすいでも、あの鉄の匂いが鼻に残っている気がする。ついでに顔を洗っても、どうにもさっぱりとしない。

「いや……どちらにせよ過去の話だ」

もしもあの夢で見た通り、エルースが過去の俺を殺害した犯人だとしよう。だからといって今の俺は、どう足掻(あが)いてもそれを止めることはできない。そして今の俺は当時の俺(トワイライト)ではない。

理由はさておき既に一度俺を殺しているエルースが、現在の俺に再び危害が加えるとは考えにくい。

なぜなら俺が死に、その死体がそのまま消えたことを知っているのは他の誰でもない、エルースなのだから。殺したはずの人間が、まさか今になって近くに現れたとは思わないだろう。

それに俺の側にはいつもグリズがいてくれる。そう考えるだけで胸の辺りがほわっと温かくなるような気がした。この世界で俺はもう、一人ぼっちではないのだ。

「ただの夢って可能性もあるしな！　よし、仕事の勉強しよ！」

先日のグリズとのあれこれが脳裏に浮かび、思わず一人で照れてしまった。嫌な夢の代わりに湧いた雑念を振り払うべく、俺はブンブンと頭を振り店内へと戻った。

最近は調薬について、ミーニャに教えて貰うことも増えてきた。残念ながら記憶力のあまりよくない俺は、折に触れて復習をしないと忘れてしまう。時間がある時にメモを片手に薬を見ながら、その名前と薬効、具体的な調薬方法について覚えているのだ。

調薬室の扉を開けようとした途端、外から人の気配を感じた。この時間、ここに来る人間は一人しかいない。普段よりもまだ早い時間なのに珍しい。

「ミーニャおはよう。早いね」

ガチャガチャと扉から音がして、この店の鍵を持つ一人であるオーナーが入ってきた。ちなみに俺以外に鍵を持つもう一人は、彼女の息子であり、俺の恋人であるグリズだ。

あれからすっかり元気になったミーニャは、以前よりも目に見えて明るくなってきた。

「おはようトワ。今日は忙しくなりそうだからね。アンタはもう朝食、食べたかい」

そういって掲げた紙袋は、二つ向こうの角にあるパン屋のものだ。彼女とは長い付き合いの友人なのだとか。最近はその店にいくと、俺までも「ミーニャのとこの子だね」とおまけしてもらえるのだから、なんだかくすぐったい。

なんだかんだ面倒見のいい彼女は、今朝は俺の分も買ってきてくれたらしい。俺は思わず相好を崩して迎え入れる。お互い全てが好転した今、以前に比べてミーニャとの距離も近くなってきた気がする。見た目こそ美少女ではあるが、この世界での母のように思っていた。

「ありがとう。俺も一緒に食べていい？」

そんなオーナーの下で働けて、その息子であり騎士団副団長の恋人がいる生活。

これはなかなか、いやこれ以上ない程に幸せなのではないだろうか。

俺は差し出された紙袋を受け取って、ミーニャと共に早めの朝食にかぶりついた。

第五章 ✦ 真実、そして

穏やかな日々が繰り返される。

恋人としてグリズと過ごし始めて、一ヶ月経った。日本で染めていた髪の毛も、徐々に根元の黒さが目立つようになってきたように見える。元々伸びるのが早いこともあるけれど、そのうち全て黒髪に戻る日も近いのだろう。いつか周囲に異邦人だと言わなければならないと分かってはいるものの、まだそれを自分から言い出す勇気は出ないままだ。

だが目元を隠していた眼鏡は、少し前からかけるのを止めた。仕事の時だけはとかけていたけれど、いつまでもこのままではいけないから。

カウンターに立ちながらそんなことを考えていると、カランと軽快なドアチャイムが鳴った。入ってきたのは、この店の常連であるエワドルさんだった。今日は少し光沢のあるジャケットに、艶やかな緑色のシャツを着こなしている。

「いらっしゃいませ」

そう声を掛けると、口ひげを触ってニコリと品のよい笑顔を見せてくれた。

「こんにちはトワくん。おや、眼鏡を止めたんだね。素敵な瞳がよく見えていいと思うよ」

彼は一体どこまで察っしているのだろうか。その言葉にドキリとするものの、もうこの場所で生きると決めたのだ。変に誤魔化すのはもう止める。

「そうですね、伊達だったので……もういいかなって」

ただ事実だけを伝えると、エワドルさんはうんうんと頷いた。その南国の海のような優しい瞳に、俺は一体どう映っているのだろうか。

「そういえばエワドルさん久しぶりですね」

そう言いながらも、今日はこの人が店に来ると思っていた。今朝見た夢に、たまたまエワドルさんが出てきたからだ。今と同じように店に顔を出してくれて、そういえばこんな感じの会話もしたような気がする。

「ミーニャが寂しがってましたよ」

彼にだけ聞こえるように声を潜めて言うと、普段何事にも動じないような紳士が目に見えて慌てた。

目上の人に対して失礼かもしれないが、この二人を見ているとまるで遅咲きの恋を目にしているような、そんな微笑ましくも甘酸っぱい気持ちにさせられる。

「ほ、本当かい？　ミーニャが、私のことを？」

以前はほぼ毎日のように湿布薬を買いに顔を出していた彼が、この一週間ほどは全く音沙汰がなかった。

「一昨日くらいから、あいつは今日も来てないのかいって何度も聞いていましたよ」

そう耳打ちすると、エワドルさんはぱあっと表情を明るくして声を張り上げた。窓がビリビリと震えるような声量だ。

「ミーニャ！　何日も来なくてすまないね！　会いに来たよ！」
「煩(うるさ)いね聞こえてるよ！　買うもん買ったらさっさと帰りな！」
調薬室から顔を覗(のぞ)かせて、ミーニャもそう怒鳴(どな)り返す。悪態(あくたい)をつくその顔は、ちらっとしか見えなかったけれど嬉(うれ)しそうに見えた。なんだかんだ言ってもミーニャも彼に好意を持っている。

本人にそう言ったら、絶対怒るだろうから言わないが。

エワドルさんもニコニコと幸せそうだ。まったく、ミーニャもさっさと素直になればいいのに。

「一週間も来られなかったのは初めてだったので、お薬の心配もしていたんですよ。エワドルさんは、毎日湿布薬が必要なんですよね」

鎮痛と消炎の効果がある湿布薬は、布に薬を塗りつけて患部に貼るものだ。日本でお馴染(なじ)みのあのひんやりとした湿布とは少し違うものの、効能はおそらく近いのだろう。

腰痛や肩こりにも効くと教えて貰(もら)っていた。だから俺は気安く、ただの世間話として口に出したのだけれど。

「ああ、去年の戦争で筋が切れてしまってね。古傷が痛むんだよ」
「えっ……すいません俺……」

去年の戦争。それは先日耳にした話だった。隣国との境界線で、防衛戦のようなものだったと聞く。まさかこの人まで、その戦争の被害者だったとは思ってもいなかった。

しかし確かに、このたくましい身体(からだ)の持ち主は前線にいてもおかしくない。

「いいんだよ。あの戦争に行ったからこそ、衛生班として参加してくれていたミーニャと出会えたんだ。悪くはなかったさ」

「すいません……」

この人だけではなく、ミーニャも戦争に参加していたことに驚いた。

戦争があったことを知っていたはずなのに、俺はまだどこか他人事のような気でいた。平和な日本で生きてきた俺と違って、彼らの生活のすぐ隣にそれはあるのだ。事情を知らなかったとはいえ、自分自身の呑気さに申し訳ない気持ちで一杯だ。

「いやいや、責めているわけじゃないんだ。ただあの戦が原因で辞めるまで、私が第二騎士団の団長だったことは有名だと思っていたからね。自意識過剰で恥ずかしい限りだよ」

ははは、と彼は笑うが、俺はあまりの驚きに声が出なかった。

この人が、第二騎士団の団長。

では十五年前のあの時、俺はひょっとしてこの人とも会っていたのだろうか。周囲の騎士はグリズ以外判別がつかなくて、もううっすらとしか覚えていない。十五年も経った俺の記憶の中にエワドルさんの姿はないけれど、俺がいなかった間のグリズを知っている人物だ。

「じゃあ、グリズとも一緒に働いていたんですよね？　教えて貰えませんか、彼のこと」

俺の勢いに、今度はエワドルさんが驚いた顔をする。当然だ。

ずっと気になっていた。俺がいない四年間グリズはどう過ごしていたのか。戦争で呼ばれていたあだ名はなんなのか。本人にはなかなか聞けないし、その母親であるミーニャにも言い出しにくい。

思わず口にしてしまったが急に恥ずかしくなって、俺は手元のペンを意味もなく弄った。

「あ……その俺、グリズと今、恋人関係で。昔のあの人を知りたいなって」

「おお、そうかトワくんがあの子と？　……そうか、そうか……ありがとう」

なぜかお礼を言われてしまい、頭に疑問符が浮かぶ。

感慨深そうな表情で目を細める彼は、元部下相手というよりも、実の息子に向けるような穏やかな表情をしていた。深く刻まれた皺が優しく動く。

「あの子は人を愛することができないと思っていたよ……そうか。そうだね、私が勝手に話していいかどうか分からないけれど、恋をしている仲間だ。夜なら私はいつも屋敷にいるから、君の時間が空いている時に訪ねてきなさい」

カウンターに置いていたペンで、サラサラとメモを書いてくれた。まだ覚えきれてない単語が多いけれど、地図のようなものを添えられたそれが、エワドルさんの住所なのだろう。

「あ、ありがとうございます……」

「さあ、いつもの湿布薬を出してくれるかな」

そう言ってエワドルさんは、流れるような仕草でウインクをした。改めて見るとこの人は、第二騎士団長だったのも納得してしまう洗練された立ち振る舞いだ。

湿布薬を渡して、俺はそのメモをシャツの胸ポケットにしまった。

◆　◆　◆

その夜、俺は店を閉めると、早速エワドルさんの家へと向かった。渡された地図を、白作の単語帳片手に読み解く。

案の定そこは高級住宅街で、そのうちの一つのこぢんまりとした屋敷——と言っても庶民から見たら十二分に大きい——の前で俺は右往左往していた。

目の前の石壁は乳白色だ。窓際には品のよい装飾が施されているし、扉は店のそれよりも二回りも大きく厚みがある。どうみてもアポなしで来ていい家ではないような気がした。

道路に面した扉のノッカーを叩くべきか。いやしかし、今日の今日で訪れるのは図々しかったかと、ここまで来てあれこれ考えては頭を抱えてしまう。人様の家の前でうんうん唸っていると、扉が内側からギイと開いた。

「ああやっぱり。二階から人影が見えたからね。来てくれて嬉しいよ」

シャツにベストを重ねただけの軽装で、エワドルさんはそう言って俺を室内へと招き入れてくれた。

土足で入るのが躊躇われるほど、飴色に美しく磨かれた床板の上をそっと歩く。

「すいません俺、厚かましく来てしまって」

「とんでもない。さあ中に入って」

通された応接室のような部屋の中央には、彫刻が施された木枠のソファセットが置いてあった。促されて座ると、ふわっと身体が沈み込む。

「すまないね、今夜は家の者が出払っていて、大したもてなしができそうにない。普段夜は酒以外飲まないものでね。トワくんは酒は飲めるかな？　まだ未成年だったかね」

造り付けの棚には酒とグラスが並び、エワドルさんはその前で何を出すべきか考えてくれているようだ。

独り身には広すぎるだろうこの家は、やはり何人かのお手伝いさんがいるのだろうか。

「俺はもう二十八ですよエワドルさん」

エワドルさんにまで未成年に見られていたのかと思わず苦笑する。どうにもこちらに来てから若く見られてしまうようだ。決して俺は童顔ではないのだが、人種が違うせいだろうか。

「おや、トワくんは姿を消してからまだ四年だろう？　十七歳だとばかり思っていたよ」

あっけないほどあっさりと言い放たれる内容に、思わず身体が硬直した。

彼のその言葉は、俺の全てを現している。四年前に死んだはずの異邦人が、今の俺だと知っていると、エワドルさんはそう伝えてきているのだ。

「……っ」

この人は敵か、味方か。ジワジワと警戒心がこみ上げる。膝の上に載せた手を、無意識のうちにきつく握り込んでしまっていた。

そんな俺のあからさまな態度に彼は苦笑して、エワドルさんは敵意はないと言わんばかりに手のひらを上げた。

「すまないすまない。そんなに身構えなくてもいいんだよ。少なくとも、トワくんをどうこうしようというつもりはないんだ。私にとってトワくんは、ミーニャの店の大事な店員であり、彼女の息子であり元部下の恋人だ。悪く扱う理由がない」

そうだろう？　と微笑む彼は、確かに俺が知っているエワドルさんだ。確かにあれだけ熱烈にミーニャに求愛している彼が、わざわざ俺を害するのはリスクがある。

少しだけ肩の力を抜く。エワドルさんは結局何も用意せず、俺の前に座った。警戒を解いたわけではない俺に、飲食物を出すのは控えたのだろう。こういう小さな気遣いが、彼を紳士だと改めて感じさせるが、まだ完全に気を許すことはできない。

「さて……そうだね、今回はあの子の話をするんだったね。その前にトワくん、君の話もしよう。この機会に、一緒に話してしまおうと思っていたんだ」

そう切り出すエワドルさんの提案に、俺はコクリと頷いた。この人はグリズのことだけではなく、トワイライトだった俺の身に起こった出来事まで知っているのだろう。それはそうだ、去年まで第二騎士団の団長をしていたエワドルさんなら、王宮で保護されていた異邦人のことだって把握しているに決まっている。

それならそれで聞きたいのはグリズのことだけではない。確かめたいことは他にもあるのだから、むしろ俺にだって都合がよい。

「エワドルさんは、何処まで知っているんですか。俺の……その、昔の」

「トワイライトと名乗っていた時のことかい？」

「〜っ、それです……」

過去の己の偽名をサラリと出されてしまって、今すぐ布団の中に潜って叫び出したい気分になる。だが今は情報を得る方が先だ。

「その、信じられないかもしれないんですが、俺にとって、あの出来事は十五年前のことです。少し前、再び戻って来た時はこの世界ではまだ四年しか経過していなくて……。俺が消えたというあの時、俺はこの国でどんな扱いになっていたんですか？」

エワドルさんは口ひげを触りながら、ふむと小さく頷いた。

そしてほんの少しだけ考えて、それからゆっくりと言葉を紡いだ。

「これは私の口から言っていいのか分からないけれど……そうだね、一緒に後であの子に叱られようか。まずはね、あの子の名前を知っているかい？」

「グリズ……ですよね？」

随分当たり前のことを聞く。俺は思わず首を傾げた。

「そう、グリズ・ノワレ。ノワレはミーニャの名字でね。あの子は名門エイノルドフット家の血を引くものの望まれなかった――いわゆる落とし胤だ。この国であの子のことを名前で呼ぶのは、恐らく君一人だよトワくん」

「え……？」

そういえばエルースも、似たようなことを言っていた気がする。副団長を名前で呼ぶなんて、とかなんとか。それは最近の出来事だったか、それともあの『夢』の中だっただろうか。

「この国でグリズという単語は、古い言葉で怪物やバケモノという意味を持つ。あの子の父親はミーニャを弄んだ挙句、生まれた我が子にそう名付けて母子共々捨てたんだよ。グリズは、到底人間に付ける名前ではないんだ。だからあの子はずっと周囲に対して、自分を名字でしか呼ばせなかった」

「そんな――だって、そんな……」

辛そうな瞳をする紳士の言葉に嘘はなさそうだ。でもそれが真実ならば、俺はずっとグリズを傷つけていた？　確かに母親であるミーニャも、グリズを「リズ」と呼んでいた。あれは単に愛称ではなく、グリズを傷つけないための呼び名だったのか？

　心臓が強く、ドクンと跳ねる。

「そんな顔をさせるつもりじゃないんだよ。私が言いたいのはね、トワくん。名前を呼ばれれば殴りつけてでも黙らせていた彼が、君に対しては自分から呼んで欲しいと望んだ。それを伝えたかったんだ」

　言われた内容を咀嚼して、その意味に気付いて顔に熱が集まった。

　つまり俺が十三歳だったあの頃既に、グリズは俺を特別に思ってくれていた？　忌み嫌っていた自分の名前を、特別なものに感じてくれていた？　エワドルさんがこちらを見つめる、温かい視線が逆にいたたまれなくて。俺はモゾモゾと座り直した。

「彼は昔から君のことを大切に思っていたよ。ただ、いつまでも素直になってくれないトワくんに、少しヤキモキしていたようだけど。まったく、子供相手におとなげないと、何度窘めたか分からないよ。でもね、当時君の警護に当たっていたあの子は、本当に楽しそうだった。君のことが大好きだったんだね」

「そう、なんですか……」

　嬉しいような、照れくさいような。ああ見えて子供っぽいグリズは、幼かった十三歳の俺に一体何を思ってくれていたのだろう。

「だけど四年前。こちらでは君は突然消えたとされている。当日警護に当たっていた騎士がそう証言しているし、不審な血痕一つ見つからなかった。あの時のあの子の荒れようは本当に酷かった。街中探し回って、見つからないと分かると随分荒んでしまって」

その言葉に、一瞬呼吸が止まる。

この間見た夢。聖紋が光ったあの『夢』の出来事がすぐさま思い浮かぶ。

白いシーツ、赤い血液。振り上げられた凶器の鋭さ。そして――。

ドクンドクンと鼓動が早くなって、これを確かめてもいいのかどうか、口にすることを躊躇した。どこにもその確証はないのに、自分のどこかで間違いないと囁いている。

俺は膝の上に載せた両手をギュッと握り締め、エワドルさんに向き直った。

「その証言した……騎士の名前は……？」

「知っているかな？　エルース・エイノルドフット。エイノルドフット家の末っ子で、あの子の異母弟だよ」

◆　◆　◆

エルースの名前を聞いた途端、真っ青になった自分をどう思ったのか。しかしエワドルさんはそれ以上言及することはなかった。続きはまた今度にしようという彼の言葉に甘え、どうにか一人でフラフラと帰宅した。

俺はすっかり馴染んだベッドに、帰った時のままの服装でそのままボスンと飛び込む。

夢で見た出来事の真実味が、エワドルさんの言葉で増した気がする。それどころか、この聖紋の能力はやはり、夢に関わることなのではないか、そんな確信すら湧いてきた。以前の俺がこの世界に迷い込み、そして殺されたにも拘わらず、こうして再び異世界で生活していることには何か意味があるのではないだろうか。

本当にあれが——『俺』の殺害犯がエルースならば、突然俺が消えたと証言するのも難しくないだろう。名門一族の子息なら、多少の怪しさも揉み消せる。何より当時の俺は、いてもいなくてもいいような無能な異邦人だったのだから。

「でも……なんでだ」

エルースがグリズの異母弟だと聞いた途端、胸の中に言いようのない不安が湧き上がった。

そして一つの仮説が浮かび上がる。

同じ騎士団員として、彼がグリズを慕っているのは目に見えて明らかだ。そしてそのグリズは無能な異邦人であるトワイライトを気に掛けていて、それはエルースにとって目障りであり耐えがたかった——だから、俺を殺した？

しかし何かが、違う。何かを見落としているような気がする。ただエルースが、過去の俺を排除したかっただけではない、何かがある気がした。だが、それが何だか分からない。

「いや、俺の持っている情報だけじゃな……」

近いうちに、グリズにも相談しよう。確か明日は騎士団への配達の予定があったはずだ。

俺は靴を床に放り投げて、そのまま頭まで布団を掛けて眠ることにした。

蔓のような曲線美を描く鉄柵と大きなガラス窓が嵌め込まれた広い部屋の中は、重々しい雰囲気に包まれていた。厚手のカーペットの上に置かれた、飴色に磨かれた円卓を囲む男たちの姿は一様に緊張感のある顔をしている。彼らの手元には幾枚か同じような紙が配られ、テーブルの中央には巨大な地図が広げられていた。

「ガーラネス国が、我が国との境界線であるアノーレの村に攻め入ろうとしている。その報告は確かか？」

上座に座る男性には見覚えがある。今よりもさらに筋肉隆々で固めの声を発しているが間違いない、エワドルさんだ。騎士団の制服に身を包み、まさに団長という言葉に相応しい威厳に満ち溢れている。そしてガーラネスという国名には覚えがあった。グリズが活躍したという戦争の、その相手国だったはずだ。

「ええ。確かな筋からの情報です。どうもあの村に、攻撃に関するギフトを持つ異邦人が現れたそうです。その噂を聞きつけてガーラネス国が拉致、そしてそのまま我が国に攻め入るという計画を立てていると。異邦人の真偽は定かではありませんが、攻め入ってくるという情報は間違いなく、開戦は時間の問題かと思われます」

「異邦人……また異邦人か。五十年に一度現れるかどうかという異邦人が、こんなに頻繁に現れるとは思えないが……」

エワドルさんは眉間を指で揉んで、しばし考える。

だがその言葉を聞いてすぐに、円卓の下座で一人の男がガタンと立ち上がった。

「団長、僕に行かせてください」

「……ノワレ」

そう呼ばれたのは、今よりも少し若いグリズだった。俺の知る彼とは随分様子が違っていた。年齢が若いだけではない。常に笑顔を浮かべていた顔は陰っていて、まるで死神のように陰鬱な雰囲気を醸し出している。俺がグリズから離れていた間、この男に一体何があったというのだろう。

「ノワレ、君が消えたあの異邦人を探しているのは知っている。だが騎士団が公に動くということは、戦争が始まるということだよ。安易に——」

「安易じゃない！　ひょっとしたらギフトのなかったあの子が、ギフトを発動したのかもしれない。そこに可能性がひとかけらでもあるなら、僕はそれに縋るしかない。……それに、どっちにしてももう開戦は免れないんでしょう。憂さ晴らしも兼ねて、僕が先陣を切ります」

強く言い切るグリズの言葉に、室内にいる騎士たちは沈黙した。あまりの気迫に気圧されてしまっているのだろう。それだけこの時のグリズは、命を賭けてでも戦場に行きたいのだと、いなくなった異邦人——つまり『トワイライト』を探したいのだと訴えていたのだ。

その訴えはあまりに悲痛で、俺はここだと訴えたくなる。

だがこれは『夢』なのだと、俺はもう知っている。これは過去にこの国で実際にあった出来事なのだろうことにも気づき始めている。今の俺はただジッと、これを見守るしかないのだ。

エワドルさんがため息をつく。

「確かに開戦は免れない。だがやるなら負け戦にするつもりは毛頭ない。ノワレ、君もだ。私欲にのみ走らず、国のために騎士として戦え。それが守れるのなら、私の隣に立ちなさい」

室内がざわついた。この会議に出るからには、グリズの実力はそれなりにあるのだろう。それでも末席に座っている彼に向かって、団長の隣に立てという。その言葉は軽くない。だがグリズも気圧された様子もなく、己の胸に拳を当てた。

「もちろんです」

「よし！　総員準備を！　急がせなさい！」

室内にいる騎士たちがその声で一斉に席を立った。そして戦が、始まるのだ――。


「――ワ、トワ！　起きて……大丈夫？　うなされていたよ」

ハッとして目を覚ますと、心配そうに顔を覗き込むグリズの姿があった。今目の前にいるグリズが過去のものなのか、それとも現実のものなのか、俺は一瞬判断できずにいた。

室内はまだ薄暗い。壁掛け時計を確認すると、寝入っていたのはほんの僅かな時間だったようだ。グリズは残業帰りに立ち寄ってくれたのだろうか。

「ぐ、りず……。本物？」

確かめようと、グリズに向かって手を差し伸べた。触れたい、本物だと信じたい。そう思って。だがその手首を、グリズはハッとした表情で摑んだ。

「トワ……これは。……聖紋？」

薄暗い室内の中で、手のひらがぼんやりと光っている。しかし俺はもう、それに驚かない。あの夢を見る能力は確実に、神様が与えたギフトなのだと気付いたから。

「……うん。聞いてくれるか？　グリズ。信じて貰えないかもしれないけど」

隠すつもりはなかったけれど、そういえば話すタイミングもなかった。

身体を起こしてベッドに腰掛けると、グリズもその隣に腰を下ろす。

そうして俺はこの聖紋の経緯を伝えた。日本に戻ってからうっすらと浮かんできたこと。向こうにいる間、何度も過去の夢を見ていたこと。こちらに戻って来てからはその夢が変化して、見えるはずのないものまで見えるようになった。その上、今はグリズが戦に出る直前の会議を視（み）ていたと。

これは間違いなくギフトだろう。きっと夢を通して、俺にとって重要な出来事を伝えてくれるのだ。日本で何度もグリズの夢を見ていたのも、ひょっとしたらギフトが発動しかけていたのかもしれない。

こちらに再び転移してから、その能力が強くなっているのか。夢を視た後に何度か聖紋が光っていたし、薄々感じていた予想は確信へと変わっている。けれど結局、どのタイミングでそれが発動するのか分からないのだから、今のところ役に立たない。

我ながら信じがたい話だと思ったが、会議でのグリズの発言やエワドルさんの様子を伝えると、グリズは自身の銀髪をクシャクシャと掻（か）き混（ま）ぜ呻（うめ）いた。

「も〜嘘でしょ、あんな情けないところをトワに見られちゃったの？」

「ご、ごめん勝手に」

「どうせなら、もっと格好いいところ見てほしかったなぁ。あの時はもう、トワを探すのに必死で、藁をも摑む状況だったから。戦争の中心になった異邦人に……トワの可能性が少しでもあるなら僕は、絶対に助けたいと思っていたんだ」

もうその言葉だけでも十分格好いいなんて、悔しいから言わない。少なくとも勝手に過去を覗いたことに、不快感を示されなくてよかった。俺はそっと安堵のため息を零した。

「じゃあこの間。門番の人が言っていたのはなんでだ？　異邦人がいれば戦争が起こらなかったって言うのは？　むしろ異邦人なんていない方がよかったんじゃないのか」

もうここまで話したのだ、疑問は全て聞いておきたい。俺の言葉にグリズは苦笑した。

「蓋を開けてみたらね、いなかったんだよ。争いの原因になったはずの異邦人なんて。どこから出た情報なのか分からなくて、結局両国が損をしただけで終わった」

「え……」

「ガーラネス国もガセネタを摑まされて動いたってことだよ。向こうは有益で強力な力を持つ異邦人が潜んでいると聞いたらしくてね、実際小さな部隊が進軍しかけていただけだった。だからせめて異邦人がいればその戦争だって避けられたかもしれないし、国が有益なギフトを得られたかもしれないって話だったんだよ。だけど大きくはないけど、戦争は戦争だ。結局うちも相手の国も犠牲を払った。死んだ人も、一生残るような怪我をした人だっている」

「エワドルさん……」

そう、とグリズは頷いた。エワドルさんは去年の戦争をきっかけに、引退したと言っていた。

そのことをグリズに話すと、彼はほんの少し笑った。

「だけどあの人もね、面白いんだよ。医療班としてミーニャが戦場に来た時には、女の子が来るようなところじゃないと怒鳴り付けたんだ。なのに逆にミーニャに舐めるんじゃないよって怒鳴り返されて……。ふふふ、結局あれがきっかけで、今も口説き続けているみたいだよ」

まさかの二人の出会いまで聞いてしまった。そんな経緯があったのか。そうはいってももう一年も求愛しているのなら、エワドルさんも気が長い。十五年も想いを引きずっていた俺が言うのもなんだけど。

「グリズは？　グリズは戦争で怪我してないのか」

副団長をしているくらいだから、大きな怪我はないだろう。それにしていたとしても一年も前のことだから、聞いても仕方がない。そう分かっているのに、俺は思わずそう聞いてしまう。

だが俺の心配をよそにグリズは、その美しい顔に意味深な笑みを浮かべた。

「僕に怪我が残ってないか、確かめたいってことかな？　明日の仕事は早出だけど、トワのおねだりには応えなきゃね？」

「ちょ、ちょっと！　そういうつもりじゃ……っ、こら！」

急に訪れた甘い雰囲気に、俺はのしかかろうとする男の肩を押し返した。

しかしやはり騎士。そもそもの鍛え方が違うのか、俺の全力でもびくともしない。

「駄目？　ね、ちょっとだけ……。本当は僕の方が、トワ不足なんだ」

絡め取られた指先に、懇願するように小さくキスを繰り返されては陥落してしまう。

おねだりをする大型犬のようなその様子に、俺はどうにも弱いのだ。イケメンのくせに可愛いなんて、こんなのもう反則だ。

「……一回だけ、な」

満面の笑みを浮かべる男の身体を、俺は両手で引き寄せた。

結局一回だけで済むわけがなくて、随分しつこく抱かれたのだけれど。
◆　◆　◆

息が上がる。肺が痛い。持ち上げる足も重たくて、だが走ることを止めるわけにはいかない。

目的の場所へと一直線に向かい、王宮前の守衛騎士には初めて顔パスをお願いした。

通行証を持ってくる時間もなかった。俺は東側に向かって、悲鳴を上げる身体を叱責しながら膝を上げ腕を振り走る。

「あーくそ……っ！　もう、若くない、な……！」

一夜明けて俺が目を覚ました時、グリズは既にいなかった。それは構わない、そう、普段なら構わないけれど。今日ばかりは話が別だった。

今朝光っていた聖紋を、手のひらごとギュッと握り締める。

(間に合え……！)

上がる息を整える時間すらもったいなくて、俺はそのまま騎士団の詰め所の扉を叩いた。

返事を待つことなく扉を開け、薄暗い中に声を張り上げる。

「すみません！　グリズ……っ、グリズ・ノワレ副団長はいませんか！」

雑談をしていたらしい騎士たちが、俺のその剣幕にどうしたどうしたと寄ってくる。

俺はもう立っているのも辛くて、両膝に手をつくことでなんとか上体を支えた。

「大丈夫かいトワ、誰か、水を――」

身体の大きい騎士たちの中から、さらに一回り大きい身体の持ち主が、肩で息をする俺にそう声をかけてくれた。

「ツマリスさん……っ、そんなことより、グリズ、副団長は……！　まさか上からの依頼で、……っ王族の警護で街に出かけたり、していませんよね！」

頼む、違うと言ってくれ。俺は祈るような気持ちで男の目を見つめる。

さっき見たばかりの夢は、寝起きに聖紋が光っていた。

聖紋は俺にとって重大な事柄を教えてくれる。それが俺のギフトだと予想していたが、今まで記憶にある限りそれは実際にあった過去の出来事ばかりだった。

そのせいで過去を視せるギフトだと思っていたが、それだけではなかったのだ。できればただの悪夢だと思いたかった。しかし甘ったれるなとでも言うように光を放つ聖紋は、間違うなと訴えてくる。

今朝視た夢の中で、グリズは寝ている俺の額にキスをし仕事へ向かう。なんて恥ずかしいことをしているのかと思いつつその夢を視ていたが、彼は出勤後そのまま幼い王女の警護にあたることになる。

そして向かった救済院で、グリズは子供からお菓子袋を受け取る。それを欲しがる王女のために毒味をしたところで、突然倒れたのだ。

騒ぎになる中でグリズは胸を掻きむしるようにして苦しみ、そしてどうすることもできない人々の中心で、彼は静かに生を手放した。

俺が飛び起きたせいで、視たのはここまでだ。

夢の中に俺がいたということは、この異世界に出戻ってからの出来事だ。もちろん今までこんなことは起こっていない。そうなれば未来予知なのだと、誰だってすぐに考えつくだろう。

グリズは俺にとって、誰よりも大切な人だ。ギフトはきっと、この危険を俺に教えてくれている。だがせめて、頼むからまだ先のことであってほしい。

ただの夢だと否定してほしい一心で、ミーニャに休暇（きゅうか）を願い出た。杞憂（きゆう）だったと思いたい一心で、非常識を承知でここまで押しかけて来たのだ。

「ツマリスさん……！」

頼む、まだここにいると言ってくれ。せめて今日じゃなければ、何か対策が取れるかもしれない。俺の叫びに、ツマリスさんは目を見開いた。

「街で副団長に会ったのかね？　そうなんだ。今朝になって突然、救済院に視察に向かう王女の警護に当たれと言われたそうでね。第一騎士団に混じって、今日はもうエルースと一緒に出ているが」

思わずヒュッと息を呑（の）む。

エルース。

過去の俺を殺した犯人であり、グリズへの強い執着を持つ男。そして現在も俺を目の敵（かたき）にしている、エルース。

その男が今、グリズの側（そば）にいる。胸にザワザワとさざ波が立ち、本能が警鐘（けいしょう）を鳴らす。夢で見たグリズの死に、もしエルースが関わっているのなら――。

「ツマリスさん、俺をそこに連れて行ってください！　グリズが危ないんです！」

俺はツマリスさんのその大きな身体に縋り付いて、ただ懇願するしかなかった。

騎士団であれば、馬か何かあるだろう。俺一人では乗れないから、誰かに乗せてもらう必要がある。何度か会っているこの人なら、お願いすればどうにか連れて行ってくれるのではないか。そんな人情に訴えて、希望に縋るしかなかった。

夢で視る過去は変えられない。それでもきっと未来なら変えられる、いや、変えたい。

そんな俺の思いをよそに、ツマリスさんは困ったように太い眉をハの字に顰めた。

「トワが副団長の恋人だとは知っているが……流石に勤務中、それも王族の護衛中は連れて行けないな。ここにいていいから、副団長が戻ってくるまでもう少し待っていなさい」

まるで子供の我が儘のようにいなされてしまって、俺は落胆より先に怒りがこみ上げてきた。

その怒りは、信頼に値しない自分自身に対してだ。

もし自分が立場のある人間なら、きっとこの言葉一つでグリズを助け出せるのに。

どうしたら……どうすればいいんだ……！

きつく握り込んだ拳が熱い。自分の無力さが、こんなにも歯痒いと思ったことはない。グリズを失うかもしれない未来がそこまで来ているというのに、やはりそれを変えることはできないのか――。

悔しくて滲みそうになる目元を、ぐいっと手の甲で擦った。

「トワ……？　それは……？」

なぜか動揺するツマリスさんの視線を辿ると、それは俺の手元に注がれていた。見ると右手全体が静かに光を放っていて、それは徐々に強くなっていった。

「聖紋が……光っている……」

今までは夢を見た後にしか光らなかった、ただ薄かっただけの聖紋は今、白くまばゆい輝きを放っていた。ギラギラとしてはいない。まるで神の意志を思わせるような、神聖で穏やかな光。手のひらを広げると、今までほとんど見えなかった聖紋が、かつてないほど鮮やかな色で刻印されている。これこそがギフトなのだと、何も言われなくとも理解できた。

薄暗い室内で突然光を放った俺の周囲に、騎士たちはどうしたどうしたと集まってきた。

「トワ……君は」

「ツマリスさんお願いします。このまま何もしなければ、グリズは殺されます。お願いだ、後でどんな罰でも受けますから……どうか……っ」

息を呑む騎士を見上げて、俺はただただ頼むしかない。

「ツマリス、連れてってやれって。副団長のことでここまで頼んでいるんだ、遊びじゃねえだろ」

周囲の騎士から、そんな声が投げかけられた。ハッとして見渡すと、頷く騎士たちの姿があった。これは俺への信頼ではない、これは彼らを牽引してきたグリズへの信頼だ。

「それにさっきトワから溢れた光。あれは神殿でしか見られない神々しいものだった。なあ、一体何があったんだ。俺たちに話してみろ」

異邦人であることは、一番秘密にしたかったグリズにもう知られてしまった。グリズが助かるなら、この秘密が公になったって構わない。

――グリズ、すぐ行く。

騎士の言葉に頷いた。俺は決意を込めて、小さく息を吸った。

◆ ◆ ◆

高い、速い、怖い!

初めて乗る馬の背は、落ちないようにするのが精一杯だ。激しく上下に動く馬の振動に、なんとか振り落とされないようにと身を固くした。俺の後ろで手綱を操るツマリスさんは乗馬の名手らしい。そんな彼に抱きかかえられるようにして、グリズたちがいるであろう場所を目指して駆け抜けた。

とにかく先回りをしなければならない。あれが何時なのか、太陽の傾きすら曖昧だ。だが恐らくそう遠くない時間に、あの凶行が発生するはずだ。

「トワくん、あそこかね!」

街の外れにある救済院。そうだ、夢の中で見たとおりの場所だ。配達の際、遠目に見かけたその場所には、既に豪奢な馬車や馬が停まっていた。もう到着していたらしい。

頼む、間に合ってくれ――!

「あそこです!」

俺が叫ぶと、ツマリスさんはより一層速く馬を走らせた。容赦のない揺れに、内臓を動かされて気持ちが悪い。だが今はそんなことを気にしている場合ではない。

救済院の前で待機していた騎士は、猛スピードで向かってくる俺たちに目を見開いていた。

「と、止まれっ！　何者だ！」

「第二騎士団所属ツマリス・ウェリリンだ！　我が第二騎士団副団長は、どちらにっ」

護衛騎士とツマリスさんには面識があったらしく、剣を向けられることはなかった。ツマリスさんは息を荒らげる馬から想像できない軽快さで降りると、俺をひょいと抱えて降ろしてくれた。片や俺はと言えば、ガクガクと膝が笑っている。情けない。

「あっち！　ツマリスさん、あっちです！」

夢で見た順番通りに回っているならば、今はまだ救済院の中だろう。夢の中のグリズの死因、あれは恐らく毒殺だ。薬と毒は表裏一体だと、ミーニャに叩き込まれた知識がこんなところで役に立つとは思わなかった。

あれは恐らく、ネム毒だ。ネムの実は果実のままなら無害だが、実を乾燥させる過程である薬品に漬け込むと強い毒性が生じる。もちろんこの国でネム毒は、禁止薬物に指定されている。

ネム毒は心臓発作に似た症状だがまったく違う。経口摂取した場合、一瞬で気道が腫れあがり呼吸ができなくなる。そしてあっという間に毒が全身に回り、掻きむしりたくなるような酷いかゆみと毒蜂に刺されたような強い痛みに襲われ、死に至る。

外見からは突然死以外の不審な症状がまったく出ない恐ろしい毒物だ。その割に解毒方法は至って簡単で、エグラウド薬をできるだけ早く服用させるだけ。だが一気に症状が急変するため、ネム毒だと診断される前に死に至ることが多い。

即効性があり、経皮吸収ですらあっという間に回る。ネム毒をお菓子に仕込むチャンスがあるのなら、夢で視たあの子供だろう。

俺は制止する護衛たちの隙をついて、一人で救済院の中へ飛び込んだ。

確か子供は三つ編みの、髪の長い少女だった。薄暗い院内をキョロキョロと探していると、奥の方から明るい声が聞こえてきた。どうやら視察隊がすぐ近くに来ているらしい。狭い廊下の左右の部屋は全て閉じられている。視察隊と合流する前に、できたら少女を探したかったのに。

そう考えていると、背の高さほどある高窓の向こうに人影が見えた。

「——ッ!」

なんとか寸前で声を出さなかったことを、どうか褒めてほしい。

窓の外、うっそうとした草木の茂る場所に、あの夢の中と同じ三つ編みの少女が立っていた。そしてそれだけではない。その少女に何かを渡しているのは——。

「エルースさん……!」

俺は窓脇の壁に張り付いて、向こうから俺が見えないように立ち位置を変えた。

見覚えのある赤髪の男が、腰をかがめてそこにいる。

「一生懸命作ったから王女様に食べて欲しいって、銀髪の騎士に渡すだけでいいんスよ」

リボンで止められた布袋、その中に毒が仕込まれているのか。ネム毒をクッキーに含ませて、疑われないだろう少女に持たせる。それをグリズに渡せば——。

カッと頭に血が上る。何も知らない子供を使って、なんてことをさせるんだ。

「エルース！　お前……！」

怒りのまま、そう叫ぶ。夢の中の感情に引きずられた俺はエルースの前に姿を現し、声を張り上げてしまった。愚かなことをしたと、すぐに理解した。少女がエルースと離れた後にでも、それを静かに回収するべきだった。

一瞬で表情を消したエルースと反射する鋭い刃を見て、自分の失策を悟ったのだった。

「だから言ったっしょ？　副団長とは距離を取った方がいいって。こんなところまでウロチョロと……自分から死にに来なくてもいいと思うんスけど。どこまで知ってるんスか？　これに毒が入ってること？　それともこの毒で副団長を殺そうとしてること？　まあ最悪失敗しても、副団長が違法なネム毒を持ってたってことで、処罰されればいいと思ってるンすけど」

むちゃくちゃなことを言いながらも、凍てついた視線は俺を貫く。

向こうも伊達に騎士としての訓練を受けているわけではない、下手に動けば殺されるのは自分だ。だが視界の端で、そんなエルースに怯えて逃げる少女が見えたことには安堵した。持たされた袋は放り投げられて、近くの茂みに落ちている。

自分の置かれた状況は思わしくないが、一先ずグリズの死因となった少女を巻き込まずに済みホッと息をついた。だがそれがまた、エルースの感情を逆撫でしたらしい。

「はあ……余裕ッスね？　これだから異邦人は……アンタはなんのギフトを持ってるんスか？　四年前のあの時、確かにこの手で殺したはずなのに。まぁた懲りもせず副団長の側でチョロチョロと」

すぐに殺すつもりはないのか、エルースは持っていた剣で己の肩をトントンと叩いた。

俺程度なら、いつだって殺せる。そう言われているような気もするけれど。

「……お前は、いつから気がついてたんだ。俺が……」

男の言い方から察するに、こいつは最初から俺が四年前に王宮にいた——いやエルースが殺したトワイライトだと気付いていたのだろう。

「その目ッスね。四年前も、真っ黒なその目が副団長を見ているのが不快だった。子供のくせに生意気でおおぼら吹きで、ギフトも持たないくせに周りを騙(だま)して居座る王宮の邪魔者だったッスよね？　それなのにノワレ副団長に名前呼びを許されて、さあ」

これが、あのエルースだろうか。暗い瞳をした男が語る言葉はあまりに陰鬱で、それはもはや呪詛(じゅそ)のようだ。重苦しい空気が辺り一面に漂ってくる。

「最初に会った時に違和感はあったッス。まさか一度殺された奴(やつ)がノコノコ出てくるわけがないって。そう見逃してやったのに？　まさか副団長の恋人になる？　お前みたいな人間が!?　能なしの、鼻つまみ異邦人が!?」

徐々に声を荒らげる勢いに圧倒される。

男の言うことは間違っていない。過去の自分は嘘つきで、自信がないくせに大きく見せたがって、それでいて弱虫で、本音で相手にぶつかることもできない奴だった。子供だからという言い訳程度では、エルースのように許せない人だっているだろう。

「じゃあなんで、だよ。だからって……グリズとお前は腹違いの兄弟なんだろ？　なんで」

トワイライトである俺のことと、今回グリズの殺害を企(くわだ)てていることは一見なんの関係もない。過去のトワイライトを殺した犯人がエルースだと知った後も何もしなかったのは、俺がトワイライトだとバレていないと思っていたこともあったが、それ以上にエルースが他の誰を——まさかグリズを害するなんて考えもしなかったからだ。

「なんで……？　ははっ、なんで？　俺だって聞きたいッスよ。なんで魔女の腹から生まれてきた副団長があんなにもお祖父様にそっくりで、正妻である母上から生まれてきた俺が、こんな赤毛なのか！」

俺に対して憤り、グリズに過剰な尊敬の念があるからこそ、俺を排除しようとした。そう思っていたエルースの悲痛な叫びは、まるで傷ついた子供のようだ。

そうして俺はミーニャの言葉を思い出した。

——どんな染料で染めようとしても一瞬で戻る。神の思し召しってやつかね。

この世界で髪色というものは、思っていた以上に重要なものなのかもしれない。染めたくても染まらない髪の毛は、貴族では一族の繫がりを示すものなのだろうか。

エルースの、悲鳴にも似た咆哮は続く。

「なんでだよ……！　お前みたいな嫌われ者が愛されて、なんで……っ、なんで俺だけ……誰も、誰も俺を見てくれないんスか！　俺だって好きで、こんな赤毛に生まれた訳じゃない！エイノルドフットの恥晒しじゃないって、認めてほしかった！　父上にも！　副団長にも！」

話の断片を搔き集めても、全てが分かる訳ではない。

それなのにどうしてだろうか、彼を抱きしめてあげたい。そんな気持ちになるのは。圧倒的に向こうが強いはずなのに、剣を持っているはずなのに、彼が酷く小さく儚げに見えた。

「はあ……ホント、副団長も趣味が悪い。こんな奴のどこがいいんスか？　四年前からずっとそうだ。アンタだけが副団長の特別で、アンタだけがあの人を突き動かす。殺していなくなれば忘れてくれると思ったのに、いなくなってもいつまでも未練タラタラで。ついには摑まされたガセネタで戦争まで始める始末だ」

「どういう……」

「俺の家――エイノルドフット家では、落とし胤の副団長は目の上のたんこぶってことッスよ。うちの兄弟はパッとしないのに、ノワレ副団長は見た目も能力も優秀だったお祖父様に瓜二つ……それを面白く思わない奴も多いってこと。アンタを殺して濡れ衣を着せ、騎士団から追放させる計画も失敗して。戦争のどさくさで殺す予定も、結局さらに出世しちゃったからさぁ」

昨年の戦争は、エルースの実家であるエイノルドフットが画策したことだと？　この国の貴族が、まさかそんな私利私欲のために？

「あー言っとくけど、俺はその辺関わってないッスからね。出陣前に殺せって命令されたッスけど、流石にあんな命をかけた場所で、味方の戦力を削げるわけないじゃないッスか」

エルースが、皮肉げに片頰をあげる。

俺を殺したのも戦争を起こしたのも、全てはエルースの一族がグリズを陥れるためだったのだ。血の繫がりのあるグリズに対する彼らの非情さに、背筋に冷たい汗が流れる。

「ノワレ副団長はさ、孤高でいいと思うんスよ。誰のものにもならない、誰も信じない孤高の騎士。エイノルドフット家の血と、最後の魔女の血を引く優秀な人間――それだけでよかった。それなのにアンタみたいなのに引っかかって、あんな普通の男みたいな、幸せそうな顔しちゃって、さあ。だから今回父上から指示が出て、もういいかなあって思っちゃったんスよね」

まるで夢を見ているように、うっとりと笑う男が、怖い。

気が触れている。

エルースの言い分は矛盾だらけで、自分の願いだって理解できていないように思えた。

どうしてその感情と真っ直ぐに向き合うことができないのか。いや、十五年前の自分を鑑みたら、俺も言える立場ではないけれど。

「だって、だってさぁ。殺すしかないんスよ。もう……俺はこの国にいる限り、父上の手のひらからは逃げられない。それに副団長がいなくなれば、父上だって……少しは役に立ったって認めてくれるかもしれない」

「——っ、そんなの、逃げたらいいだろ！」

暗い瞳をした彼のそこに、エルースの本音がある気がした。

父親に認めて欲しい、そのために滑稽な殺人劇に手を貸しただけ。だけどそんな理屈が通るほど世間も法律も甘くない。それでも今ならまだ何も事件は起こっていない。全て、なかったことにできる。

街で暴漢から助けてくれたエルースは、襲われているのが俺であろうと誰であろうと助ける、立派な騎士だ。グリズと一緒に働き戦争に行き、国のため民のために働いている。それは間違いない事実なんだ。

親との歪んだ関係から逃げ出せば、きっと違う未来が待っているはずなんだ。

「親がなんだよ！　命令なんて聞かずに好きなように生きろよ！　もう子供じゃないだろ！」

「——っ、何も、何も知らないくせに勝手なことを！　家の中でいないもののように扱われた人間の気持ちなんて、アンタに分かるわけがないんスよ！」

俺の言葉に憤り、腕を振りかぶるエルースの動きは素早すぎて、身体はピクリとも動かなかった。その瞬間ただギュッと目をつぶって、襲いかかるだろう痛みに身体を固まらせる。

また死ぬのか。前回も今回も、同じ相手に殺されるなんてどんな因果なのだろう。だけど今回は無駄死にじゃない。グリズを守って死ねるんだ。彼に愛されて、そして幸せだった記憶が次々と浮かんでくる。

悪くないと自分の死を受け入れかけたその時、キンと鋭い音が響いた。

「……？」

いつまでも痛みがやってこない。恐々と目を開けると、そこには二つの太陽を受けて煌めく、銀色の髪の毛があった。

「ぐり、ず……？」

「トワ、離れて！」

再び重い金属音が響き、俺は慌てて彼らから距離を取る。

要人の護衛で来ていたはずのグリズが、ここに駆けつけてくれたのか。

どうして、と思うより先に、身体の大きな騎士がこちらに向かって走って来るのが見えた。そうかツマリスさんが、グリズを呼んで俺を探してくれたのか。

「あーあ、つまんないッスねノワレ副団長。アンタ昔はこんな腑抜けた人間じゃなかったのに。こんな子供に夢中になるような、しょうもない男だったなんてさ」

ガキン、キィンと剣が刃毀れしそうな程、激しい攻防が繰り広げられる。

きっとお互い何度も訓練をした間柄なのだろう。敵対しているなんて思えない程慣れた太刀筋で、だがお互いの目は一切笑っていない。

「トワくん、大丈夫かい！」

「ッ、ツマリスさん……！　すいません、俺」

　駆け寄ってきたツマリスさんが、ふらつく俺を支えてくれた。既に道中で俺自身のこと、そしてエルースとの因縁を伝えているからか、彼は言葉なく剣を交わす二人を見つめた。

　そうしてエルースの鋭い切っ先がついに、グリズのなびく後ろ髪を房ごと切り落とした。

「はは……、色惚けで腕が落ちたんじゃないッスか！」

　ハラハラと地面に落ちる銀の房に、グリズが気にした様子はない。それどころかグリズの攻撃にも勢いは増し、エルースの足下はもつれかけているようにも見えた。

「僕は特別な人間じゃない……よっ！　ただの私生児で、ミーニャの息子ってだけの平凡な、しょうもない男だよ！」

「アンタが平凡なら世の中みんな凡人以下だ！　なんでだよ……！　なんで、父上はアンタばっかり……なんでっ、アンタばっか……！　俺だって父上の子供なのにっ」

　揺らいだ感情が剣に出たのか、グリズが一気にエルースの腕を切りつけた。その衝撃で、地面にゴトンと剣が落ちる。

「は、ははは……！　分かってましたけどねぇ！　敵わないって……分かってたけどなあ」

　ダラダラと零れ落ちる血液が自分の過去とシンクロし、一瞬吐き気がこみ上げた。

「なんで？　エルース、どうして君がトワを傷つけるの？　僕はエイノルドフット家とは関わ

らないと、君の父親と誓約書まで交わしているんだよ？」

　エルースの父はグリズの父親だろうに、まるで他人のように伝える言葉が重く苦しい。

「……あんな紙切れ、父上には鼻紙以下ッスよ。父上も兄上もいつあの椅子を奪われるか、アンタが活躍する度に怯えている。本当にアンタはお祖父様にそっくりだ。そのエイノルドフット家特有の銀髪も、顔付きも、才能もっ！　全部っ！　俺にはない！」

　ハアハアと息を切らすエルースに、グリズはまだ構えを解かない。したたり落ちる赤い液体がみるみる地面に吸い込まれようとも、この男への警戒は続いているのだ。

「エルース、僕は君が嫌いじゃないよ。いい騎士だったと思う。腹違いの兄弟だけど、同じ騎士団のよい部下だと思っていたよ」

「そんなの……そんなの……ッ。俺もッスよ……副団長……。できたら家も何も関係なく、アンタの側で剣を振るっていたかった」

　それが家族からの愛を求めて、そして与えられなかったエルースの本音だ。

　だったら違う道がある。きっと俺たち皆で協力したら、きっと彼も家に囚われることなく、自分らしく生きていけるはずなのだ。

「はあホント……俺もエイノルドフット家も……しょーもないッスわ」

　その全てを諦めたような態度に、誰もが警戒を緩めたと思う。その次の瞬間、エルースは手負いとは思えない素早い動きで走り出した。

「な……！」

　逃げる――そう思ったが、男の思惑はまったく違っていた。

エルースは落ちていた布袋を拾い上げ、そしてその中身を口へと放り込む。それは先ほどの少女が投げ捨てた、猛毒が仕込まれたクッキーだ。制止する間すらなく、ガリと噛んだその瞬間、エルースの顔色が変わる。

「が、は……っ！」

夢の中のグリズがそうだったように、エルースは胸を掻きむしる。身体を激しく痙攣させ、苦しみだした。その様子に、俺の隣にいたツマリスさんが思わず駆け寄ろうとする。

「止まって！　触らないで。それは毒だ！」

俺が咄嗟に叫ぶと、ツマリスさんは伸ばしかけた腕の動きを止める。

「っ、毒？」

お菓子に仕込まれた毒は強すぎて、外袋から触れるのも危ない。だがそれと同様、毒に冒された人間にも触れてはいけないのだ。皮膚から滲む汗や唾液にも毒が含まれる。

「まさか……そんなエルースが自害などとは。副団長……ッ、これは」

ここに来るまでの道中、エルースがグリズ暗殺を企てているだろうという予想は伝えていた。それでも大きな手を宙に彷徨わせながら、ツマリスさんは動揺を隠さない。それはそうだろう、後輩騎士が副団長毒殺を計画した挙句、目の前で服毒自殺をしたのだ。

「放っといてもいいんじゃないの。自分の選択でしょ」

切られてしまった髪の毛が足下に散らばるが、グリズはそれを気にした様子はなかった。剣を鞘に戻しながら、エルースを突き放す。俺はその言葉にカッとなって叫んだ。

「ついいわけ、あるか！」

一度間違ったら、もう改心するチャンスはないのか？

俺だって今、あの間違いだらけだった厨二病を経てここに立っている。死ぬほど後悔したし、思い出して恥ずかしくて苦しい夜もある。けれどもそれを正すきっかけがあったから、今の俺がいるんだ。

エルースは絶対、根っからの悪人ではない。親との関係に苦悩した結果、間違った選択をしてしまっただけだ。あのエルースの叫びは、助けを求める声だと俺は思う。

それに、何より——。

「グリズの異母弟、だろう！」

血の繋がりが全てではない。エルースがそうだったように、肉親だからこそ辛いこともあるだろう。だがエルースのグリズに向けた態度は憧れの副団長へ向けたものであり、大っぴらに言えない兄への親愛のようにも見えたんだ。

ポケットに入れていた薬瓶と手袋を取り出し、いまだ痙攣を続けるエルースの側に近づいた。既に焦点が合わず苦悶の表情を浮かべるこの男に、解毒薬を使う予定はなかった。グリズを害そうとする計画を許すつもりはなかったし、なんなら刺し違えても止める覚悟で来た。

しかしあの慟哭のような悲痛な叫びは、止められない自分を止めて欲しいと願う、彼の本心のような気がしたのだ。間違った自分を止めて欲しいと、そんな風に聞こえたのは俺だけかもしれない。全部俺の勝手な想像だ。けれど俺はどうしても、エルースを憎みきれない。

がくがくと震える男の口の中に、青い小瓶の中身を注ぎ込んだ。毒で舌が食道を塞いでいるのか、上手く飲み込めない男の口を両手で押さえて飲み込ませる。

痙攣している人間に、薬とはいえこんな風に液体を入れていいのだろうか。口の端から零れる薬を指で掬い直し、口蓋に擦り付けた。

「……っ、飲んで……！」

これはグリズのために用意したものだった。予知夢でネム毒だと知り、店から持ち出してきた。この毒に対する唯一の解毒薬である、エグラウド薬だ。少し珍しい調合だが貴重な物ではない。この薬を間違うことなくすぐに持って来られたのは、目の前で苦しむエルースのお陰でもあった。

以前街でエルースと出会った時、俺がエグラウド薬を持っていることに驚いていたのは、あの時既にこの毒を使う予定を立てていたからだろう。帰ってからエグラウド薬の効能をミーニャに教えてもらい、またその時にネム毒について学んだお陰だ。

「どうしてトワ。エルースは僕だけじゃない、巻き添えで君を殺そうとしていたんだよ」

エルースの治療をする俺に、グリズはそう言ってくる。

「……っ、だからって見殺しにできない！」

きっとこの世界では、日本よりも死が身近にある。毒殺なんて目論む貴族がいるくらいだ。平和なんて表面だけで、陰謀だって渦巻いているに違いない。

けれど、だからといって簡単に死んでいいわけがない。

「おい、エルース、聞こえてるんだろ！　死んで楽になろうとするな！　生きて罪を償えよ！　父親が悪いって知っているなら、ちゃんと告発しろ！　グリズを守れ！　お前はグリズの……弟なんだろ！」

これは誰のためでもない、俺のためだ。エルース本人にしてみれば、今死んだ方がマシなのかもしれない。生き残っても、彼には過去から遡って様々な嫌疑を掛けられるだろう。辛い現実から逃げて死を望んだ男にとって、俺のしていることは偽善なのだと分かっている。

「つ、が、は……っ！」

エルースは薬に溺れるような呼吸をした。一瞬慌てたが、そこから呼吸は徐々に落ち着きを取り戻していった。ネム毒は即効性のある毒だが、対処が早いほど解毒薬が効きやすい。どうやら間に合ったようだと、俺はホッと胸を撫で下ろす。後遺症はあるかもしれないし、ないかもしれない。それでも少なくとも命は助かったのだ。それがエルース本人にとって、いいことなのかどうかは分からないけれど。

俺は静かに横たわるエルースから身体を離した。もう少し落ち着いたら、医者に連れて行ってやればいい。いや、騎士団に引き渡すべきなのかもしれない。緊張が解けて脱力しかけた俺の身体を、後ろから誰かが支えてくれた。

「はあ……トワ。君って子は……もう」

グリズはギュウと抱きしめてきた。

無茶をしてしまったのかもしれない。心配もかけてしまったし、そういえばここにいる理由も説明できてなかった気がする。手袋を外し、念のため空になった薬瓶にそれを詰めた。

「大体の話はここに来る途中でツマリスに聞いたよ。それとエルースの自白も少し。トワを巻き込んでしまって、本当にごめん。全部僕が悪かったんだ。僕という存在が、君を危険に巻き込んだ」

「なに言ってるんだよ」

表情は見えないものの、明らかに項垂れる男の頭をわしゃわしゃと掻き混ぜた。切られた銀髪が風に乗って落ちていく。身体を反転させ、グリズの背中に腕を回した。

「グリズは悪くない。なんにも、悪くないよ」

貴族の落とし胤として生まれたことも、騎士として優秀だったことも、ひょっとしたらグリズにとっては重しだったのかもしれない。けれどグリズには、彼を愛してくれるミーニャがいる。俺だって、いる。グリズの危機に俺を信じて、馬を出してくれる仲間もいるじゃないか。

うまく言えない。様々な気持ちが胸の中に溢れているのに、それを言葉にできないのがもどかしい。グリズの全てを肯定してあげたいという俺の感情は、自分勝手なエゴかもしれない。

「俺はグリズが生きていてくれて、よかったと思うよ。幸せにしてやるって、言っただろ？」

精一杯の励ましの言葉は、言った後でジワジワと羞恥が襲ってくる。でもこれは紛れもない本音だ。恥ずかしさを堪えながら、グリズをジッと見つめた。

グリズは弱々しく笑って、それから俺をさらにきつく抱きしめた。

「……ありがとう、トワ」

グリズの声は少しだけ震えていた。俺の声かけひとつで、今すぐ気持ちの整理なんてできないだろう。それは分かっている。けれど伝えずにはいられない。

「グリズ。生まれてきてくれて、ありがとう」

同じくらいの力で精一杯抱きしめ返す。この心の中を、溢れる彼への想いを、胸を開いて見せられたらいいのに。

グリズはきっと、俺よりも多くのものを抱えているのだ。何も持たない俺だからこそ、グリズの荷物を半分、持ってやることができるんじゃないだろうか。

いくつもの騎士らしき声が近づいてくるのを聞きながら、俺はそんな風に思ったのだ。

◆ ◆ ◆

窮屈なタイを外して、シャツのシェルボタンを二つ外した。

かっちりとした仕立てのジャケットは肩が凝る。この国でも有名な洋服屋の物だと聞いたが、俺には豚に真珠に違いない。

いつものベッドに腰を下ろし、そのまま背後にだらしなく倒れ込んだ。あまりの疲労感に、このまま朝まで眠れる気がする。大きく息を吸うと、店の薬草の匂いがした。

「お疲れ様、トワ」

いかにも疲れたと言わんばかりの俺の行動に、グリズは苦笑いを浮かべているだけだ。

そのグリズはといえば、長時間きっちりとした騎士団の正装をしていたというのに、いつもと変わらない涼しい顔だ。

銀糸が織り込まれた真っ白な騎士服は、マントの裏地の鮮やかなブルーで引き立てられている。肩から胸へと垂れる飾緒は美しく輝いていた。そして胸元に付けられた勲章は、室内の灯りに反射して存在を主張する。

いつもラフに流している髪の毛は、額が出るようにセットされているせいで、いつにも増して美形オーラを放っている。そこに白い手袋は、もう反則のかっこよさだ。

　俺は無言でベッド脇をポンポンと叩き、グリズに隣に座るように促した。言われるがまま、大人しく腰を下ろした男のうなじを俺はそっと手のひらでさすった。

　本来そこにあった長い後ろ毛はなく、今はもう全体が短くなっていた。エルースの剣を受けてしまった部分を、グリズは躊躇いなく散髪してしまったのだ。

　そんな俺の意図を察したのか、グリズは苦笑いを浮かべる。

「願掛けで伸ばしていただけだからね。いつ切ろうかと思っていたくらいだったんだ」

「願掛け？」

「そう。トワに会えますようにって。四年前からずっと願っていた」

　どこをどう切り取っても極上すぎるこの男に、こんないじらしいことを言われてときめかない奴がいるだろうか。心臓を打ち抜かれるとは、まさにこのことだろう。恋人の可愛すぎる言葉を受けて、俺は照れ隠しでその胸に頭を擦（す）り付けた。

　そんな謎（なぞ）の行動をする俺の頭を、グリズはそっと撫でる。

「小さいけど正式なパーティーだったし、結構遅い時間まで続いたから、主役は疲れたでしょ。今夜はもうゆっくり休んで」

　そう、今日は王宮に招かれてのパーティーだったのだ。と言うのも先日の騒ぎで俺のギフトが明らかになり、なんだかんだと俺が四年前に消えた異邦人だったということまで公になってしまった。それはもちろん上の方まで伝わって、この国に再び現れた異邦人（おれ）を歓迎するパーティーが開催されるに至ったのだった。

目立ちたくないと訴えた俺に配慮してくれたおかげで、あれでもこぢんまりとした規模だったらしいが、ただの庶民である元サラリーマンには緊張の連続だった。

先日の事件は王族の目の前で計画された、異邦人及び第二騎士団副団長殺害未遂だと断じられた。エルースの実家である名門エイノルドフット家への異例の立ち入り捜査では、芋づる式に昨年の戦争を引き起こした証拠まで出てきたそうだ。グリズの父親や異母兄弟は、今も厳しい取り調べを受けている。未遂とはいえ実行犯であるエルースはというと、服毒の影響でまだ床に伏せっているものの、少しずつベッドから起きられるようになったと聞く。

エルースは、銀髪の一族に唯一赤毛で生まれた異端児だった。そのせいで母親は不義を疑われ、末子であるエルースの目の前で自害した。母を殺した子供として兄たちからは憎まれ、不義の結果だと疑う父親からは疎(うと)まれ冷えた家庭でエルースは、存在をないものとして育ったらしい。

十六歳の時自力で騎士学校へと入り、十八で第二騎士団に入ったことで初めて父親が接触。その接触が、グリズが構う嫌われ者の異邦人殺害依頼だとしても、初めての父親から頼られたことで善悪の判断が鈍ったそうだ。

そうグリズから教えて貰った。

エルースは騎士としての功績もある。実行犯ではあるものの、実家との関係は周知の事実で手駒としていいように使われた、と取調官も判断してくれていると聞く。実際彼の父親の書斎からは、エルースに全ての罪を着せて殺す計画の証拠も出てきたらしい。

それでも過去に、理不尽にトワイライトが殺された事実は消せない。本来であれば許してはいけないのだろう。しかしあれがあったからこそ、俺はここを離れていた十五年間で自分の行動を反省することができたし、こうしてグリズと抱き合えるようにもなったのだ。

グリズには甘いと顔を顰められたが、可能な限り減刑してあげて欲しいと伝えてある。エルースならきっと、間違いを反省して別の未来を摑むことができると信じている。

顰め面を作るグリズだって、きっと俺と同じことを思っているに違いない。腹違いの兄弟であることを抜きにしても、騎士団で懐いていた部下なのだから。

隣に座るグリズに身体を預けても、その鍛えられた体幹はびくともしない。回ってきた腕にもたれ掛かる。思わず本音が零れた。

「疲れたけど行ってよかった」

この世界での四年前、十三歳だった俺にとってこの世界は無慈悲だった。俺は無能な異邦人で周囲から疎まれていると思っていたし、だからこそ張らなくてもいい虚勢を張り続けるという悪循環だった。

周りはみんな敵ばかりで、気を許せたのは片思いをしていたグリズだけだった。

そう思っていたけれど。

「まさかさ、幼い異邦人にはギフトは後付けで現れる場合があるなんて……知らなかった」

「教えられたと思うけどね。トワが聞いてなかったんでしょ」

今日改めて挨拶をした神殿の代表者は、そんな話をしてくれた。異邦人は基本的に成人のみだが、過去に訪れた未成年の異邦人には後でギフトを与えられることもあったらしい。

俺は十三歳という年齢だったし、そんな事例を知っていた神殿はギフトがなくても当然だと思っていたらしいが、それを知らない幼い俺は一人厨二病全開で空回っていたというわけだ。

当時を知る人たちに謝罪して回りたいが、今日再会した人たちは皆笑って子供のしたことだと言ってくれた。

それどころかそこまで追い詰めていたのかと逆に謝られてしまって、謝罪合戦になる場面もあった程だ。

「行ってよかったよ、疲れたけど。でも謁見なんて二度としたくない」

「あはは、そうだね。静かに暮らすのがトワの希望だもんね」

異邦人は神様に導かれた存在だ。そう考えられているこの世界では、基本的に暮らし方の選択権は異邦人にある。中枢で働くもよし、のんびりと田舎で暮らすもよし。ただ少しは国のためにギフトを活用して欲しいと、既に神殿と国王陛下に釘を刺されているけれど。

「予知夢もどこまで当たるのか分からないけど、お前が守ってるこの国のために、俺も頑張るつもり」

膝に置いていた右手をそっと開いた。先日の一件から、薄かった聖紋はくっきりとした線になった。それは時々光って、予知夢で危険を知らせてくれる。

だが今の俺に視えるのは、まだ自分の周囲にいる大切な人たちのことばかりだ。神殿はそれならば国に親しんで貰い、俺の『大切なもの』の範囲を広げようと考えているらしい。俺が国を大切に思えば、きっと国のための予知もしてくれるだろうという考えだ。

ただ、これは便利なだけではない。異邦人の能力として公に認められてしまった今では、ここに責任がのしかかるのだ。正直に言えば、平凡な元サラリーマンにその責任は重く恐ろしい。

それでも騎士として国のために働くグリズのように、俺は俺なりの方法でこの国の平和に貢献できたらいいなと思っている。

「あんまり可愛いこと言わないで……トワ。今日疲れてるんでしょ」

二十八歳の男を相手に可愛いなんて、幻覚でも見ているのかと思う。ギュッと身体を抱きしめる男が何を言いたいのかなんて、簡単に察することができるようになってしまった。

グリズの言うとおり疲れている。本当ならこのまま寝たいくらいだ。

今日は一日パーティーだったのだ。凛々しく着飾ったグリズは男女問わず常に大勢に囲まれていた。あからさまな秋波を送る人も少なくなくて、独身で見目もよく実力も優れているグリズは、貴族籍でこそないものの、婿にと欲しがる声も耳に入っていた。

そんな耳目を集める恋人を見ていたら、確かめたくなるだろう。

「もちろん疲れている。だから……脱がせろ」

精一杯の誘惑は、どうやらこの男には効いてくれたらしい。そのままグルリと身体を反転させられ、ベッドに縫い止められる。そして奪い尽くすようなキスをされた。

「ん……、ん」

「そんな誘い文句、どこで覚えてきたの」

拗ねるような言葉に、俺は喉で笑った。お前しかいないだろ、ばぁか。

男の指が体内をまさぐる。その異物感にはいまだに慣れない。

狭い部分を指で広げられて、男を受け入れる性器にされるのだ。いくらここが異世界で、不浄な部分を綺麗にするという粘液を注がれようとも、いつだって抵抗と羞恥に苛まれる。

気を抜くと無意識に閉じてしまうからと、自分で両脚を持つように言われてしまって、中心で揺れる自分の陰茎（いんけい）まで全て見える。

「グリズ……、あ、グリズ……ぅ」

グリズは俺の胸を唇で愛撫しながら、器用に後孔を解（ほぐ）していた。チラリと見えたグリズの股間は痛い程布を押し上げていて、くっきりしたその陰影は欲望を堪えているのだと分かる。

なんだかんだ優しいこの男は、俺が傷つかないようにと丹念に指を抜き差ししてくる。自分だってもう、限界のくせに。

「も、いい……から……っ」

こんな恥ずかしいこと、好きでもない奴とは絶対無理だ。

短くなった髪の毛をグイグイと引っ張れば、男は端整な顔を上げて首を傾げる。

「いいの？　もう少し柔らかくしてから――」

「言うな、よ……。俺も、もう欲しい、から……」

今日、公式の場で見るグリズは、隣にいるにも拘わらず遠くに感じた。ギフト持ちになって、ようやく少しは自分の価値が上がった気がしていた。それでも己の実力で今の立場を手にしたグリズを前にしたら、自分はたまたま神様の奇跡を受けただけの平凡な人間だと痛感してしまったのだ。

グリズに相応しい人間になりたい。

今はまだ遠い男を、少しでも近くに感じたい。

でも……と言いながら動かない男の肩を押して、そのままベッドに押し倒した。大人しく押し倒された男の上に跨（また）がる。

「トワ……？」

「うるさい、黙って……。こっち……見るな……、っ」

俺が何をしようとしているのか、グリズだって察しているだろう。せめて目を閉じるのがマナーだと思うのに、痛いくらいにこちらを凝視してくる。

「すごい……トワ、自分で入れちゃうの？」

窄（すぼ）まりを指で左右に開いて、グリズの昂（たかぶ）りの先端をそこに宛（あて）がった。自分の内側に施されていた粘液が、縁を伝（つた）ってしたたり落ちる。

恐る恐る腰を下ろす。繰り返し受け入れているグリズの陰茎は熱く大きく、最初の部分を受け入れるのが特にキツイ。

「は、は……っ、く、う……」

ジワジワと穴が広がっていき、ようやく一番太い部分を飲み込んだ。不自然な体勢に膝が震え身体の内側が収縮してしまう。俺の痴態（ちたい）を見逃すまいとするその飢えた獣のようなグリズの瞳は、なんだか視線に愛撫されているようで気持ちが妙に昂ってしまう。

「つ、トワ……」

甘えたようなグリズの声に促され、ゆるゆると腰を上下に動かした。ゆっくりと少しずつ、体重を掛けながら太い幹を飲み込んでいく。その度にじゅ、じゅぷ、という濡れた音が耳に響いた。

「はぁ、あ、あ……ふ、う……」

「トワこれ……駄目だよ……っ、凄くやらしくて……、はっ」

徐々に飲み込まれる結合部が、グリズからはよく見えてしまっているのかもしれない。だけど俺にそれを隠す余裕はもうない。崩れそうになる身体を後ろに手を付き支えると、腰をゆっくりと沈めていった。

「あ、ンあ……っ、ぐりず……、あ！」

ガクンと膝の力が抜ける。バランスを崩した拍子に、昂りが一気に奥まで貫いた。

「〜っ！　あ、あ……あ……」

目の奥がチカチカとするような衝撃に、身体が小刻みに震えた。内臓全てを押し上げるようなその凶器が、まだ慣れきっていなかった空洞を限界まで広げる。

「っ、は、トワ……入っただけでイッちゃったの？」

「え……、あ、嘘……」

言われて目をやれば、グリズの腹の上にはどろりとした精液がしたたり落ちていた。それは俺の陰茎から糸を引いていて、無意識の絶頂であったことを告げてくる。

恥ずかしくて脚を閉じようとする膝頭を、グリズの両手が掴んで阻む。隠すなと言わんばかりに脚を広げ直されると、男の熱い手のひらが腰を強く掴んだ。

「明日の荷物は全部僕が運ぶから」

突然グリズは、明日の予定について言い出した。今、このタイミングでなぜ？

「う、うん……？　ありがとう？」

「だから少し、無茶させてくれる？　いいよねこれだけ煽られたんだから。責任取って？」

「どういう、あ、んあああ……！」

意味を確認する前に、下から激しく突き上げられた。肉を打ち付ける乾いた音と、粘着質な水音がそれに追随するようにして室内に響く。

「あ、ぐり、ず、あ、あぅ、だ、だめ……だ、っあ！」

「文句はまた、明日、聞くから……っ」

一度達した敏感な身体は、容赦ないグリズの腰使いのせいで再び熱が高まるのは早かった。なのに気がつけば下からの突き上げに合わせて腰をくねらせ、抽挿に合わせて窄まりを締め付けてしまう。求めてくれることが嬉しくて幸せで、悲しくないのに泣きそうになる。

「トワ……トワ、出していい……？　君の中に……っ、全部……！」

「ん、ん、出して、いい、いいから、はっ、ぁ、俺も……、あ、あああ……！」

トクトクと体内に体液が注がれるのを感じる。もう身体を起こしているのも限界で、ぐらりとグリズの胸に倒れ込んだ。触れ合う腹の間は、自分自身の吐き出した白濁でぬるぬると濡れていた。体勢を崩した拍子に、繋がったままの部分からこぷりとグリズの精が零れるけれど、それを拭う余裕はない。

そのまま身体を反転させられると、視界には色気を湛えたグリズがいた。細められた瞳が近づいたと思うが早いか、深くキスを仕掛けられて腰を揺すられる。

「ん、あ、ぐりず、ちょ、待って……待って、俺、まだ、もう、……っ、あ」

荒い呼吸を整える間もなく、貫かれたままのそれがゆるゆると律動を再開する。

「明日のトワはゆっくり寝ててもいいよ。僕がトワごと運ぶからね」

「そういう問題じゃ、あ、っあああ……！」

そうして幾度となく精を放たれ、限界だと騒いでいた俺まで一緒になって、結局日付が変わるまでお互いを求め合ったのだった。

エピローグ

最近はもう、夢といえば予知夢と決まっているのだ。

正しくは、夢といえば予知夢であると確信していた。

だから俺は今目の前に広がる光景が、間違いなく予知夢であると確信していた。

どこまでも広がる青空と、高い雲。その合間には二つの太陽が仲よく並んでいる。

その下で俺はまた堅苦しい服を着て、騎士の正装をしたグリズと腕を組んで歩いていた。背後には見慣れた教会と、沢山の人たちが俺たちに笑顔を向けていた。

——幸せになれよ！

——ご結婚おめでとうございます！

花を投げてくる群衆の中には、見知った顔がいくつもあった。いつものすまし顔はどこへやら、ぐしゃぐしゃに泣きながら笑っているミーニャと、彼女の肩を抱き愛おしげに支えるエワドルさん。騎士団のメンツも勢揃いしていて、ツマリスさんはおめでとうと書かれた横断幕を掲げていた。

俺たちに向かって投げられる花びらは風に乗り、どこまでもどこまでも流れていく。

そんな優しい空間で顔を見合わせる俺とグリズは、笑ってみんなに手を振った。

ハッとして目を覚ます。

掲げた右手は、まるで祝福するかのように白く淡く輝いていた。

隣には、まだ静かに寝息を立てるグリズの姿がある。時間はまだ、明け方のようだ。俺はそっとその高い鼻筋に指を沿わせた。こんなことをされても無防備に胸を上下させている。自分がこの男の懐に入れたことを実感してしまう。

今日は俺たちの新居への引っ越しだというのに、パーティーからの営みへの突入とは、我ながら随分無茶をしたものだ。でもまあいいか。どうせ俺の持ち物は少ししかないし、荷物は全てグリズが運んでくれると言質を取っている。

それにしても、凄い予知夢を視てしまった。俺はごろんと隣の男にくっついた。

これから先はずっと、こうして一緒に朝を迎えることが多くなるんだろう。たまに喧嘩して、仲直りして、それでもやっぱりこうやって同じように目覚めるのかもしれない。

俺はそれがくすぐったくて、そして夢の内容があまりにもおかしくて。彼を起こさないように小さく笑った。

まだ目を覚まさない、恋人の胸にそっと頭を載せる。

「グリズ……俺すごい予知夢を視ちゃったぞ」

起きたら教えてやろう。いや、秘密にするべきかな。

自分たちのそんな未来は、きっとすぐそこにあるのだから。

嫌われ者の転移者は、出戻った異世界で溺愛される

[番外編]

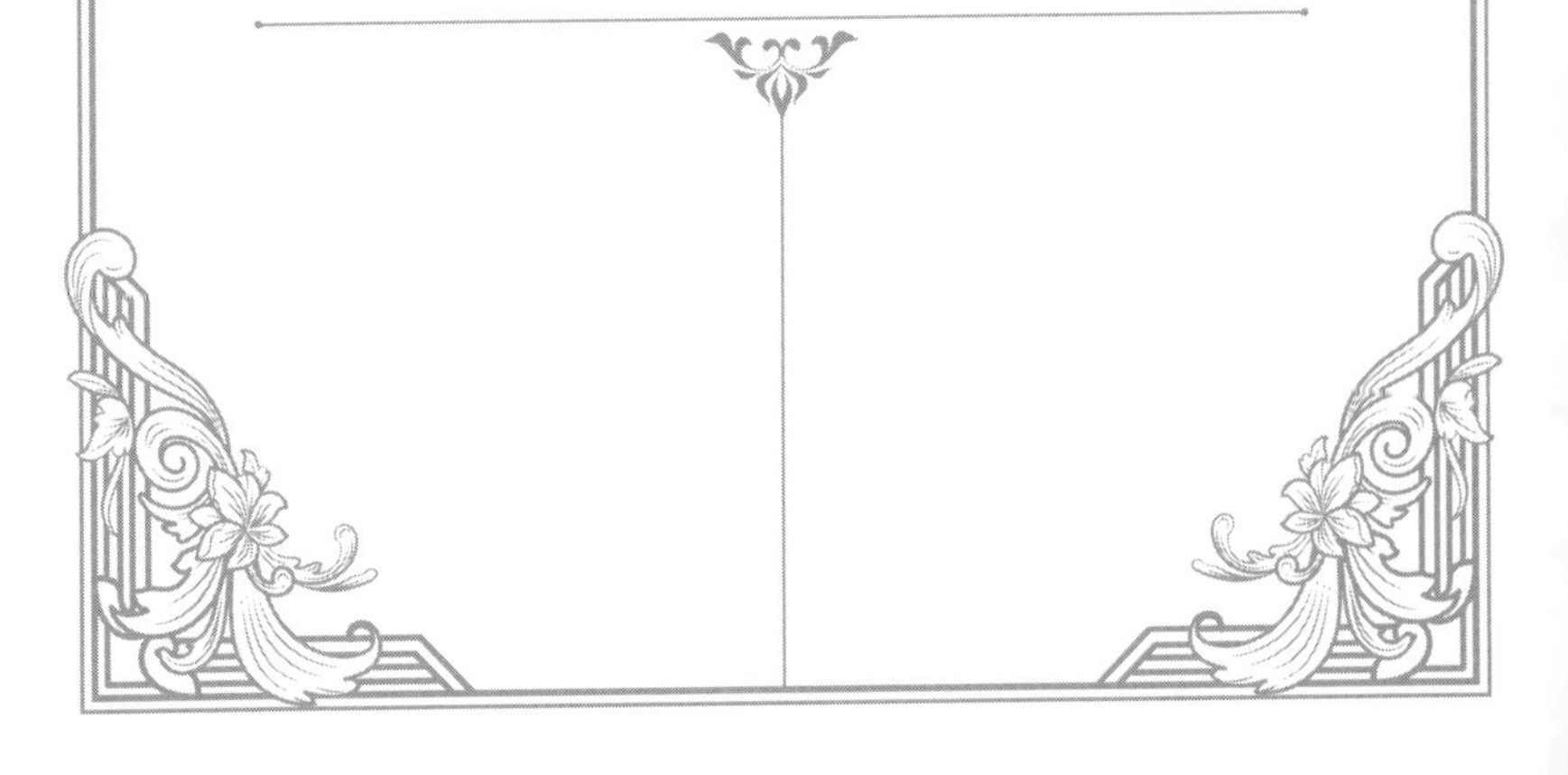

グリズ・ノワレと漆黒ぼうや

母親の名前はミーニャ・ノワレ。

物心ついた時から母は薬で生計を立てていたが、見た目が幼く軽んじられることも多かった。母と言うより姉だと思われることも少なくなかったが、その度にミーニャはその人に「舐めるんじゃないよっ」と啖呵を切るような人だ。

父親はグロウ・エイノルドフット。

名門と言われる貴族の男だが、数える程しか会ったことがない。僕が知っているその人は、魔女の力欲しさにミーニャを誑し込み、そして結局捨てたという事実だけだった。

そして僕の名前を付けた男。

グリズというのは昔の言葉で『バケモノ』を意味している。

少なくとも我が子に付ける名前ではないだろうに、産後ミーニャの隙をついて出生届を出し、そして僕たち母子を捨てたと聞く。僕はともかく赤子を抱えたミーニャの苦労を考えると、あれを父親だなんて思いたくもない。

その男と最後に会ったのは、僕が騎士団に入った時だ。

呼び出されたエイノルドフット家の応接室で、エイノルドフット家の財産を狙わないという念書まで書かされた。そんなもの貰うつもりもなければ欲しくもないというのに。

こちらを見ようともしない男の髪の毛は、僕によく似た銀髪で嫌になった。

ミーニャの桃色髪がよかったとは言わないが、この男と同じだと思うと反吐が出る。

そんな中、応接室の扉から覗き込む、背の低い赤毛の少年が目に入った。エイノルドフット家にいる赤毛の子供といえば、噂に聞く腹違いの弟だろう。

殴られたのか、腫れたその顔が気になったが、この家の人間には関わる気はない。

僕はさっさとこの屋敷を出るべく、手元の書類にサインをした。

◆　◆　◆

僕の所属する第二騎士団は、城内全体の警護も行う。

王族を守る第一騎士団は血筋のよい貴族だけで構成されているせいで、その他の仕事は全てこちらに回ってくる。周囲には僕がエイノルドフット家の庶子であることは既に知れ渡っていたが、名前と名字で揶揄ってくる彼らを模擬試合で伸し続けると、誰も何も言わなくなった。

十八で騎士団に入って十年も経つ頃には、母であるミーニャの体調が悪化していた。数年前に発症した魔女特有の疾病は、彼女の寿命を削っているようだった。

僕に気付かせないようにと一人で苦しみ、熱を隠して店に立つ姿に何度喧嘩したか分からない。だけどミーニャにとって店は彼女の命そのものだ。生きがいであると分かってからは、時間を短縮して営業して貰うことでお互い妥協した。

とはいえ年々体調を崩す頻度は増していき、発作が起きる度に唯一の家族を失う不安に苦しくなる日々だった。

そんな時、ある少年の警護を任された。

「俺のことはトワイライトって呼べよ！　な、グリズ！」

腕を組み、偉そうな態度でそう言うのは異世界から来たという異邦人、トワイライトだった。十三歳というには小柄だし、噂通り不遜な態度だなというのが第一印象だった。

トワイライトは、一ヶ月前にこの国に現れた異邦人だ。異邦人と呼ばれる彼らは、神が自らギフトを与えられた特別な人間。その身体のどこかには聖紋と呼ばれる模様が現れ、奇跡のような力を使える。

だがそのトワイライトという少年は、ギフトを持っている素振りはするものの、使っている様子は見当たらないという話なのだ。

だから本人はあると言い張るが、きっとギフトはないのだろう。そう言われていた。

その上不遜な態度で騎士もメイドも顎で使い、妄想のような不思議な言葉ばかり喋るといって距離を置かれていた。そういう年頃なのかねと、異世界から来た幼い少年に周囲は割と同情的だったが、直接警護していた騎士仲間はそんなトワイライトにうんざりとした様子を隠さなかった。

そのせいで警護の騎士が何度も入れ替わった。最終的には「お前ならうまくやれるだろう」なんて言う騎士団長の命により、僕に押しつけられたという訳だ。

さあて、この生意気な子供をどうしてやろうか。だが不思議と、名前を呼ばれたことに対する不快感はなかった。よくも悪くもそこに悪意はなく、正直さが見えるその態度は嫌いじゃない。

「さん、を付けなよ異邦人殿」

「いでででで！」

頭の天辺にグリグリと拳を押しつけてやると、トワイライトは大袈裟に悲鳴を上げる。

「お、お前～！　王の器である俺に何かあれば、ソロモン七十二柱たちが黙ってないぞ！」

なるほど、妄言を吐くと言われるのは多分これのことだろう。立ち振る舞いはどう見ても僕と同じ平民のそれで、どう考えても王の器などではないだろうに。

ギフトがない異邦人でも、酷い扱いは受けないはずだ。そこまでしてこの王宮に留まり贅沢な暮らしをしたいのかと正直、この少年に呆れた。そして僅かな意地悪心が湧いてしまう。

「へえ、トワイライトは王になるの？　いつ？　どこで？」

「ぐ……っ、魔術書にそう書いてあるんだよっ！　壺に封じ込まれし我がしもべたちが闇より這い出る時、この世界は全てが俺のものになるんだ！　そしたらお前は――」

「へ～。あ、そろそろ昼食の時間か。トワイライト、食堂行くよ」

「ちょ、おい！　お前が聞いてきたんだろ！　最後まで聞けよグリズ！」

プリプリと怒るものの、それでも素直に俺の後ろに付いてくる。僕はこの子とのやりとりが、少し楽しくなってしまった。

なんだかんだ言いながら多分悪い子ではないのだろうと、兄のような気持ちでキャンキャンと吠える彼を見守っていた。

しかしその感情は、次第に形を変えていく。

生意気な弟がいたらこうなのかなと思っていたものが、ある時から自分の感情を持て余し始めたのだ。

トワイライトが熱を出せば、非番だというのに薬をもって駆けつけて一晩彼の側(そば)にいた。

こちらを見る視線に憧(あこが)れのようなものを感じて胸が高鳴ったり、かと思えば他の人間に目を向けている姿を憎々しくも思った。

「なんだろうねミーニャ」

飲食店で一緒に夕食を取りながら、いつまでも若々しい母にそう愚痴(ぐち)を零(こぼ)した。家からほど近いこの店は落ち着いた客層で、安心して食事ができるからよく使う。

今まで生きてきた中で、こんなに心が落ち着かないことはなかった。どこか悪いのかもしれないし、そうならミーニャに薬を出して貰った方がいい。そう思って打ち明けたというのに、当の本人は口元を歪(ゆが)めてさも面倒くさそうな顔をした。

「息子(むすこ)のそんな話は聞きたくなかったよ」

虫でも追い払うような仕草で、シッシと手で払う。

どういうことだ？　要領を得ない僕に向かって、ミーニャはふんぞり返る。

「アンタ、それは恋だよ。恋。ひょっとして初恋かい？　はーあ、いい男に育ったのに、まだ恋の一つや二つもしてないなんて情けないね」

「僕だって恋人くらい、いたよ……」

決めつけるようなミーニャの態度に、流石(さすが)に言い返したくなった。

「でもそれは恋じゃないだろ？　どうせ好意を寄せられて断るのも悪いしな〜っなんて受け身の気持ちで交際していただけなんだろうねぇ？　ん？」

どこからか僕を見ていたのだろうか。それとも魔女の能力なのか。ズバリと言い当てられて二の句が継げない。だからいくつになってもミーニャには敵わないのだ。

「ほーら、図星だろう？」

それみたことかと、ミーニャはかじり取った後の肉串を僕に向ける。行儀が悪いよ。

「恋……かぁ。僕が、あの子を？　でもそっか。なんか納得しちゃったな」

自分だけを見ていて欲しい、自分だけを特別にして欲しい。

過去の恋人たちが自分に向けてきたその気持ちが、今なら分かる気がした。

「ほれほれ。その子を好きになったきっかけかなんか、言ってごらんよ」

息子の初恋を酒の肴にでもするつもりなのか。ミーニャは機嫌よく蜂蜜酒を呷る。

「異邦人なんて言われているけど、彼はこの世界に頼る人間もいなくて一人ぼっちだ。十三歳の彼に、それはどんなに過酷か分からないよ」

十三歳の自分には、ミーニャがいた。厳しくも優しいこの母のありがたさは、大人になった今だから分かる。子供の無茶を見守って、つかず離れず接してくれていた。

だがトワイライトはその頼れる身内もいない中で、恐らくギフトもなく不安なのだろう。虚勢ばかり張る彼を、一度も煩わしいと思わなかったと言えば嘘になる。自分を頼ってほしいという願いから来る苛立ちもそこにはあった。一回りも年下の子供を好きになるなんて、僕もどうかしてしまったのかもしれない。

「それなのに一人でしっかり立とうとしているところが、格好いいんだよ。僕が彼の立場なら、あんな風に自分の居場所を作ろうと必死になれたか分からない」

酒杯を傾けながら、ミーニャは無言で続きを促す。

愚かだけれど格好よくて、不器用さも可愛くて眩しい存在なのだ。

「やっていることは幼稚だけど、弱音は吐かない。そのくせちょっと優しくするとキラキラした目でこっちを見てくるんだから、可愛くて可愛くてしょうがない」

トワイライトのことを口にするほどに愛しさが増して、それが恋だと自覚する。どうして今までこの気持ちに気付けずにいられたのだろうか。

自分自身に困惑する僕をよそに、ミーニャは楽しそうだ。

「それで、その漆黒ぼうやだったかい？　街に届いている噂も評判悪いけどねえ。そんな厄介な相手を好きになるなんてまったく……これも血筋かね」

ミーニャの自嘲を僕は曖昧に笑う。僕の父親であるエイノルドフット家の男に、一番苦しめられたのは彼女だからだ。僕には否定も肯定もできない。

けれどミーニャが抱える不満や後悔を、言葉にしてくれるようになったのは嬉しかった。子供の頃は、一人涙を拭うミーニャを支えてやることもできなかったから。

「そうだよ。可愛いんだよトワイライトは」

これが恋だというなら、僕の感情は随分苛烈なものだ。

年齢よりも幼く見える彼はまだ十三歳。

成人まであと五年あるが、その間に他の誰にも渡すつもりはない。

だからむしろ、ギフトがない方が僕には都合がいい。できたらギフトなしを理由に、市井に下ってくれないかななんて思い始めていた。大人になるまで僕の家で育ててもいいし、そうしたらトワイライトも僕をもう少し意識してくれるかもしれない。

そんな勝手な算段をしていたせいかもしれない。

ある日、彼が突然失踪したのは。

◆◆◆

「ノワレ副団長、そろそろ休まれた方が」

部下にそう言われて、随分長い間執務室に籠もっていたことを思い出した。

異邦人がいるかもしれないという触れ込みで始まった隣国ガーラネスとの戦、その終戦から半年経つ。まだ騎士団が抱える事後書類は山のようにあった。僕と同時期に就任した騎士団長は、人員の欠けた騎士団を纏めることに忙しく、雑務の殆どを僕がこなしていた。

暗くなった室内にランプを灯してくれた部下は、一礼するとすぐに退室した。

書類仕事で硬くなった肩回りを動かすと、長くなった髪の毛が肩から落ちてくる。

「トワイライト」

消えたあの子に会えるようにと願掛けし、伸ばした髪の毛もこの四年で随分伸びた。

今ならトワイライトは十六か、七になるだろう。大きくなっただろうか、自分を覚えてくれているだろうか。なにより——生きていてくれているだろうか。

異邦人は元の世界に戻れない。それが通説だ。

あの日。トワイライトに酷い台詞(せりふ)を吐いて王宮を後にした、ミーニャの誕生日の翌日。彼の突然の失踪を知った時には、この世の終わりかと思った。

目の前でそれを見ていたという騎士によれば、突然彼の身体が光り、次の瞬間には姿を消していたと報告を受けている。その騎士はエルース・エイノルドフット。僕と片親を同じくしているが、彼はそれを知ってか知らずか子犬のように慕ってくれる男だ。

その名門エイノルドフット家の息子の証言で、トワイライトの件は異邦人の奇妙な失踪として処理されることとなった。彼が消えても困る者はいない。いやむしろせいせいしたという声をいくつか聞いた時には、怒りで我を忘れかけた程だった。

しかし彼が姿を消す直前、大人げなく「君が嫌いだ」などと面と向かって言ってしまった僕が、彼らを非難できる立場ではない。いやむしろ、僕の発言のせいでトワイライトが姿を消してしまった可能性だって否定できないのだから。

神殿もこれを失踪だろうと断定し、捜査は行われないこととなった。それであれば、異邦人の彼はまだこの世界のどこかにいるはずだ。もしかしてギフトが現れて、その能力で姿を消したのかもしれない。僕はまだ、それを諦(あきら)めきれずに生きている。

体重をかけた背もたれがギシリと鳴った。

「だけどまだ、見つからない」

この四年、トワイライトに似た姿があると言われれば、国内外問わず探しに行った。

異邦人らしき人間がいると聞けばすぐさま馬を走らせ、少ない休日は殆ど捜索に費やした。

とはいえ体調を悪化させていくミーニャも放っておけず、かといってトワイライト本人の目撃情報もなく、そんな日々に僕は焦(あせ)っていたように思う。

僕が副団長になる要因となった先の戦も、特殊な能力を持つ異邦人が他国に目を付けられている、という誤情報から始まったものだった。隣国ガーラネス国との関係はそれがなくても危うく、いつ開戦してもおかしくない状況だったけれど。

蓋(ふた)を開けてみれば異邦人はおらず、ガーラネス国もガーラネス国で偽の情報を掴(つか)まされて出陣して来たという。結局両国に犠牲(ぎせい)を出しながらも、なんとか我が国の勝利で終われたのは、不幸中の幸いだったと言えるだろう。

結果としてガーラネス国は暫(しばら)く大人しくするだろうし、国には戦の賠償金(ばいしょうきん)も入ってくる。亡くなった命は戻らないが、民間人の多くは被害を免れることができた。

ただ一番の目的だった異邦人――トワイライトの手がかりは、一切ないままだ。

だから突然現れたトワイライトの姿に、どれだけ驚いたか分からない。

「あっ、初めまして。十和(とわ)、ッ……です」

髪の色こそ違えど、薄い色つき眼鏡(めがね)の奥に見える瞳はあの頃と変わらないものだった。

背が高くなった。声も低くなって大人に近づいている。いつも強気に振る舞っている不遜な態度こそないものの、ふとした瞬間に見えていた心細そうな表情が、目の前の青年に浮かんでいる。

トワイライトが生きて、ここにいる。

僕はもう、たまらない気持ちになった。

トワイライト。いやトワ、トワか。

僕の胸は歓喜に震えたというのに、トワは素知らぬ態度をとる。

初めまして？　どうしてそんな他人行儀なのだろう。もう僕を忘れてしまったの？

ミーニャの荷物を持って来たからには、彼女の店と関係があるのか。この四年、僕の姿を見ている彼女が、ここにトワをよこしたことには理由があるのだろう。また後で彼女を問い詰めなくてはいけない。

袖をまくって着ているシャツは、僕の若い頃のものだ。成長しても華奢なその体つきを、より一層引き立てているなんて本人は気付いていないのだろう。

「あ、の……？」

不安そうな顔をするトワは、僕の気持ちなんて知らない。

どれだけ君に会いたくて、どんなに君に恋い焦がれて苦しい夜を過ごしたか。

再会できた喜びと、よそよそしいトワへの苛立ち。意地悪い気持ちがフツフツと湧き上がる。

「トワ……トワね。珍しい名前だね。どこから来たの？」

「え、えっと、田舎です、多分言っても分からないかと……」

あからさまに聞かれたくないと言わんばかりの態度を見せる。

会いたいのは僕だけだった？　四年間、君はずっと逃げていたのか？

仄暗い感情を抱えた僕だったが、助け船を出すかのようなエルースによって尋問は中断された。再会したトワは大人のような態度で、あの頃の我が儘さはなりを潜めている。

だけどトワ。

もう逃がさないよ。


その晩、仕事終わりにミーニャの自宅に行くと、待ち構えていた彼女に呆れた顔をされた。

私室の小さなテーブルで今日の経緯を話しながら、二人向かい合ってお茶を飲む。

僕が騎士団に入ったタイミングで引っ越したこの部屋は、いつ来ても殺風景なものだ。一族特有の病気のせいで、いつ死んでも迷惑をかけないようにという、嬉しくない気遣いが隠れている。

「あの子が、探していた漆黒ぼうやだろう。わざわざ感動的な再会を用意してやったっていうのに、アンタ一体何を考えているんだい」

ミーニャによれば、今朝突然店の前に現れたらしい。そして正体を知られたくない様子で必死だったともいう。最終的には彼女の脅しのような言い方で全部喋ったそうだが、その中で城には行きたくないと何度も訴えていたそうだ。

それはつまり、僕に会いたくなかったってこと？　可愛さ余ってなんとやら、そんな言葉をどこかで聞いた気がした。胸の奥にザワザワとさざ波が立つようだ。

「やだな。僕はトワイライト……トワが知らんぷりするから、あえて黙っていてあげようかと思っただけだよ。今は本人が一番混乱しているのかもしれないし」

嘘でも本当でもある言葉を極めて淡々と告げても、僕の性格をよく知っているミーニャは眉間を押さえて苦い顔だ。

「はあ～。あんまりトワを苛めないでおやりよ。昔聞いた噂より、素直ないい子じゃないか」

「知ってるよ」

ミーニャに言われなくても、誰より僕がそれを知っている。

「とにかく、僕のことはトワに何も言わないで。僕とミーニャの関係もね」

自分のタイミングで話をする、と言った僕を彼女は信じていなさそうだ。「そうかね」とだけ呟いて、黙って手元のお茶を飲むのだった。


「トワの出身てどこ？」

「イタダキマス？　それは挨拶？」

「トワは面白い記号を使うんだね。まるで他の言語みたいだ」

「僕は名字しか名乗ってないのに、君は僕の名前を知っていたね。どうしてかな？」

いつまでも他人行儀なトワには、ついつい意地悪をしてしまう。その度に慌てて誤魔化す様子が可哀相で、可愛かった。

成長したトワは抱きしめたいほど愛らしく、その反面憎らしい。今回こそ全ての脅威からトワを守って、ただ優しくしたいと思うのに。君を前にすると、大人としてあるべき態度が崩れてしまう。

僕だけが君を求めているようで苦しく。それでも側に君がいる事実だけで、泣きそうなくらい幸せなんだ。

そんな僕の一方的な心情なんて、トワは知らなくていい。

それでも早く気付いてほしい。

ねえトワ。僕はずっとずっと君と会いたかったんだ。

◆　◆　◆

トワが大きく息を吸い、そして吐き出す。

いつまで経っても人前に出る時は緊張するらしい。そんな愛しい人の腰を抱き寄せると、その手を本人にパチンと軽く叩(たた)かれた。

「イタズラすんな」

いつもより余裕がないのか、これは本気で怒っている顔だ。肩をすくめて謝罪の言葉を口にすると、トワが小さく「ごめん」と零した。

控え室の窓は開け放たれていて、外にいる人たちの楽しそうなざわめきが聞こえてくる。

「八つ当たりしたよな」

それからギュッと抱きついてくるのだから、たとえ今トワに切りつけられようと許してしまうかもしれない。お互いの想いが通じ合い全ての障害がなくなった今、トワの可愛らしさは天井(てんじょう)知らずだ。

とはいえあまり可愛い可愛いと言いすぎると、トワは照れて怒ってしまうからほどほどにしないといけない。言葉の代わりにつむじにキスをすると、はにかんで僕を見上げる。僕が嫌いだったこの髪色も目も、トワにとっては好ましいもののようだ。

「俺、ちゃんとできるかな。似合ってる？　七五三みたいじゃないか？」

シチゴサンが何かは分からないが、よく似合っている。薄く光沢のある銀地のジャケットは今日のためにずっと前から注文していたものだし、胸元のタイは僕の瞳と同じ色だ。

「綺麗だよトワ。君と結婚できるこの日をずっと楽しみにしていた」

そう伝えると、蕩けるような顔をして微笑むのだからたまらない。異邦人の特徴である、真っ黒な彼の瞳に写っているのは自分だけだ。

「グリズも、騎士団の正装が似合っている」

普段は省略している勲章も全て付けている。銀糸の織り込まれた正装は、マントの裏のロイヤルブルーが華やかに見せていた。金糸や刺繍がふんだんに使われた、見た目重視で贅沢なそれは、どうもトワのお気に召したらしい。朝から何度もチラチラと横目で見ている事を知っている。

「脱がしてみる?」

そう悪戯心で囁くと、トワの目元が朱に染まった。それでも先程のように怒らないのだから、まんざらでもないのかもしれない。

神殿内にある控え室の扉からは、別室にいる招待客の話し声が聞えてくる。こぢんまりとした式にしたいとトワは願ったものの、ギフトのある異邦人の結婚だ。様々な思惑も絡んでしまい、それなりの招待客数になってしまったため、僕の愛する人は緊張しているのだ。

「二人でベッドに行っちゃおうか?」

だから半分本気でそう囁くと、トワはその誘いの言葉に身体を震わせる。

可愛い。腰に当てていた手のひらを、不埒な想いで背中へと這わせた。

「いいわけあるかい！　この馬鹿息子どもっ」

「いたっ」

ノックすらせずに入り込み、僕の背中を叩いたのは母親のミーニャだ。普段よりも華やかなワンピースに身を包み、その胸元には花まで飾られている。

「ほらアンタもだよトワ。こんなに簡単にリズにそそのかされてたら、この先が心配だよ」

「う、だ、大丈夫だって」

「も〜、招待客は別の部屋だよミーニャ」

不満を隠さずに顔を顰めると、ミーニャは呆れたように両腕を腰に当てる。

「アンタたちのエスコート役だよ！　まったく、そろそろ宣誓の時間だから呼びに来てやったって言うのに」

ブツブツと文句を言うミーニャの後ろの扉から、ノック音と共に大きな身体が滑り込む。

「エワドルさん」

「やあトワ。ノワレも。今日は本当におめでとう」

そう言って目を細めているのは、元第二騎士団団長だ。元々の語学力を活かして、退団後は本の翻訳をしながら暮らしているらしい。あの鬼の団長と呼ばれた彼の、こんなに穏やかな表情を見られる日が来るとは思わなかった。

「アンタね。ノワレはないだろう、ノワレは。ねえリズ」

「しかしだね」

僕が自分の名前を嫌っていることを、彼は知っている。だからこそ躊躇してくれるのだ。

だが今はもう僕は、自分の名前をそこまで嫌ってはいない。トワの呼ぶ僕の名前は、その元々の由来などどうでもよくなるくらいには、甘く幸せな響きを纏うのだ。だからもういいかと、そう思える。

「グリズか、リズでも大丈夫ですよ。是非僕をそう呼んでください。――お義父さん」

そう笑いかけると団長はその顔を大きな手で覆い、声を震わせた。

「ミーニャ、聞いたかい。義父だと、この子が……っ」

「ああもう、アンタは涙もろいったらないね！　あたしと結婚したんだから、アンタが父親になるのは当たり前だろう。それともなんだい、嫌だとでも？」

「まさか！　私は世界で一番幸せ者だよ！　ああミーニャ、愛してるよ！」

「暑苦しい！　離しなっ」

大きな身体の団長に抱きつかれ、ぎゃあぎゃあと騒ぐミーニャだが嬉しそうだ。

色々な人の助力を仰ぎ、二人はつい先月結婚したばかりだ。トワと僕が将来を誓い合う前に、どうにかじれったいこの二人を片付けたかったというのもあるし、ミーニャを幸せにしてくれる人に託したいという気持ちもあった。

身内だけの小さな結婚式だったが、義父である団長が大泣きして伝説を作ったり、普段口の悪いミーニャの幸せそうな顔を見られたのは凄くよかった。

「アンタもだよトワ！　なにボサッとした顔をしてんのさ。アンタもちゃんと、うちの子なんだからねっ！」

そう言ってミーニャはトワに片手を差し出した。きょとんとした表情のトワに、耳を赤くした彼女はフンと鼻を鳴らす。

「アンタのエスコートは母親のあたしだよ。リズはあっち。文句ないね？」

「……ミーニャ」

トワは感極まったような表情で、結婚相手の僕を差し置いてミーニャに抱きついた。うちの母は結局、いつもいいところを持っていくんだから。

だけどトワがミーニャを、自分の母のように思ってくれるのは嬉しい。

「ふん。アンタの亡くなった母親の分まで、しっかり見届けてあげるさね。うちのトワを、うちの息子がきっと幸せにしてくれるはずだって、安心させてあげたいからね」

「うん……っ、うん。ありがとうミーニャ」

ミーニャはグズグズと泣くトワの頭をポンと叩き、それから指でトワの目元を拭った。

「ほら、笑った笑った。今日の主役だ、始まる前から泣いていたらいけないよ」

「ん……でもミーニャ、俺もグリズを幸せにするからな。絶対、守ってみせるから」

そんな熱烈な言葉、母じゃなく僕の目を見て言って欲しかった。僅かに拗ねたような気持ちでトワの手を握ると、闇色の瞳を細められる。

ほらやっぱり、僕は君には敵わない。

「ああ。アンタがリズの相手で本当によかったよ。二人とも幸せになるんだよ。いいね」

「ミーニャも。エワドルさんと幸せに暮らしなよ」

「言うねぇ」

開いた扉の向こうに、困ったような顔で僕たちを待つ神官がいるのは分かっている。

だけどこんな幸せな時間は、もう少しだけ続けてもいいんじゃないか。

窓から入ってくる心地よい風は、花びらを纏って室内へと吹き込んだ。


「お互いを尊重しあい、幸せな家庭を築く事を誓いますか？」

神官の言葉に、僕たちは深く頷いた。

「誓います」

参列者の大きな拍手の中、僕たちは無事結婚する事ができた。ステンドグラスの光を浴びながら、幸せそうに微笑むトワの表情を、僕はきっと忘れないだろう。

それから神殿の外へと出ると、先に待機していた参列者たちの盛大な歓声に包まれる。今日招待しきれなかった第二騎士団の団員たちや、見慣れた街の人たちの姿もあった。大小様々な花びらが僕たちの前を飛び交っていく。

トワは僕の腕に手を添えたまま、小さく呟いた。

「やっぱり、予知夢だったなあ」

それから僕の肩にコテンと頭を載せた。可愛いトワの額にたまらずキスをする。

「じゃあ僕も神様に感謝しようかな」

この世界に来てくれた、君との出会いを。

そして愛すべき人たちの幸せを。

空にはいつも通り、二つの太陽が寄り添うようにして輝いている。

願わくば僕たちもあの太陽のように、ずっと君の隣にいられますように。

嫌われ者の転移者は、出戻った異世界で溺愛される

名門エイノルドフット家

俺は自分の赤毛を呪っている。

父も兄たちもそうであるように、この家の直系は銀髪と決まっていて、その中に生まれた赤毛の俺は生まれた時から異物扱いだった。

できるだけ短く切ろうとも、銀髪の中で赤毛は目立つ。

父に不貞を疑われた母は、俺が幼い頃に自ら死を選んだ。父はもとより、兄たちにも母を奪ったと恨まれ、家の中では空気のような扱いをされ育った。それでもエイノルドフット家の人間として、最低限の教養は身につけさせてもらえたことだけは救いだった。

家族に必要以上に折檻されようとも、それでも子供が生きていく環境があるだけ幸福なのだろうと思うことにしていた。

だが俺が十歳にも満たなかったある日。

一人の青年が、父の応接室に足を運んできた。

ひそひそと話をするメイドたちの会話を漏れ聞く所によれば、彼は俺の腹違いの兄に当たるらしい。魔女と呼ばれる女性にエイノルドフット家の血を混ぜたら、優秀な子が生まれるのではないか。そんな非人道的な発想で産ませた子供なのだと知る。

「グリズだなんて、旦那様も酷い名前をつけるものよねえ？」

「でもほら、見目麗しかったわよ。旦那様より、亡くなった大旦那様にそっくりだったわ」

メイドたちはお喋りが好きで、それでいて情報通だ。父の息子である俺が知らないことだって知っているのだから。

暑さのために開け放たれていた扉から、そっと中を覗き込むとそこには銀髪の男がいた。

父と同じ色をしたそれは、俺がずっと渇望していたものだった。

◆　◆　◆

わずかな小遣いをメイドに握らせ、なんとかそのグリズの居場所を教えて貰った。彼は庶民の母親と二人、街で暮らしているという。

どうしてか、俺はグリズに会いたかった。

会って何をしたいのかは分からない。

父に見放された人間同士で、傷を舐め合いたかったのか。

それとも自分の方がマシだと、優位を確かめたかったのか。

その日もいつもと同じように父に殴られて、衝動が抑えきれず思わず屋敷を飛び出した。無我夢中で走り抜けて、そして気がついたらグリズが住んでいるという薬屋の前にいた。それはこぢんまりとした店だったが、手入れが行き届いていた。豊かではないかもしれないが、余裕のない生活とも違う。

そのことになぜか俺は落胆した。そして落胆してしまった自分が、卑しく思えた。貧しい異母兄を見ることで、自分は恵まれているとでも思いたかったのだろうか。

気がつけば走って来た足は痛いし、道中で転んだ膝はズキズキと痛み血が滲んでいた。道こそ知っていたものの、この近くに頼れる知り合いもいない。

「どうしよう……」

急に不安に駆られた所で、上から大きな影が差した。

「あれ、どうしたの君。迷子かな？」

薄手の半袖シャツに軽やかなズボンを穿いた男が、俺の顔を覗き込む。

輝く銀髪と青緑色の瞳。整った容姿はメイドたちが言っていたように、確かに家の中にある祖父の肖像画にそっくりだった。

外見のせいで一族から爪弾きにされていて、のけ者の自分が惨めになるくらい、彼こそがエイノルドフット家の人間に相応しく思えた。羨ましくて妬ましくて、だがそれを口に出す浅ましさを俺は理解していた。

唇を噛み、僅かなプライドで泣き言を堪える。グリズは何も言わない俺の手を引いた。

「膝から血が出ている。頬も……誰に殴られたの？　おいで、手当てしてあげるよ」

触れる手は大きくて、そして優しかった。こんな風に誰かに手を繋がれるのは、記憶にある限り初めてかもしれない。俺を叩く家族の手とは違う、温かい手のひらだった。

促されるがまま店内に入ると、中には独特の匂いが漂っていた。そういえば薬屋だったとキョロキョロ見回しながら思い出していると、窓際の椅子に座るようにと言われた。

「ミーニャ、消毒薬をくれる？　あと湿布も。怪我をしている子がいるんだ」

グリズがそう言うと、奥から桃色の髪の毛をした女性が現れた。

「リズ！　アンタまた、捨てられた犬猫みたいに怪我人を連れてくるんじゃないよ！」

「いいじゃない。情けは人のためならずって有名な異邦人の言葉もあるんだし」

桃色の髪をした女性は腕を組み俺を歓迎していない様子だったが、チラリとこちらを見るとグリズに何かを手渡して店の奥に去って行った。

グリズは楽しそうに片目を閉じてみせると、渡されたものをテーブルの上に置く。

「ほらね。うちの母はなんだかんだ優しいんだよ」

どうやらそれは薬だったらしい。そうだ、母親と二人で暮らしていると聞いていた。先ほどの女性は彼の母親なのだ。

薬の用意をしているグリズをジッと見ていると、顔を上げた彼は驚いたような顔をした。

「え、ちょ……ちょっと。どうしたの？　そんなに痛い？」

そこまで痛くはないが、どうしてそんなに慌てるのか。

その時揺れる視界に気づき、手の甲で目元を擦ると濡れていた。そこでようやく、自分が涙していたことを知る。

「あれ……なんで俺、泣いてるんスかね？」

グリズも困っているようだったが、俺も自分の涙の意味が分からず困ってしまった。拭っても拭っても涙は止まらず、しまいには嗚咽まで溢れる始末だ。

自分よりも酷い境遇にいるのに、幸せそうなグリズが羨ましかったのかもしれない。俺には怪我をしても泣いても、それを慰めてくれる家族はいない。その事実を改めて突きつけられてしまった気がした。

「弱ったな……ほら、泣かないで」

本当に困ったような顔をして、グリズはいきなり俺を抱き上げた。突然高くなった視界にびっくりして、思わず彼の首に腕を巻き付ける。父がこんな風に抱き上げてくれたことは記憶にもなく、抱っこされること自体初めての経験だった。

視界が高すぎて少し怖い。そう思った瞬間、身体が宙に浮いた。

「ほら、高い高い～」

「ひ……っ！」

グリズのつむじが見えるくらいに、天井近くまで高く身体を持ち上げられた。それは一瞬で、それから急降下して再び上へと舞い上がる。

「こ、怖いッス！　こわ、こわいいいいい！」

「あれぇ？　子供は大体これ喜ぶんだけどな。あ、でも涙は止まったね」

先ほどとは違う意味で泣きそうになったが、驚いた拍子に涙も止まってくれたらしい。

店の奥からはグリズの母親が心配そうな顔で出てきて、俺と目が合った途端また奥へと引っ込んでいった。

グリズは俺を椅子に戻すと、何事もなかったように消毒液を付けた布を頬に当てた。

「殴られてるの？」

「たまにッス。俺が、悪い子だから」

赤毛だから。父に似ていないから。産んでくれた母を殺した、悪い子供だから仕方がない。殴られたり蹴られたりするのも、そんな子供でも家に置いてくれるのだから仕方ないのだ。

ぽつりぽつりとそう答えると、グリズはただ静かに「そう」とだけ言った。

「僕もね、たまに殴られるよ」

先ほどの母親から？　驚いて凝視すると、グリズは笑って首を横に振った。

「最近、騎士団に入ったんだ。第二騎士団の、下っ端でね。訓練でも殴られたり蹴られるとすごく痛い。だから力のある大人が、子供を殴るのはどんな理由があってもよくないと思う」

俺が家族に暴力を振るわれるのは日常茶飯事だ。それを見て使用人たちは哀れみの目を向けてくる。だが殴られること自体を止めてくれる大人は屋敷にいない。子供に暴力を振るってはいけないのだと、そんな風に言ってもらえるのは初めてだった。

彼はきっと、俺が何者かは知らないのだ。

自分を捨てた父親の、実の子供だと知らないのだ。

だからこんなにも優しくしてくれるのだろう。


それから、グリズの存在は俺の心の支えとなった。

父には生意気な目になったと不評だったが、だからといって殴るのが止むこともない。

街で漏れ聞く異母兄の活躍に俺はひっそりと喜ぶが、父は悔しがっている様子だった。

それから月日は巡り、騎士となった俺は異母兄グリズ＝ノワレの下で働き始めた。

俺を覚えていない様子だったが、それでもよかった。幼いあの日の思い出は、確かに俺と異母兄のものだったから。ただ同じ騎士団の先輩と後輩として、側にいられるだけでよかった。騎士として尊敬していたし、俺がここまで生きて来られたのは、誇張なしにノワレ先輩の存在があったからだ。

だけど。

「グリズ！　なんで一緒に行かなくちゃなんねーんだよ！　お前一人で行けって」

「トワイライト一人にするのは心配でしょ？　いいからほら、おいで」

嫌われ者の異邦人を前にしたノワレ先輩は、実に嬉しそうな顔をしていた。その上誰にも許していない、名前を呼ぶことすら許可していた。

騎士団では、名前を呼ぶのは御法度だったというのに。

異母兄弟の俺でさえ、そんな風に呼べたことは一度もないのに。

恋とは違う、このドロドロとした執着のような感情は一体何なのか。

そんな俺の内心を知らずに、呼び出した父が命令を囁く。

「あの嫌われ者の異邦人を殺せ。その罪を、アレになすり付けて退団に追い込むんだ」

そうだ、いなくなればいい。

そうすればノワレ先輩は、異母兄は、皆に平等になる。父も俺を見てくれる、褒めてくれるに違いない。気がつけば俺は、父の言葉に首を縦に振っていた。

そして四年後。

突然、再び嵐が巻き起こる。

「アンタ……」

騎士団に突如現れたその青年は、どこからどう見てもあの異邦人だった。俺が殺し、そして消えた。ノワレ副団長がこの四年ずっと探し求めていた人物が、何も知らないようなきょとんとした顔でここにいる。

自分が殺したにも拘わらず、俺は異邦人のその態度に腹の奥がカッとなるような強い怒りが湧いた。

異邦人特有の黒目は色つき眼鏡で隠されている。髪の毛も少し明るくなっているが間違いない。僅かに成長しただけのこの男を、どうしてノワレ副団長が気付かないのか。

「トワ、大丈夫？　顔色が悪いね。エルースが怖がらせちゃったかな？」

副団長は、この数年彼から聞いたこともないような穏やかな声を出す。異邦人に気付いているのか、気付いていないのか。それは分からないにせよ、この青年を気に入った様子だ。

「俺は関係ないっしょ。怖がらせていたなら、副団長ッスよ」

だから俺は何も気付いていないフリをして、副団長の手前、笑顔で青年――トワを見送った。

どうせあの異邦人はすぐにボロを出す。四年前も我が儘で周囲を振り回し嫌われていたのだ。

きっとすぐに正体を現して副団長に詰(なじ)られるか、再び周りから煙たがられるだろう。
だけど。

だが俺の予想に反して、意外にも異邦人は謙虚(けんきょ)な態度でこの国に馴染(なじ)もうとしていた。市井(しせい)の人に混じって働き、自分が異邦人だということは隠しているらしい。路地裏でたちの悪いゴロツキに絡(から)まれているところを助けたが、素直に礼の言葉まで言われて驚いた。四年前のあの少年からは信じられない。

だからふと、今になっていらない罪悪感が湧いてしまう。

「じゃあ素直なアンタにもひとつ忠告しとくッス。命が惜しかったら、ノワレ副団長とは距離を取った方がいいッスよ。アンタはちょっと近づきすぎだ」

戸惑(とまど)うトワの表情に、内心自嘲(じちょう)してしまう。自分が一度殺したはずの人間に、こんな忠告をしたところで何になるのかと。

俺の父の、ノワレ副団長に対する執着は消えていない。

いやむしろ、先の戦争で活躍を見せたことで、より一層目の上の瘤(こぶ)になっていた。時々俺を呼び出し、その鬱憤(うっぷん)をぶつけるように殴ってくる。騎士として働く俺はそれをはねつけられるはずなのに、なぜか父の前だと幼い頃のように体が竦(すく)んで動けなくなるのだ。

「今度こそ、アレを確実に殺す。ネム毒を手に入れた」

淀(よど)んだ瞳でそう告げる父は、自分の手を汚すつもりはないのだ。分かっている。俺に全ての汚れ役を押しつけるつもりだということも理解している。

それでも俺は。

父が俺自身を見てくれるのではないかと、そんな些細な希望に縋っているのだ。

◆　◆　◆

気がつくと、そこは真っ白な空間だった。

あまりに真っ白だったせいで、俺もついに神の元へ旅立ったのかと思ったくらいだ。

「気がつきましたか。エルース・エイノルドフット。まったく、ネム毒を口にするなんて」

側にいた神官が言った言葉で、全てを思い出した。

ノワレ副団長を毒殺しようとしたこと、それをトワに防がれたこと、そして毒で自害しようとしたこと。

「は……はは。なんだ、死に損なった訳ッスか」

腕で顔を覆おうとしたものの、それが上手く動かないことに気がついた。思い通りに動かない腕をなんとか持ち上げても、強い痺れのせいですぐに力が抜けてしまう。

更に足はまったく力が入らず、まともに動かすことができない。

即死のネム毒を飲んで、命があるだけでも幸運なのだろう。

いや、幸運なのだろうか。毒殺に失敗し、あれだけ派手に立ち回ったのだ。俺の、いやエイノルドフット家の謀り事は公になってしまったかもしれない。父には伝わっているのだろうか。

あれから何日経っているのだろう。

僅かな不安が湧き上がるものの、不思議と父に叱責される恐怖はなかった。どうしてだろうか、全てをあの異邦人に吐き出して、死にかけたというのにスッキリすらしているのだ。

「異邦人殿が、貴方(あなた)を救ってくださったのですよ。解毒薬であるエグラウド薬をお持ちだったそうで、初期対応が完璧だったおかげです」

「トワが」

ノワレ副団長を狙って剣を向けた俺に、弱いくせに立ち向かってきた青年の姿を思い出す。

「それと申し上げにくいのですが……貴方の意識がない間、エイノルドフット家は大がかりな立ち入り調査を受けました」

神官が言うには、異邦人及び第二騎士団副団長殺害未遂として行われた異例の立ち入り捜査では、芋づる式に昨年の戦争を引き起こした証拠まで出てきたそうだ。取り調べは今もまだ続いているが、恐らく主犯である父はもちろん、関わった人間は極刑を免れないだろうとも。

それは当然だろう。そうなる事は最初から分かっていたのだ。分かっていて手を汚してきたのだから俺も愚かな人間だ。自嘲の笑みを浮かべかけたところで、神官は穏やかに微笑(ほほえ)みかけてきた。

「ですが貴方の処遇については、減刑されると聞いております。戦争の前線での功績と、何より第二騎士団副団長殿と異邦人殿がそれを望まれているそうですよ」

その言葉に呆気(あっけ)にとられる。殺そうとした、いやトワに至っては実際一度、俺に殺されたくせに甘い奴(やつ)だ。

「は……っ。あの、お人好し」

ツンと目頭が熱くなる。こんな風に誰かに気遣われたことがあっただろうか。

ああ、あった。頭の片隅からフッと記憶が蘇る。

幼いあの頃、ノワレ副団長の元へ一人で行った時だ。優しく傷を手当してもらい、抱き上げてもらったことがあった。

「……っ」

力の入らない手を握り込む。

どうして今、こんなことを思い出してしまったのか。

どうして俺は、こうなってしまったのだろう。ずっと押し殺していたはずの後悔の念が、今になって次々と押し寄せてくる。

「副団長殿からは手紙も預かっています。こちらを」

差し出された薄茶色の封筒を神官に開けて貰い、震える指でなんとか手紙を持ち上げた。

――君がトワを殺めようとしたことは、まだ許せない。

手紙にそう書かれていた。それはそうだろう。俺がノワレ副団長の立場でも許せるわけがない。いや、俺は許されようなんて思っていない。憎まれて当然の立場だ。

それなのに、手紙にはこう続いていた。

――けれど思う。あの日出会った、幼い君を守っていれば何か変わっていたのかもしれない。

――そう後悔する程度には、君一人の責任じゃないと思っている。
――今は難しい。それでもいつか、君を許せる日がくるようにと願っている。
――弟へ
――グリズ・ノワレ

その文面を見て、手紙にはいくつもの大きな水滴が落ちた。堪えていたはずの涙は紙を濡(ぬ)らし、嚙み殺した嗚咽を必死で喉奥(のどおく)に押し込んだ。

遠い昔。あの日のやさしい時間を覚えていたのは、自分だけじゃなかった。

「う、く……っ」

馬鹿なことをしたと思う。

もっと違うやり方があったのかもしれない。

ノワレ副団長に助けを求めたら、ひょっとして手を差し出してくれたかもしれない。

シーツをたぐり寄せグチャグチャになった顔を覆うと、近くで衣擦(きぬず)れの音がした。

「貴方に神のご加護がありますように」

神官はそれ以上何も言わず、ただ静かに部屋から去って行った。馬鹿な事を言う。

加護を与えるのなら、神様どうか全てを兄に。

◆　◆　◆

両脚に強い麻痺が残った俺は、国境にほど近い田舎へ追放された。

少しの移動ならば問題ないが、長時間歩くことができない身体だ。放っておいても問題ないと判断されたのだろう。

そうはいっても穏やかな村の端にある丘の上の小さな屋敷を与えられ、身の回りの世話をする人間まで雇われている。あのお人好したちが、何か手を回しているのかもしれない。

草原が広がるなだらかな丘の上から見えるのは、少し前の戦争で俺が守った村だ。

俺の背景は聞いているだろうに、俺の顔を覚えていた村人たちは何も言わずただ見守ってくれている。最初の頃は自暴自棄になり、全てを鬱陶しく感じたものの、今では彼らの優しさをありがたいと思えるようにまでなった。

「どいつもこいつも、本当に……お人好しッスよ」

緩い時間が流れるこの暮らしで、俺もすっかり平和惚けしているのかもしれない。

遠くから吹く風が、すっかり長くなった赤毛を揺らした。

手元に届いた手紙は飛んでいかないよう、まだ麻痺が残る手でしっかりと握る。

王都すら見えないこの村で、俺はただ祈るのだ。

どうかあの二人が、幸せに満ちますようにと。

後書き

こんにちは、てんつぶと申します。

この度は『嫌われ者の転移者は、出戻った異世界で溺愛される』を読んで頂きありがとうございます。後書きをと言って頂いたものの、何を書けばいいかいつも迷ってしまうので、この作品執筆の経緯や裏話でもお話ししようと思います。本編のネタバレを含みますので、後書きから読まれている方は本編を読んでからどうぞ。


この作品は二〇二二年の、確か春か初夏に書き始め、書き切った同年七月に投稿サイトにアップしたものです。思いがけず反響を頂き、ありがたい事に自作品の中では一番多くのユーザーの皆様に読まれております。お声がけ頂いたKADOKAWA様よりコミカライズ、そして小説も書籍にして頂き、本当に嬉しく有り難く思っています。拙い作品を色々な方の手を借り長い時間をかけ、こうしてブラッシュアップする事ができました。

そもそもこの話は『異世界出戻り』をテーマにしたものでした。嫌われていた主人公が出戻った異世界で愛される話にしたい。しかし嫌われるような主人公を、後々許せる程度の嫌われ方とは？　と考え「よし厨二病だ」とあっさり決めた記憶があります。

厨二病――その程度の差こそあれ、中学生という多感な年頃は、自分を振り返っても様々なイタい記憶が蘇りませんか？　何年経っても忘れられない、枕に顔を埋めて叫び出したくなるような、未熟な割に大人ぶっていたあの頃。主人公のトワは大人になった今でも何度もそれを抉られて、大変可哀想ですね。私が言うのもなんですが。

とはいえそんな厨二病の子供を、きっと周囲は生暖かく見守ってくれるに違いないと、勢いのままに書き進めた作品でもありました。短編の予定が長くなり、最終的には謎解きのようになったり、グリズがやけに追い詰めてきたりと、キャラクターたちが自由に動き回っていましたね。

今回出版にあたり足りなかった情報を加筆し、エピソードを追加し、投稿作とは随分違うものになった気がします。特に一番違うのは、エルースですね。実は彼は最初に書き始めた時点ではあんな事をする人間ではなく、ただグリズの側で「副団長！　副団長！」と尻尾を振る可愛い後輩ポジションでした。ツマリスさんに近い立場だったはずなのに、気がつけばあんな事をしでかす役割を与えられました。可哀想……。そのため救いを与えるべくエルースのシーンを結構増やしてしまいました。贔屓です。

番外編も追加で書かせて頂いて、グリズとエルースのエピソードに何だか感慨深いものがありました。本編ではすれ違ってしまったものの、いつかきっとトワを介して、二人がまた肩を並べて歩く日が来るといいなと思いました。皆幸せになってほしいですね。

この本の発行が二〇二四年ですので、書き始めてから二年近く、ずっと彼らと関わってきました。その間にコミカライズが進行したり、番外編を書いたり、加筆したりと、私の中でこんなに長く関わった作品は他にありません。そういった意味でも思い入れのある一冊となりました。

最後になりましたが、作品に関わって頂いた全ての皆様に最大級の感謝の気持ちを込めて。本当にありがとうございました。また他の作品でもお会いできると嬉しいです。

二〇二四年三月　てんつぶ

本書は「ムーンライトノベルズ」(http://mnlt.syosetu.com/top/top/)に
掲載していたものを加筆・改稿したものです。

●ファンレターの宛先
〒102-8177　東京都千代田区富士見 2-13-3　戦略書籍編集部

嫌(きら)われ者(もの)の転移者(てんいしゃ)は、出戻(でもど)った異世界(いせかい)で溺愛(できあい)される

著／てんつぶ

イラスト／白崎小夜(しろさきさや)

2024年4月30日　初刷発行

発行者　山下直久
発行　株式会社KADOKAWA
〒102-8177　東京都千代田区富士見2-13-3
(ナビダイヤル) 0570-002-301
デザイン　SAVA DESIGN
印刷・製本　TOPPAN 株式会社

■お問い合わせ
https://www.kadokawa.co.jp/ (「お問い合わせ」へお進みください)
※内容によっては、お答えできない場合があります。
※サポートは日本国内のみとさせていただきます。
※Japanese text only

ISBN978-4-04-737971-8　C0093 Printed in Japan
定価はカバーに表示してあります。